巴金《家》中的历史

1920年代的成都社会

[美]司昆仑(Kristin Stapleton) 著　何 芳 译

Fact in Fiction
1920s
China and Ba Jin's *Family*

四川文艺出版社

图书在版编目（CIP）数据

巴金《家》中的历史：1920年代的成都社会 /（美）
司昆仑（Kristin Stapleton）著；何芳译. -- 成都：四川文
艺出版社，2019.6
ISBN 978-7-5411-5027-2

Ⅰ.①巴… Ⅱ.①司… ②何… Ⅲ.①长篇小说—小
说研究—中国—现代 ②社会变革—研究—成都—近代
Ⅳ.①I207.425②K297.11

中国版本图书馆CIP数据核字（2019）第088606号

FACT IN FICTION: 1920S CHINA AND BA JIN'S FAMILY
by Kristin Stapleton published in English by Stanford University
Press.

Copyright 2016 by the Board of Trustees of the Leland
Stanford Jr. University. All rights reserved. This translation is
published by arrangement with Stanford University Press, www.
sup.org

著作权合同登记号 图进字：21-2017-222

BAJIN JIA ZHONG DE LISHI 1920 NIANDAI DE CHENGDU SHEHUI

巴金《家》中的历史：1920年代的成都社会

［美］司昆仑（Kristin Stapleton） 著 何芳译

责任编辑　余　岚
封面设计　叶　茂
内文设计　史小燕
责任校对　蓝　海
责任印制　唐　茵

出版发行　四川文艺出版社（成都市槐树街2号）
网　　址　www.scwys.com
电　　话　028-86259287（发行部）　　028-86259303（编辑部）
传　　真　028-86259306

邮购地址　成都市槐树街2号四川文艺出版社邮购部　610031
排　　版　四川胜翔数码印务设计有限公司
印　　刷　成都东江印务有限公司
成品尺寸　145mm×210mm　　开　本　32开
印　　张　9.75　　　　　　　字　数　200千
版　　次　2019年6月第一版　印　次　2019年6月第一次印刷
书　　号　ISBN 978-7-5411-5027-2
定　　价　58.00元

目录

__导语：
巴金小说和20世纪的中国历史

    1919年5月4日，当北京的学生示威变成意外的暴力冲突时，这个事件成了中国社会的一场政治危机。整个国家的人们都对年轻的中华民国政府（还不到10岁）改变中国社会提升中国国际社会地位努力的失败而沮丧。在1919年以前，知识分子们已经开始倡议用"新文化"来取代传统价值观念。五四运动及其围绕该事件产生的舆论将社会基础改革提上国家日程。接下来的几年里，改革者们针对他们在中国社会生活中所见的罪恶提出了多种解决方案，其中有些还付诸试验。一些人认为中国社会构成的基本单位——家长制大家庭以及伴生的观念体系是问题的根源。

    在1920年代被改革精神拨动心弦的人之中，有一位生活在成都的富家少年，成都是人口众多的内陆省份四川的省会。后来，他用笔名巴金写下了《家》《春》《秋》三部小说，十分生动地揭示了传统文化中的罪恶，描述了上世纪20年代的社会对变革的渴求。小说描写的故事也成为新文化运动的重要组成部分。这三部小说被称为"激流三部曲",一直影响着人们对五四运动及新文化运动的记述。[1]

1977年,巴金写道,"激流三部曲"中最著名的一部小说《家》,已经完成了它的历史任务,被读者遗忘也许更好一些。而在这十年以前,"文化大革命"一开始,巴金的小说就被定性为"毒草",不适合真正的革命者阅读。[2]

但《家》及其续篇一直拥有广泛的读者。1956年摄制的电影《家》在全国各地的音像制品商店里都可找到,也能在互联网上观看。1988年和2007年,各有一部根据"激流三部曲"改编的电视剧问世。在美国的中国近现代历史研究里,《家》的英文译本也常常是课程的一部分。"激流三部曲"最早出版于1931-1940年间,(因而)对于那些囿于一个几乎无法掌控的社会之中的青年来说充满了强烈的吸引力。小说的情节围绕着巴金的痛苦展开——一种在家长制家族里常见的痛苦。在"激流三部曲"的故事发展里,富有而等级森严的高氏家族,随着年轻一代对长辈的压迫、腐败和伪善的反叛而分崩离析。

由于小说大受欢迎,无论是在国外还是中国学界,"激流三部曲"对于理解20世纪早期的中国历史都十分重要。小说的时代背景是1920年代初期,五四运动刚刚结束,学生们开始公开地抗议中国之积弱,越来越多的人把这种积弱归咎于中国文化。特别是在中国家庭生活里居于统治地位的那些伦理道德——这种信仰和礼仪体系在英文里常被称之为"Confucianism"[3]——广受抨击。巴金的一位老师吴虞，在1919年前后就成为新文化运动中批评中国传统文化的一位领军人物。吴虞认为，正是要求年轻人以老为尊的传统孝道造就了一代又一代软弱的顺民。他论述道，在这样的传统中长大的孩子，成人以后极易被宣扬国即为家和纲常等级制度的统治者摆布。[4]巴金的"激流三部曲"即是用极其感性的描述传达了这一思想，特别是高家年轻一代中的长子觉新，他就是被祖父老太爷的期许活生生压垮了。因此，三部曲成为新文化运动抨击旧文化和儒家观念的重要组成部分。《家》《春》《秋》系列成为五四（后）新一代政治社会活动者的重要宣言。

"激流三部曲"都发生于巴金的故乡——成都。小说里对于这个内陆大城市生活的许多方面都做了不少描写。但是巴金并不打算给他的读者描绘某一个特定的城市。他希望高家成为中国随处可见的那种父权制家族的一个缩影。通过将重点放在家庭成员间的互动，巴金突出了靠儒家思想维持的家庭权力结构对家庭所有成员特别是年轻人和弱者的生活造成了极大的危害。

巴金对社会变革怀有的强烈的责任感使得他在小说中的情绪表达尤为激烈。但是，对于五四时期的历史来说，"激流三部曲"掩盖的和它揭示的一样多。要想真正理解《家》《春》《秋》系列中描写的社会动荡，我们必须从小说之外的历史记录中寻求资料。这正是本书成文的目的——探寻巴金小说背后的历史。我们认真地研究了巴金小说产生的社会背景：五四时期的成都。对于还没读过巴金小说的人来说，1920年代的成都本身就很值得研究，特别是把它跟同时期的其他东部中国的城市北京和上海相比。就世界范围来说，1920年代也是技术、社会、文化都急剧变化的十年，然而这些变化在世界各地并不是同时、均衡发生。成都的情况正好可以用来说明一个中国内陆省会城市对于这些变化的复杂反应，比如说对于民主和妇女解放的呼吁，西式学校和医院等新机构的出现，军事化加强，以及经济动荡，这些在巴金的小说中并没有多少体现。因此，这本书旨在重新建立巴金小说中的戏剧性故事和激发了小说创作的真实城市生活间的联系。通过对历史资料的深入研究，这本书展示了一个对成都更为全面的描述，不仅仅只关注像小说中的高家这样的地主家庭，还关注构成城市社会的其他阶层。对那些熟悉小说和相关影视作品的人以及相关研究者来说，这些细节描述可以令人对巴金在历史当中的成就和局限性有更深的了解。

1940年，巴金完成了《秋》，他打算写作这个系列的第四部小说——《群》。这个名字可被翻译为"the group"（中文意为"团体"），或者"the collective"（中文意为"集体"），或者"the masses"（中文意为"群众"）。对于巴金的前三部小说，有人批评说高家的成员与他们所处的社会环境过于脱节——他们生活的城市，造就他们生活方式的地主制度，以及这个年轻的、不断受到国际事件冲击而四分五裂的中华民国。《群》的写作计划也许可以看作是巴金对于这种批评的回应。

然而巴金没能开始《群》的写作。1949年中国共产党建立中华人民共和国以后，巴金全身心投入"新中国"精神中去，写了一批描写工人和农民阶级中涌现出来的社会主义英雄的散文。
1952年和1953年，巴金随军驻扎在朝鲜数月，记录中国称之为抗
美援朝的战争。在50年代，他也对早期的小说，特别是《家》，
做了修订。简化了语法，稍微调整了书中的政治立场以便该书更
符合共产主义史观。

正是由于《群》的写作未能完成，《家》和"激流三部曲"
的读者对于故事发生的场景有着相当不完全的认识。这是很不幸
的。正如一些学者指出的，五四领袖们对传统的攻击性使得他们
歪曲了中国历史和文化的本来面目——他们往往过分强调中国的
"落后"以证明改变中国的计划的正当性。[5]这种对中国的过
往极端拒斥的现象在1966–1976年的"文化大革命"中达到了顶
峰，"激流三部曲"因为不够"革命"而成为禁书。巴金本人也
被迫批判了"激流三部曲"和自己其他的一些作品。

到了1970年代末期，中国人又被允许阅读"激流三部曲"
了，《家》在年轻读者中再度大受欢迎。但是时代已经不同了，
没有人经历过巴金在"激流三部曲"中描写的那种生活。工业化
进程以及1949年以来中国共产党发起的种种运动改变了中国城市
的面貌。大家庭不再共居在深宅大院里以麻将和看戏消遣，也不
再有大家族的仆佣去各地收租以供给他们奢华的生活。家长不再
给连面都没见过的青年男女安排婚姻。年轻女子也不再害怕剪去
长发。

对于今天的读者来说，被巴金扣人心弦的小说吸引有一点
值得警醒：无论是否生活在中国，他们都太容易将巴金描述的

"旧中国"当作是真实的历史。他们可能以为大部分生于20世纪二三十年代的中国人都过着小说中高家子弟那样的生活：与外界隔绝，压抑，令人窒息，甚至致命。在"激流三部曲"中，巴金刻意夸大了他童年生活中的阴暗面，以使对封建家长制家庭的控诉更有力。另外，通过描写书中的青年男女主角如高觉慧和高淑英，逃离他们（也是巴金自己的）没有希望的故乡奔向大上海自由的生活，巴金造成了这样一种印象，即：像上海这样受国外的强烈影响、创新层出不穷的沿海城市，和文化发展停滞的中国其他地区之间存在着巨大的文化鸿沟。本书对这一观点提出了质疑。

巴金在塑造一个被1930年代的政治和社会活动家们广泛抨击的"传统中国"形象方面扮演了重要角色。[6] 今天，"激流三部曲"的读者应该记住，这些小说是服务于这个特定的政治目的的。另一方面，巴金是一位天才的感性的作者，他从自己在成都的生活中提炼勾勒出来的这些角色吸引了世界各地的读者。家庭中的代际冲突是各种文化中常见的主题。巴金的作品很容易使我们代入20世纪早期中国的生活中去，那是一个令人着迷的时代：传统智慧受到剧烈冲击，社会秩序土崩瓦解，新的政治力量争相设法在转变中的中国实现自己的政治愿景。

正如我们刚刚指出的，小说中体现出很多巴金在成都的童年生活的细节。如果对《家》《春》《秋》系列的阅读理解不仅仅停留在一出家庭悲剧上，我们能够看到一个城市社会的轮廓在高老太爷严厉的家庭统治间若隐若现。本书的目的就是看清楚巴金成长起来的这个城市。这样能帮助我们了解巴金是如何有选择地采用自己的童年经历来炮制对当时社会制度的有力控诉的。同时，了解成都也能帮助我们从一个与巴金小说和五四作家作品以及他们所宣扬的历史记述中都不同的角度，来理解1920年代中国城市生活面临的挑战。

既然"激流三部曲"一直在帮助不同时代的读者理解1949年以前的中国，我们也应该定期对其进行重新评价。不断获得新的史料或者新的观点，使我们能够以新的角度来理解高氏家族，也使得这部作品对于新一代读者来说更容易理解。为什么小辈年轻人如此依赖专断跋扈的祖父老太爷？士兵在城市里面如何战斗？在那个时代，该地区经济创造了什么样的工作机会？为什么一个年轻女子剪发就会使她的母亲蒙羞？本书即是通过研究巴金青年时代性格形成时期（也就是小说发生的背景）的历史史料，来揭示这些关于当时的成都社会和政治情况的问题。

前面提到，这项研究另一个重要的方面是强调"激流三部曲"作为中国五四时期历史的局限性。伟大的小说在影响后世读者对历史事件方面的力量不容小觑。有多少美国以外的人是通过《飘》的小说或者电影初识美国南北战争的？对这些人来说，他们又怎能避免获得这样一个印象：这场战争最大的后果就是南方上流阶层流离失所？关于小说的历史背景是否失实的争论在美国很常见：比如说，畅销作品《相助》就小说和改编而成的电影中对1960年代密西西比黑人女仆生活的描述到底是好还是坏这一议题，引起历史学家和其他人等的大量讨论。[7]

"激流三部曲"无疑也塑造了许多人对中国文化和20世纪中

国历史的看法，特别是对中国家庭模式和新文化运动的理解。从这个意义上来说，三部曲本身就扮演着重要的历史角色。本书将用批判的眼光来看待巴金本人对于他成长的社会和世界的诠释，当然这不意味着我们不欣赏他的作品。除了对中国传统家庭持特别负面的看法外，巴金的作品更偏重于情绪的冲击而忽视了社会历史。与巴金小说形成鲜明对比的是李劼人的作品，李劼人也出版了一部以20世纪早期的成都为背景的小说三部曲。然而无论是在中国还是在国外，他的小说的名气都比"激流三部曲"小得多，这很大程度上是因为他的作品缺少巴金小说中的情感冲击。但李劼人实际上是一个优秀得多的社会历史学者。通过揭示人物怎样囿于社会关系以及他们的选择如何受限于习俗和律法，李劼人对于早期成都生活的描摹更加真实，对于小说中不同角色的行为逻辑也（解释得）更为合理。[8]

　　跟李劼人不同的是，巴金把读者需要了解的人物所处的历史背景留待他人来填补。这正是我们这本书要做的。我们有时也会对李劼人和巴金对于那个时代的看法做个比较。不过，本书主要还是基于浩如烟海的20世纪初的中国社会、文化和政治史料，特别是与成都有关的资料。作为中国西部的政治和文化中心，成都哺育了包括巴金在内的20世纪许多著名人物，本书也对他们的成长经历做了研究。蕴藏在地方档案和其他记录中的丰富的城市历史使我们能够为这个城市勾勒出一幅清晰的画像，它远离那个时代国家的政治中心，但又分明能感受到并推动中国历史洪流的激荡。

　　本章导语接下来的内容会介绍巴金的生平，以便我们了解

"激流三部曲"出版和大受欢迎的历史环境。本章最后会以对贯穿本书的主要问题的讨论作结：封建家长制和儒家家庭，军阀政治与中国城市，在20世纪早期文化价值观念和社会结构变革中革命的性质，以及这些变革对中国家庭和中国城市的影响。

巴金与"激流三部曲"

巴金的人生和他最著名的作品与20世纪的中国历史相互交织无法分开：故事的创作过程和"激流三部曲"被广为接受，让我们看到历史事件是如何影响到小说中的一些标志性人物以及故事本身如何变成一个文化变迁叙事的核心。巴金常常坚持读者不应在他的生活里寻找《家》的主人公高觉慧的影子，然而两者的生活轨迹确实有很多相似之处。[9]

童年时期的巴金原名李尧棠，成人之后他为自己取了笔名巴金。像小说中的高觉慧一样，他生于四川省会成都的一个富贵人家。巴金的父亲也像觉慧的父亲一样是家中他那一代的长子，是清朝（1644–1911）末期的一位政府官员。他的母亲也如觉慧的母亲一样很年轻就去世了。现实中的父亲与书中一样，再娶之后不久就去世了。孩子们与严厉冷漠的祖父、叔叔婶娘、表兄弟姊妹和仆人们一起生活在一个大家庭里。巴金的兄长，如同小说中的高觉新一样，屈从于祖父老太爷的意志，肩负着传宗接代和维持大家庭的重任。巴金和高觉慧一样，年轻时就离开成都去到中国东部。在小说《家》的最后一幕里，觉慧在1920年代早期就在一艘开往上海的船上与家庭决裂，而巴金与家庭的决裂却花了很长时间，直到1931–1932年间小说在上海的报纸上连载才算是公开宣告。

由于自己的家庭与小说中的高家有如此多的相似之处，小说很快就被看作是自传性质的写作，而巴金为什么决定写作这样一部小说来谴责中国上流阶层的价值观和行事方式？在多年间发表的有关他的小说和写作生涯的散文里，他本人数次回答了这个问题。比如他的散文集子里有一封1937年写给一位表哥的信。他在信里说道："我写这本书是为了其他青年不再被困在家庭'礼教的监牢'（这是他在短篇小说*Under the Street Gate*里用过的短语）里……并不是报复私人而是攻击这个制度。"[10]他厌恶老一辈伪善地利用儒家伦理道德控制人们，打压任何对其恶行的反抗。当《家》发表广受欢迎之后，他写了两部续篇。第一部是《春》，故事与《家》相近，只是这一次是一位年轻的女性为主角挣脱了家庭礼教和专制的监牢。"激流三部曲"呼吁青年人不要接受长辈们安排的人生，而是应该努力奋斗实现自我梦想和社会公平。

巴金这些小说还一再表达了他对于青春的热爱，他认为青春会在死板僵化的家庭生活里窒息而在志趣相近的朋友那里点燃。在1933年发表的一篇名为《朋友》的散文里，巴金感谢了那些帮助他在绝望中坚持下去的朋友们。他写道，朋友是比家庭更可贵的。但是兄弟也能成为最好的朋友。巴金与两位兄长的关系也能说明这个观点。他与李尧林（图1.1）和李尧枚（参见图

7.3）之间亲近的关系成为高家三兄弟——觉慧、觉民和觉新的原型。[11]

图 1.1　1925 年，巴金（右）与二哥李尧林。照片由巴金研究会提供

　　姐妹们的地位以及女性的人际交往对于巴金来说更难处理一些。下一章里我们会谈到，巴金大部分时候对性的话题是避而不谈的，或者只是把性看作是放荡堕落。在他的小说里，两性关系从未像他描写的男青年之间那种同志般完美而亲密的感情。同辈男女间的浪漫情愫有时很复杂甚至常常使人生恼，伴随着迷恋，或者妒忌，或者遗憾，甚至恐惧。巴金本人39岁结婚时，他的妻子陈蕴珍（后称萧珊）未满27岁。她还是学生的时候作为粉丝给巴金写了一封信，婚前数年他们两人已经成为很亲近的朋友。与萧珊的交往可能对巴金创作高觉新和女仆翠环的爱情故事很有帮助，也因此给了小说《秋》一个几乎让人难以置信的美好结局。

　　反抗家庭和社会里常见的压迫和伪善的需要，对于青春的美好热情，对一个更加公平的未来世界的期许，对志同道合和爱情的追求，这些是巴金作品里的主题。正如他在"激流三部曲"总序里写的那样，他要帮助读者欣赏从中国社会的乱山碎石中间激荡而出的生活的激流，这激流也在创造它自己的道路。

启蒙巴金成为职业作家并被他借鉴模仿的人很多。[12]当他还是孩童时，父亲常常带他去看戏曲表演并和他谈论里面的故事。从很小开始，他就酷爱读书。背诵诗歌、学习儒家经典，也喜爱中国古典小说。15岁时，他读了俄罗斯哲学家彼得·克鲁泡特金（Peter Kropotkin）的《告少年》一文，这篇文章已经被翻译成中文，被无政府主义组织广泛传播。巴金自己曾说，他当时被克鲁泡特金号召富家子弟应牺牲个人安逸去帮助穷人并创造一个更公平的世界的观点深深地打动了。1910年代，巴金开始通过北京和上海创办的一些期刊接触到革命文学和一些社会活动家的作品，这些期刊中就有著名的《新青年》。[13]他还给《新青年》的主编陈独秀写去一封激情四溢的信，誓要推翻中国的传统文化，并且寻求具体实施的建议。

陈独秀没有回信。1919-1921年期间，他大约收到了几百封这样的信。但巴金在本地找到了同志。他加入了一个叫作"均社"的无政府组织，并成为其杂志的编辑和撰稿人。同东部沿海的许多著名杂志一样，均社的杂志也会抨击军阀和要求妇女解放。1923年巴金移居东部地区后，他仍然阅读和写作大量号召文化和社会变革、阐明无政府主义原则的文章。他在上海的文学圈子里成为活跃分子，并且开始与流亡欧洲的美国无政府主义者爱玛·高德曼（Emma Goldman）通信。

1927年，巴金来到法国。在那里，他尝试着自己研究国际无政府主义运动，一边学习法语，一边发表有关中国政治的文章，同时还在翻译克鲁泡特金的《伦理学：起源及其发展》。也是在那个阶段，他开始写作小说。当他还在法国时，他的中篇小说《灭亡》——背景设定在上海劳工运动组织者间——已经在上海最著名的文学期刊上发表。1928年，在从法国动身返回中国时，巴金读到了埃米尔·左拉（Emile Zola）写的讲述第二帝国时期的卢贡–马卡尔家族故事的长篇系列小说。这激发了他将自己的家庭作为长篇小说主题的想法，这便是后来的"激流三部曲"。回到上海后，他便开始这项工作。他的长兄李尧枚，也从成都写信来鼓励他抛却所有的恐惧来揭露像他们这样的家庭中丑陋的真实生活。1931年，小说《家》的第一部分就发表在上海《时报》的文学副刊上。1933年，修订后的小说又出版了单行本。

《家》大受欢迎。到1936年，这部小说已印刷四次，售出成千上万册。这一年，巴金再一次修订了文字，又出版了一个新版，销量同样很好，重印多次。另一个修订版（第十版）1937年出版，并且同样重印多次。这一次，巴金开始着手写作《家》的续篇，以满足他的广大读者的要求。《春》的第一部分于1935–1936年间开始连载。政府当局查封了小说发表的报纸后，巴金暂时将手稿搁置，直到1937年秋日本开始占领中国东部地区才完成写作。日军占领上海期间，巴金居留在法租界地区。在1938年和1939年去南方和中原地区的旅行之后，巴金返回上海完成了"激流三部曲"的最后一部，《秋》。这部小说出版后不久，法国政府在欧洲向纳粹投降，新的维希政府在亚洲开始与日本同流合污。这时巴金离开了上海，在蒋介石国民政府统治下的西南地区度过了战争的最后几年。在战时首都重庆，巴金的朋友曹禺，将《家》改成舞台剧，呈现给热情的观众。

战争末期，巴金返回上海。当胜利的共产党1949年进驻上海时，巴金留了下来，并作为上海作家协会的创始人之一与新政府合作。他的任务之一是记录中国人民志愿军在朝与美军作战时的英雄事迹。1950年代期间，他还不断地对自己的小说做了修订，其中包括"激流三部曲"以及由长居北京的美国侨民沙博理（Sidney Shapiro）翻译、外文出版社出版的《家》的英文版。1930年代巴金对《家》的修订主要是勘误和删除重复的段落，而1950年代的修订则是政治性的——批评城市居民的冷漠的段落去掉了，提到无政府主义的部分删除了，学生中的激进分子也比1933年版中更为果敢坚定。[14]巴金的此次修订多少也受到了曹禺改编的《家》的剧本的影响。

1950年代，香港和内地都拍了电影《激流》。1956年内地拍摄的电影《家》尤为成功。著名演员孙道临饰演了充满矛盾的兄长高觉新，曾在40年代曹禺的话剧中饰演他的妻子瑞珏的张瑞芳在电影中饰演了同一个角色。

到60年代初期，"激流三部曲"的名气随着电影上映越来越大。巴金也因此成为中华人民共和国最知名的作家之一，即使在50年代他并没有出版新的小说，也几乎没有写什么新的故事。在1966年开始的"文化大革命"中，对于巴金的攻击是毁灭性的。[15]他的作品在中国被禁，他自己则被迫接受"再教育"，并且对自己和政治立场不正确的作品进行自我批评。他承认自己的写作受"小布尔乔亚"背景影响，对年轻的知识分子给予太多的同情而忽视了劳苦大众。

作为经过二三十年代激烈的政治斗争洗礼过的老兵，巴金本来可以更从容地应对"文化大革命"的斗争，但是他的家庭却因此付出了巨大牺牲。50年代，巴金和妻子在上海抚养一儿一女，生活幸福。当他受到攻击时，全家都跟着遭了殃。1972年，巴金的妻子因癌症去世，并没有得到可能挽救她性命的有效治疗。80年代初，巴金写了一篇关于她的去世和他的痛苦的沉痛的文章，谴责"文化大革命"和它带来的种种非人道景象。在20世纪最后的二十年里，中国和国外的许多文学批评家常常提起巴金关于建造一座"文革"博物馆来记录它的罪恶、分析它的成因以及悼念因此牺牲的人们的倡议。[16]

1976年毛主席逝世，"文革"结束。几年之内，"激流三部曲"再度在青年读者间大受欢迎。1956年的电影《家》，作为1966年以前拍摄的第一批电影，毛主席逝世后也重新上映。而这一次激起的反响甚至比初映时还要热烈。[17]1984年（似乎应为1983年），巴金在茅盾（20世纪中国少数几个名望能与巴金匹敌的小说家之一）之后继任中国作家协会主席。1982年，"激流三部曲"新出版了连环画版，1988年，改编自"激流三部曲"的电视剧播出；2007年，新版的21集的电视剧《家》开始播映。

从70年代起，巴金就不断地被提名诺贝尔文学奖，可惜没有成功。1990年，巴金获得了首届福冈亚洲文化奖特别奖。他在成立于1985年的中国现代文学馆的创立过程中也起了很大作用，并捐赠了自己的大量手稿和其他作品。[18] 由于饱受帕金森病的困扰，巴金的最后那些年是在上海的一家医院里度过的。2005年10月，百岁老人巴金逝世。他留下的文化遗产也因他的逝世再度受到瞩目。现在，他的大部分著作可从网上下载。中国的学者已经出版了几十本专著和上百篇论文来探讨他的生平和小说。中国国家教育部将《家》收录到三十本中学生必读书目中去。[19] 巴金的"激流"仍在奔腾流淌。

本书的研究方法、组织结构和主要论题

"激流三部曲"主要围绕着一个大家族在文化与政治动荡中分崩离析并最终土崩瓦解的心路历程而展开。另一方面，这本书拓展了视野，将小说的背景——一个中国内陆城市经历的政治文化动荡置于核心。我采用了另外一些历史资料来描绘五四时期发生在成都的另一些故事。在这个过程中，我特地强调了20世纪早期的一些重大事件，不同阶层的人在其中以不同的方式进行角逐。我的研究方法是在同一个城市里进行跨阶层研究，既包含知识分子和社会活动家，也包含商人、士兵、女佣和其他人等。正如我们将要看到的，巴金家乡的大部分人并不认同他认为父权制家庭是一切烦恼的根源这一观点——他们并没有把儒家文化和压迫剥削联系起来。

历史学家们已经深入地研究了五四和新文化运动时期的社会动态，但是这些研究往往聚焦于中国东部地区，在那里，新文化理论家和出版家云集，应新的社会潮流而生的政治机构也往往把总部设在那里。另外，由于中国共产党经过多年艰苦斗争终于取得最终胜利，并且在1949年后彻底地改变了中国社会，研究的一个主要方向就是在中国革命的大背景下探究最终奠定中华人民共和国成立基础的五四思想及后续事件。因此可以理解，学术研究的重点也放在知识分子的经验上，他们清楚地阐明了中国传统文化的弊端以及构成一个新的强大的中国社会的要素。

本书的目的有些不同，我的目的之一是通过对历史资料里不同层面的描述性研究揭示那个时代的成都的面貌，通过这样的研究，揭示的不仅仅是知识阶层的生活和观念中起伏和扩散的种种变化，还包括其他城市人群的变迁，比如实业家、商人、劳工、乞丐和奴隶、士兵、学生以及外国侨民。本书以"激流三部曲"作为切入点研究一个处于世界历史关键时刻的城市，从一个新鲜的角度探讨20世纪初期中国在文化、社会秩序以及国家认同等方面的挣扎。通过调查不同社会和经济阶层人们的生活，本书以更广阔的视角来研究成都这个特别的中国内陆省份城市，并且与沿海城市以及五四运动和新文化运动称之为"落后的"中国做了比较。1920年代和1930年代的成都人民面临的变迁、挑战和抉择，远比家族内部的代际权力斗争要复杂得多。在我对成都的描述里，对儒家家庭的攻击只是引起社会动荡的一个因素，对某些活跃分子来说是至关重要的因素，但是对城市中的其他人来说，并非如此。

本书的每一章都会从分析"激流三部曲"中的一个或多个人物入手，来探讨巴金对他、她或他们的描写与历史资料中记载的类似阶层的真实生活的关系。所有这些章节共同构成成都多层次的文化、政治和现实图景，可作为五四时期中国内陆城市的一个样本。

我们的开场人物是小说《家》中最不幸也是最可爱的角色——鸣凤，这个聪明而深情的女仆为了避免成为一个老人的小妾的命运而自杀了。在这一章因鸣凤而产生的众多问题中，最基础的一个是"女仆是什么"？第一章考察了女仆和小妾的法律及社会地位。第二章从对高老太爷的分析切入，研究了他所属的社会文化阶层渐渐消亡的过程。巴金强烈地批判了他那些成都士绅阶层的长辈以及长辈亲朋的观念和作为。这一章旨在从拥护和践行者的角度探查巴金的描写背后的士绅文化。第三章考察了1920年代成都的经济状况，揭示那时的家族——也包括巴金的家族——如何维持。工业化尚未普及，政治上的不确定性又造成了经济上的不稳定。然而与中国其他地区一样，成都也已经出现准备迎接工业化生产产品的消费者。第四章和第五章研究了巴金的小说中未提及但却是城市重要组成部分的人群的生活：城市贫民——比如乞丐和街头艺人，他们靠着像高家那样的阶层过着来源极不稳定的生活；士兵——大部分由各路想要争夺城市控制权的军阀从失地农村家庭中招募而来。这两章突出了军费成本以及当时的政治动荡，以及造成这些现象的部分原因。第六章和第七章重点研究巴金的同辈以及他的读者群体——在一个文化剧变的时代接受了一定的教育、有足够的经济资助来支持他们选择自己的人生的青年男女。

每一章都对这些历史资料和特定文件的类型进行了详细描述和讨论，正是这些资料使得我们可以对1920年代成都的社会特点做出结论，有些资料印证了巴金在"激流三部曲"中对这个城市的描写，有些则不然。有时我们会重点聚焦于三部曲中的某些篇章，详细研究巴金对家长制儒家家族的重点描写以及小说中对于社会阶层、上流社会妇女禁锢以及曾经惊吓到幼年巴金的街头巷战的描写。在这项研究中，还有几个重要主题。首先是20世纪早期中国城市在形态上经历的变迁。每一章都会检视成都在城市建筑和基础建设上的变化，以及这些变化对人们生活的影响。第二是1910年代到1930年代间军阀政治的特点，以及战争和政治动荡如何影响到城市和生活在其中的家庭。第三是五四运动对成都的影响。"激流三部曲"是五四运动的重要文本。激发了巴金这部伟大著作的新文化价值观念以及由此引起的社会变革在成都如何受到欢迎，有多受欢迎？

五四时期的成都揭示了当时世界历史上的一个普遍现象。新媒介迅速将新思潮传播到各地，这使得剧烈变迁成为可能，也成为人心所向。一些人在新思潮的鼓舞下试图付诸实践，特别是受教育的年轻一代，他们在社会地位或者其他方面并不占优势，因此也更愿意以实际行动换取一个进步的愿景。在成都，人们已经普遍意识到国力衰弱以及地方政治的不稳定，但是对于引起这一乱象的原因莫衷一是。像巴金这样的激进分子（将之）归咎于旧秩序和旧文化，而大部分年长者以及部分他的同辈将之归咎为旧式伦理道德的沦丧。在20年代和30年代的这场思想观念之战使像成都这样各种思潮和社会实践不断涌现的城市里发生的其他变化都黯然失色，在极端反传统和对一切新事物的全盘否定之间，一些人开始寻求并且找到了其他道路。在本书中我们会看到，在1920年前后，成都发生了巨大的变化，虽然这些变化并不能让"激流三部曲"这位充满激情的作者满意。

第一章　鸣凤：一个中国婢女的生活

　　这一章里，我们将从传统家庭结构里最弱势而不是最强大的角色——婢女——切入来探寻1920年代的成都。婢女的社会地位并没有受到20世纪早期社会变迁的什么影响。让我们来近距离地审视一下小说《家》中最富感情的角色——鸣凤——背后的现实。鸣凤是一个单纯而温柔的婢女，不幸与小说男主角高觉慧堕入情网。当一家之长将她送与一位老友为妾时，鸣凤首先向觉慧求救，然而最后她还是绝望地在家族庭院里投湖自尽。

　　很多读者认为鸣凤的故事是"激流三部曲"中最动人的部分。剧作家曹禺在1941年将小说改编成广受欢迎的舞台剧时也突出了这一点。可怜的婢女与主人之间的关系也成为"激流三部曲"后两部《春》与《秋》中一再出现的主题。鸣凤死后，不幸的婉儿作为替代被送给了老头为妾。当她回到从前所在的家庭

时，她看起来很憔悴，提到她嫁人后的生活就泪水涟涟。倩儿是
四老爷高克安家的婢女，被克安妻虐待直至生病。她的女主人不
肯请医生，倩儿最终病死。喜儿是五房家的婢女，委身于五老爷
高克定（有可能是主动勾引），后来被收房为小妾。两房家的年
轻儿子骚扰并猥亵了高家另一名可怜的婢女春兰。在三部曲的结
尾，觉慧那个忍辱负重的长兄觉新，迎娶了心爱的婢女翠环，怀
着希望从此幸福地生活下去。

在1910—1920年代的中国，是否真的存在像鸣凤、婉儿、倩
儿、喜儿、春兰以及翠环这样的人？对于这些角色而言，这个问
题比有关"激流三部曲"中其他角色的问题更难回答。其中有三
个原因：首先，作者巴金承认，尽管小说中上层阶级中的许多人
物都可在他自己的家族中找到相近的原型，鸣凤、翠环以及其他
几位丫头的角色却是他虚构出来的。第二，尽管巴金的家族必定
也有蓄婢，但他所处的社会阶层与她们相去甚远，这使他很难
真正了解她们的世界观和心理。他花了大量的时间倾听家中男性
仆佣的故事，与家中几位照看他和兄弟姊妹的老年已婚女佣关系
也很亲近，但在他的回忆里，关于家中未婚女佣的记述却几乎没
有。而且正如一些文学批评家指出的那样，"激流三部曲"中对
婢女的描写更多地来源于经典著作《红楼梦》的影响而不是他对
现实中这些人的了解。[1] 最后也是最关键的一点，记录20世纪
头十年中国婢女生活的文献很难获得。

尽管直接了解婢女的世界有些困难，我们还是可以了解到她
们生活的环境，从而合理地想象她们怎样应对生活的艰辛。重

建这一社会阶层的历史也赋予我们了解城市和家庭生活的新视角——从那些被卖到城市士绅家庭里的乡下姑娘的角度来了解这一主题。因此，本章从探讨婢女在中国历史中的地位开始，继而从一个穷苦的姑娘的角度来概览成都这个古老城市及其毗邻腹地的生活。然后，我们会探讨一些对于理解婢女生活和巴金小说中的鸣凤都十分重要的话题，如宗教信仰以及小妾的地位等。最后，我们来回答一个问题，尽管（社会上）有废止婢制的呼吁并且巴金也塑造了令人同情的婢女形象"鸣凤"，为什么婢女的生活情状在20世纪上半叶的中国却几乎没有多大改善？

"婢女"在1920年代中国的定义

对今天的很多读者来说，伺候高家的鸣凤可能就是一个女佣。但是，对于20世纪早期的富贵人家来说，女性仆人又可依据她们的婚姻状况而不是工作性质划分为不同类型。已婚妇女通常是获取薪酬的女仆（如厨娘、保姆或奶妈），而且哪怕她们住在主人家里，只要她们愿意，不当值或者辞工的时候仍然可以自由离开。而另一方面，未婚女性没有薪酬，而且由于她们总要听命于男女主人们的支使，因此从不休息。对这类姑娘的法定称呼为"婢女"，在巴金的小说中，这个名词用来指代鸣凤和其他家中的女孩。小说中的角色用更口语化和更常用的"丫头"来称呼这些女孩。"头"指人的脑袋，而"丫"是未婚女性脑后梳的独辫的象形化符号。在沙博理1958年出版的《家》的英译本中，他把婢女和丫头翻译成bondmaid（使女）。而其他一些译者，包括著名的上海作家张爱玲，考虑到这些女孩对主人的绝对从属关系，将之译为"slave girl"[2]。我们采用后一种翻译。

20世纪以前的婢女的历史并不十分清楚。一些基本的问题都没有答案，比如在不同的历史时期婢女的数量是多少？婢女交易市场的性质是什么，又是如何随不同历史时期而变化的？婢女们与其他仆人以及周边社区是如何交往的？以及当契约期满时，男女主人如何处理这些婢女？这些问题及相关信息没有做过系统收集和分析。很可能也没有足够的历史资料给我们清晰的答案。

我们只知道，从法定程序上来说，包括清朝（1644–1911）在内的封建王朝都是允许在一定限制内进行人口买卖的。基本上来说，只有出于自己和家人不至于被饿死的理由，户主才可以出卖家庭成员。然而从法律实践上来说，大部分时候这些法律限定并没有起什么作用。在清朝统治的所有时期，男女童买卖都很常见，正式的买卖文书通常也会给予买主对于这些孩子的绝对控制权。官府很少介入其中。

清朝早期，有些奴仆是世袭奴仆（奴婢）的后代，从出生起所有权即归主人所有，有些也可通过契约买卖。研究者发现，清朝统治几十年后，世仆制走向衰落。[3] 18世纪早期蓬勃发展的商品化经济使得成年奴仆潜逃并且想办法养活自己变得相对容易。1730年代，雍正皇帝陆续下旨"豁除贱籍"，贱籍制度将部分人禁锢于特定的社会经济身份，这其中就包括世袭奴婢。[4] 因此，清朝后期几乎所有的婢女都是幼年时期即签订的买卖契约。

19世纪和20世纪早期，标准的婢女买卖契约里会标注婢女在主家服侍的年限，通常是从她被买进主家（通常是5–10岁）到可婚配生育时（大约20岁左右）为止。这些女孩的劳力被父母出卖给她的男女主人（有时也可能是被其他人强行绑卖），后者也就得到了对她的绝对控制权，不须告知她的生身家庭就可把她转卖给其他人。

当一名婢女按照契约规定年限完成服务，大部分的契约规定了主人有为婢女选择配偶（择配）的责任，通常也无须征得她的生身家庭的同意。[5]因此，在《家》中，高老太爷决定将鸣凤送给另一家为妾不过是遵从习俗而为之。他将鸣凤嫁与一老人为妾增加了故事的悲剧性。巴金在写作这部分情节时可能是受到一个真实案例的启发。1926年，年近60岁的成都知名学者和教育家刘豫波，迎娶一位17岁的女孩为妾。[6]此事在当时也引起社会震惊。然而刘仍然保持着身为士绅的美名。第二章里，我们将要对刘先生的生平和事业开展一些研究。

在前面的讨论中，"生身家庭"一词用来强调社会科学家们发现的一个事实：婢女被官方和大部分中国人认为是其主人"家"（"家"，也是巴金"激流三部曲"第一部的名字）的一部分。历史学家约翰娜·兰斯米尔认为，在刚刚步入20世纪和在此以前，中文"家庭"一词是具有"共居"的含义的——无论你与户主的血缘关系如何，如果你住在他的屋檐之下，你就是他家庭的一分子，并且需要遵从他的权威。[7]婢女在进入主人家时，居间的牙人或者她的主人会给她取一个新名字。鸣凤以及其他婢女在被卖进高家以前肯定有其他名字，而且她们明显没有自己原生家庭的姓氏。老年女仆则被冠以夫姓：如张嫂，即张家的嫂子，而她们在婚前可能也是婢女。

　　成为主人家的一员并不意味着主人和婢女之间有什么温暖的感情联系。人类学家葛希芝创造了"父权公司"（patricorporations）一词用来描述中国式大家庭。这种家庭更像是由父权家长管理的企业。家长有权在生计艰难时卖出家庭所有物，包括妇女和幼童。当经济条件允许时，他也可决定买进人口以期人丁兴旺。[8]另一方面，许多富裕家庭把买进家里养不起的幼童当作是一种善举；19世纪和20世纪早期的中国人并不会认同把大家庭描绘成由一个冷血的、精于算计的、追求经济利益最大化的家长掌管的"父权公司"。[9]巴金就曾忆及这样一桩善举：曾有一个名叫翠凤的婢女在他家"寄饭"，是家中一位老仆的侄女。寄饭，意即寄住在他家里作为一名婢女来换取饭食，求得生存。当翠凤长到能嫁人的年纪，巴金家中一位远房亲戚想收她为妾，但她拒绝了。在这个案例里，由于她并不是家里买来的，因此有权说不。巴金评论道，他家人都吃惊于她宁愿嫁给一个穷汉也不愿给富人做妾，同时也很钦佩她。[10]

　　有时，男童也会被买来作为家庭某支系的继承人，可以在对祖先的祭祀中奉行仪式（家庭祭祖，参见第二章），这对于保持对土地和其他财产的控制权十分重要。这种有关继承的过继收养，通常发生在姓氏相同的兄弟或堂兄弟间。比如，在《秋》中，高老太爷的妾就打算收养高克安的一个儿子作为自己的孙子和继承人。但有时，在大家庭里并没有那么多男孩满足要求。虽然法律禁止从别家买来的男孩过继为继承人，但是官府通常也不会真正阻止这种行为。[11]

有时，女孩会被作为童养媳买进来，许配给家中的男幼童。她的生身家庭会得到相当于婚嫁聘礼的报酬，而她未来的丈夫家会抚养她、训练她，同时也让她劳动。由于童养媳通常会比她的未婚夫大好几岁，她的工作也就包括作为她丈夫的保姆。[12]

在"激流三部曲"中没有童养媳。高家的女儿们以及她们生活的圈子都是在家接受教育，然后在年近二十的时候嫁入夫家。20世纪早期，或者更早一些的时代，童养媳在农村更普遍，而城市则不多见。[13]不过高家的每一房都有一个婢女。

家庭为什么要买入婢女？一些历史学家认为，18世纪和19世纪早期商品经济的发展使得许多家庭需要婢女作为彰显社会地位的标志。富有的家长们明显很需要买入婢女作为他们的妻子、女儿和小妾的侍女和陪伴。18世纪的一位学者和官员方苞就反对这种风气，他谴责自己的妻子和其他贵族妇女将婢女当作是时髦必备装饰。[14]人类学家詹姆斯·华生则从"需求"的另一个方面对清朝对婢女的需求增加提出了解释：由于缠足的日益流行，"在南中国的许多地方，被称之为'妹仔'的侍女（妹仔是中国南方对于婢女的方言称谓）的普遍存在与女主人的缠足直接相关，这种时髦的身体畸形使得她们无法进行任何家务劳动。"[15]根据玛利亚·雅绍克的研究，中国南方的很多家庭在女儿开始缠足的时候就为她们买入婢女。[16]出身贫苦家庭的婢女一般不会缠足，能够搬动沉重的托盘，也比她们缠了足的女主人更能长久站立（关于缠足的更多讨论参见第六章）。

对中国历史上妇女儿童买卖进行研究的学者当然也不会忽略供给上的原因。清朝的人口数量稳步增长，17世纪人口数量约为1亿，到1900年，人口数量已经增长至4亿。这使得土地已不足以供养这么多人口，特别是遇到旱涝等严重灾难时。由于连年战乱，19世纪晚期和20世纪早期的农村地区动荡不安，这使得绑架变得容易许多。[17]沉溺于鸦片和赌博也使得更多的孩子被送往牙行。[18]

出身于北方一个贫苦家庭的宁老夫人在1930年代接受社会工作者艾达·普鲁特的采访中就曾详细描述过鸦片瘾是如何导致买卖儿女的。宁老夫人的鸦片鬼丈夫于1889年将他们的一个女儿卖掉换取了一点点鸦片烟和红薯；他回家之后，宁老夫人逼着他寻回了自己的女儿。但后来他又把女儿卖了一次，买了他女儿的妇人没有孩子，保证会像对亲女儿一样待她。由于这妇人承诺可允许宁老夫人去看望女儿，这一次宁老夫人默许了这笔交易。几年之后，宁老夫人女儿的新家迁往外地，宁老夫人与女儿失去了联系，但让她感到安慰的是至少她确实看到这家人对女儿不错。[19]

很明显，20世纪早期中国的很多家庭都会买进婢女。在1909年的一份关于奴婢制度的奏折里，官员向皇帝报告，不单单是上流社会富贵人家，许多中等小康甚至是温饱人家也开始使用婢女。[20]1921年，港英政府——辖下约有62.5万人口，几乎都是中国南方移民——要求主人们登记自家婢女。上报的婢女数量有8600余名，多为10-14岁之间。很可能还有很多并未上报。[21]詹姆斯·华生通过对香港新界的实地调查发现，在20世纪早期的中国幼童买卖几乎成为常态。"各地的达官贵人都根据自家的管理需要积极地参与到孩童买卖之中。"[22]

与宁老夫人的女儿不同的是，大部分婢女都根本无法与自己的生身家庭保持联系。孩童的买卖都通过牙人（多为女性）来安排，许多人也兼做媒人来维持生计。为了简化交易，牙人通常会阻止交易双方接触。[23]为了使这些孩子与家庭的断绝更彻底，很多人被带到远离家乡的地方。18世纪的政府官员已经报告过一个跨越地理区域很广的幼童交易产业网络的存在，包括绑架的人以及专业养育买卖幼童的生意人，这些幼童会被卖作婢女、戏子、妓女和小妾。[24]约翰娜·兰斯米尔研究了20世纪早期北京的一些关于婢女的诉讼，她指出随着交通技术的发展，如蒸汽轮船和火车的出现，远距离婢女交易大大增加。[25]1932年的一篇评论文章认为，中国东南沿海的六个城市已经成为日益猖獗的婢女非法交易的中心。[26]有些来自中国南方的婢女甚至被送往新加坡和其他海外华人社区去伺候主家。[27]

如果她们的生身家庭无法监控到她们在新的家庭里被如何对待，对于婢女还有什么保护？历史学家的共识是，婢女的命运几乎完全取决于男女主人的善心以及主人对于家族声誉有多在意或者对所谓超自然的因果报应有多恐惧。虽然巴金在"激流三部曲"中对于这一主题只是稍有提及，鸣凤的自杀仍然符合中国社会几百年以来的一种模式，即因绝望而死的年轻女子或者其他人在造成她们痛苦的宅院里自杀，寄望于死后的冤魂可以回来报仇。由于对于冤死鬼的复仇深信不疑，如家里发生了这样的自杀事件，一般会举行法事祭奠死去女子的鬼魂，还会找来和尚念经以抚慰鬼魂使她不会危害家宅。[28]小说里，鸣凤跳湖时并没有存着报复主人的念头，但是照看觉民和觉慧的老仆黄妈却告诉他们，她不愿意待在高家，因为鸣凤之死已经使得高家变成一摊"浑水"——这个词在社会意义和道德意义上都是贬义，那些做了坏事的人会更容易遭遇惨事。

婢女遭受体罚是她们生活的一部分，有时候十分残酷。19世纪晚期的一位清朝官员纪昀曾经记录他到访一位朋友的家中，看见朋友的妻子是这样训练新买的婢女的：她们必须长期跪着接受女主人的教导，然后还得挨打，这样她们才会知道体罚的滋味是什么。如果她们敢大声哭叫，会被打得更重。[29]纪昀觉得这事值得记述说明这并不是常见现象，但是显然在北京的上流社会阶层中，这种行为不是不可接受的。

偶尔谋杀一名婢女也会遭到审判甚至正式判刑。19世纪早期，翰林院编修汪庚就因殴打一名拒绝承认偷了一个鼻烟壶的婢女致死而受审。被判有罪后，他受100下鞭刑，流放三年，后来他的儿子交了500多两银子罚金使他免于受刑。[30]宁老夫人也告诉艾达·普鲁特，19世纪晚期，中国东部山东省的一个官员也因为杀了一个婢女而被免职；他的女儿也因此不得不结了一门条件不如从前的亲事。[31]

这样的刑罚如果普遍推行开来，必将有力遏制对婢女的虐待，然而熟悉中国近现代法律文献的历史学家认为，虐待是普遍发生的，并且被发现或者被审判的只是极少数。除非一个家庭早就因为别的什么原因官司缠身，否则他们如何对待婢女一般不会引起质疑。因此，高家两名婢女之死（《家》中的鸣凤和《秋》中的倩儿）并没有引起官府调查也不是不合情理的。然而他们对于婢女残酷无情的暴行会在当地流传开来，能够自由进出家中进行采买和其他杂务并且能随时返家的老年已婚女仆会将之散布于四邻。在第二章和第六章中，我们将会看到，家族声誉在"激流三部曲"里设定的社会背景下是十分重要的。

对于婢女们的性剥削可能很普遍，甚至是可以预期的——比如巴金小说里高克定对喜儿的引诱以及年轻的高家表兄弟对春兰的虐待。在历史学家苏成捷关于清朝法制系统里对于性侵的定义与处置的研究里，他注意到，清朝以前，法律或习俗都没有禁止主人与婢女发生性关系。而在清朝，家养婢女的法律地位模糊不清。当然，她们仍然会与主人发生性关系，然而清朝法律规定，无论主人是否这样认为，与主人发生性关系的婢女不能再被看作是普通奴仆而是相当于侧室。[32]

人类学家玛利亚·雅绍克采访了许多曾为婢女的女性，完成了一部香港婢女生活的口述史，其中描写了一位被不能生育的妻子买进家中的婢女，尽管她为主人生育了六个孩子，直到她逃走之前，她仍然只是婢女。她的孩子们被教育说女主人才是他们的母亲。[33]詹妮特·林是一位生于中国南方的女性，1930年代，在她还是一个少女时就被卖到新加坡的一个华人家庭。她记述到，她的年老的主人相信，与年轻的处女发生性关系可以延年益寿。他的婢女出身的第二任妻子，因此买了许多女孩子以达成他的目的。[34]

在巴金的故乡成都，婢女们仍然是脆弱无助的。前文提到的刘豫波的同族成员刘博古曾经记述，刘家家长设立的家规里有禁止蓄婢一条，因为婢女对于家中的男性来说具有强大的性诱惑力。他强调，19世纪和20世纪早期刘家的女性仆人都是年长的已婚妇人。[35]然而从刘豫波的逸事里我们已经看到，刘家的男性可以纳妾。

有一位现实生活里存在的成都作家和法律学者吴虞在巴金的《家》中露了一面，年轻的男孩们发现，吴虞被聘为他们学校的文学课老师。[36]吴虞的文章对"儒家家庭体系"里的价值观和礼仪进行了大量批判，在新文化运动中有重要影响。他曾于1920年代早期担任巴金的老师，他的母亲即来自刘豫波所在的刘家。吴虞有一本详细的日记是研究20世纪早期成都生活的极佳文本资料。尽管他支持新文化运动和家庭改革，他本人却热衷于买卖人口。根据学者冉云飞的研究，他成年之后一直在不断购买婢女和小妾。[37]而且，与虚构的高老太爷一样，他认为自己有责任也有特权为婢女重新取名并且在她们稍大一些之后为她们选择婚配。在1920年1月的日记里吴虞写到他不得不因为一些不当行为解雇了他的仆人老彭。据他的邻居说，老彭的妻子教唆他把吴虞的婢女梅喜带回自己家，以便同她讨论梅喜的婚姻前景。吴虞评论道："未得家主（即他本人）许可，老彭和老彭之妻私自安排梅喜出外讨论婚事，其行近于勾引（法律上的一种罪行），其严重后果与死无异。我认为这非常不妥当。"[38] 吴虞以梅喜的保护人自居，认为彭妻可能致使其堕落。同时他也宣示了对于梅喜未来的绝对控制权。从婢女生活的这个方面来说，连她的婚姻都要取决于花钱购买她的人，这使得英文翻作"slave girls"（女奴）更为合理。家族中的儿女的婚事也是被长辈安排的，但他们与父母之间的情感联系以及他们的婚姻在维系家族地位中扮演的角色，使得家族中子女的婚姻绝不仅仅是出于单纯的经济利益，或者像《家》中的鸣凤那样，仅仅是出于家长个人的需要。

1919年的一份婢女买卖契约

从吴虞家梅喜的故事可以清楚地看到，在巴金所在的1920年代的成都，婢女们的买卖、劳作以及婚姻都是由主人决定的。地方档案包括不少婢女的买卖文书。下面是一份翻译成英文的文本：

报　单

为呈报备查事。兹有成都县永兴街居民李兴顺，愿将亲生女名冬妹年十二岁雇与程焕星为使女，以八年为限，限满由程焕星择配。当经议定雇资银洋拾肆元，除饬代雇人李王氏及保人廖文星画押负责，照章征费给证外，理合呈报。

钧厅　　查核

省会警察西正署

中华民国八年六月二十一日西正直辖署署员林云藻呈

　　这个文件（图1.1）与过去留存下来的以及中国其他地方的婢女买卖文书都很相似。契约里列明了卖人者、买人者、女孩本人以及居间人和为居间作保的保人的名字。也记录了女孩的年纪和她在主人家服务的年限。还说明了过手的银钱数目，并且特别写明当冬妹八年的服务期满，她的主人要为她安排婚事。是什么样的婚事则没有说明——"择配"一词既可以指明媒正娶的婚姻关系，也可以指被纳为妾室。把她卖到妓院是不被允许的，然而这种事情也常常发生在一些不幸的婢女身上。

　　这份契约立于中华民国建国八年之时，即1919年。那一年巴金15岁，"激流三部曲"中的故事就发生在几年之后。这份契约里的某些地方表明，自1911年清朝灭亡以来，婢女买卖文书里也发生了不小的变化。首先，跟更早时候的契约不同，这份契约是打印好的固定表单，留有一定的空白填写相关信息（文书里的手写信息在上面的翻译里用斜体字表示）。这种表单是在20世纪第一个十年里引进西式警察制度后启用的。城市各处建立警署，警察们负责调查辖区内所有住户并且留存户籍档案。[39]在新式职业警察制度建立以前，手写的婢女买卖文书是在县衙门登记的。然而跟对婚约和其他家庭事务的处理方式一样，有些人是尽量

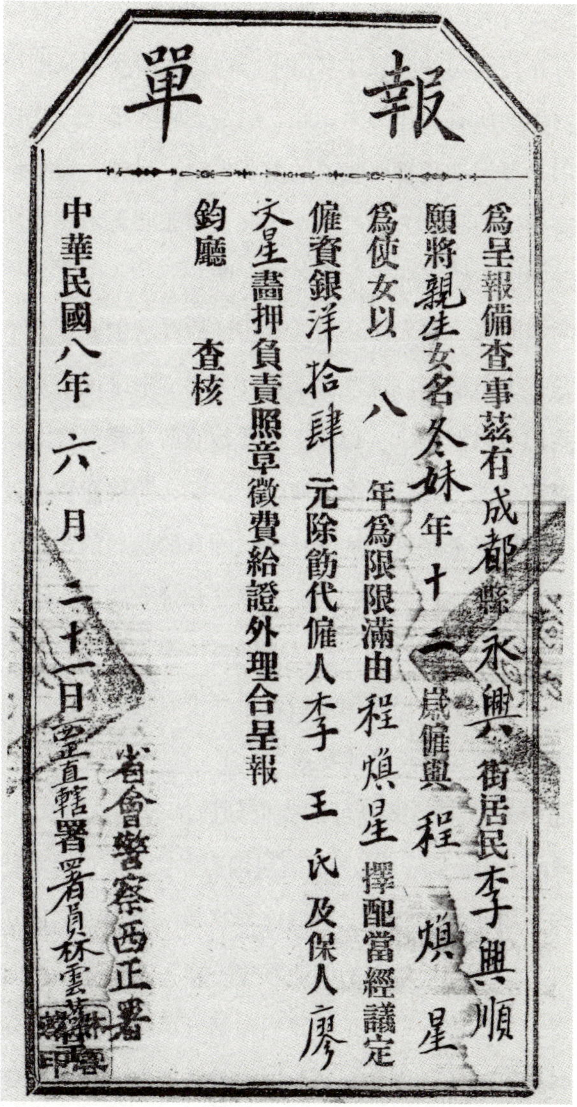

報單

為呈報備查事茲有成都縣永興六街居民李子興順

願將親生女名玄妹年十二歲僱與程燉星

為使女以 八 年為限限滿由 程燉星 擇配當經議定

僱資銀洋拾肆元除飭代僱人李 王氏及保人廖

文星畫押負責照章徵費給證外理合呈報

鈞廳　查核

中華民國八年 六 月 二十一日

省會警察西正署

直轄署員林雲

图 1.1　日期标注为 1919 年 6 月 21 日的婢女买卖契约。《成都地方档案》卷 93，文件 964

避免跟官方打交道的。如果有纸面文书，大部分人也是保存在家里，只有在打官司的时候才拿出来。而新式警察则试图记录一个家庭里发生的所有变化（生、死、结婚、收养等）。这样安排的一个原因是登记费是警察收入的重要来源。另外，警察培训也强调警察需要知道哪些人隶属本地社区，而哪些人不是，从而能更容易地辨别出小偷、绑架者或者其他罪犯。

列明中间人、保人以及卖人者住址的要求主要是为了查明婢女是否是被绑架而来。这些对于婢女买卖文书来说不是什么新要求。但我们可以假设，从1910年代开始的新式警察婢女登记制度意味着警察有能力阻止更多绑架行为。那么警察能够保证冬妹被卖一案里的信息都是真实的吗？李兴顺真的是她的亲生父亲吗？（表单中预留的空白信息栏表明，养父和婢女的主人也能合法地出卖她的劳力。）警员林云藻是否调查过保人和中间人的可信程度？我们并不知道，但是历史资料里并没有很有力的证据表明警察能有效地保护这些年轻的女孩。

在北京的清宫档案里可以查询到成都警署从1903年秋季到1911年末的办事记录。[40]警署官员因为抓获逃奴或者学徒受到的嘉奖远多于阻止绑架罪案。虽然这不算是一个结论，但是也表明警察（可以说跟其他地方的职业警察一样）花了更多的时间来保护当地富人的"财产"。正如我们在第五章将看到的那样，清灭亡后，各路军阀统治更替交迭，这使得维持警务的资金变得困难起来。收入微薄的警察因此常常贪污腐败，而一个腐败的制度更青睐强力的体制内人。1910年代和1920年代中国城市内部混乱的警务助长了流氓帮派的滋生，他们往往靠鸦片贸易、设立赌馆、妓院以及绑架维生。[41] 因此，冬妹很有可能也是绑架的受害者。

在这样的大背景里，一个年轻女孩的八年光阴只值14块大洋也就没什么奇怪了。英文里对中国"洋圆"（"洋"指外国，"圆"指圆形的硬币）翻译成"Mexican silver dollar"——这种银币最早是由产银丰富的西班牙新世界殖民地和亚洲市场之间的马尼拉帆船贸易引入中国的。在1990年代，清廷治下的各省开始铸造类似的硬币，中华民国政府早期也这么做，但是这种西班牙式硬币仍然被称作是"大洋"（外国的）。1919年，冬妹被卖作婢女换取的14块大洋大约相当于吴虞在巴金的中学教授中国文学时1/4的月薪。他供养一个10到15人的家庭一月的花销大约是12块大洋。[42] 另外一个可资对比的案例是"激流三部曲"中的高觉新，在1920年代初（第三章），他作为一个商场经理的月薪是24块大洋。在一篇关于《家》的散文里，巴金曾经解释过，这恰是他的大哥做这份工作时拿到的薪水，并且算是一份微薄的薪水。然而觉新只需花费比一个月薪水略多的钱就能买到两个可以代替鸣凤和婉儿的新婢女。

通过这些证据，我们可以确信，在1920年代初的成都，确实存在类似巴金小说中的鸣凤、翠环和其他婢女那样的人。然而由于缺乏直接证据，理解她们对世界的看法有更大的乃至无法逾越的障碍。不过，通过想象一个这样的女孩在成都过着怎样的生活，我们可以稍稍感知到一点婢女的内心世界。

鸣凤眼中的成都

在《家》的开篇，高觉民和高觉慧兄弟俩走过家乡积雪的街道，穿过大门进入高家的大宅院。[43]大门的两边各蹲坐着一个石狮子。石狮子背后的墙上，挂着漆木对联，上书："国恩家庆，人寿年丰"。宅院里什么也看不见，只是一个黑漆漆的通道。巴金为"激流三部曲"设定的这个场景旨在强调高家对于周遭世界来说是多么的封闭。这副对联突出了一个"幸福美满的家庭"，然而读者会好奇，里面到底会发生什么？

在这个雪夜，15岁的鸣凤在大门的另一边遇到了两兄弟，在《家》的第四章里，鸣凤自己说到，她是九、十岁的时候来到高家的，那时她的母亲去世而父亲无力再照看她。[44]像她这样的婢女多半来自四川省内的某个乡下。在1910年代初期，四川人口约有4000万。其中35万居住在省会成都的高墙之内。位于成都东南方向、徒步距离约10天的长江边港口城市重庆，也拥有差不多数量的居民。大约140多个有城墙的城市——县城——散布在省内各处，同时还有不少没有城墙的集镇。但是大部分人口还是居住在乡下或者边远农村。农民们把稻米、蔬菜、猪、鸡、生丝以及其他手工制品带到集市上卖掉，在那里买回他们自己无法制造的生活日用品和农用工具。流动的商贩——旅行商人或者小贩也与农民们颇多联系。其中包括媒人，他们会留意需要娶媳或者需要把孩子送到别人家服侍的家庭。

19世纪末20世纪初震动中国的政治大事件同样也给四川乡村

地区带来动荡不安。太平天国战争（1851–1864）切断了商路，而1891年被迫向英国、美国和日本开放重庆口岸，使得四川的工业制品如猪鬃和桐油有了更广大的市场。开放通商口岸同时也把英美传教士带到了四川，这使得传统的文化精英们十分不适。1904年，英军从印度入侵四川西边的西藏，越发使人们意识到清廷的无能。同时，政府正试图效法日本明治维新以重建国力，采取的举措包括发展工业、设立新式警察机构和新式军队、建立新式学校等。这些大部分设立在城市地区的新机构需要更多的资金支持，因此农民不得不为猪肉、酒以及其他产品缴纳更多税金。出于愤怒的农民们常常聚集到县治举行抗议活动，有时甚至诉诸暴力。

席卷四川农村的暴动对于1911年推翻清朝统治起了作用，然而取而代之的中华民国政府并没有给四川乡村带来政治的稳定和安全的保障。成都试图摆脱这些斗争和冲突，但是四川的许多地区（由于）受军阀间连年战火的蹂躏而隔绝开来，流通贸易也被切断。军阀们强征士兵和劳工，奸淫妇女，强抢粮食，无恶不作。这便是1910年代许多年轻女孩来到成都为仆的社会背景。通常，她们会由一个中间人引路，乘车或者步行通过四座城门穿过城墙来到这座城市。从图1.2中可看到这座城市的城墙（图4.1是其中的一座城门）。如果当她们晚间到达，城门已关闭，那就必须在城外的廉价旅馆中过夜。

20世纪早期，想要购买女仆的成都家庭会打发一个可靠的忠仆到城市南门附近的地方去。当时的警署报告显示，这里是所谓"代雇人户"聚集的地方（通常是在茶馆里）。这些中间人更为

图 1.2　1910 年代或 1920 年代初的成都南城墙。照片由 Willmott 家族提供

人知的称呼是"人贩子"[45]。1909年的巡警道人口普查记录里列出了47名人贩子的名字，其中有些还特别注明了可提供男性劳工，如门房或者轿夫。奉命前来的仆人会从这些女孩子中挑选合适的人选，甚至跟人贩子一起带着几名女孩返回家中让老爷或者太太过目。吴虞就在他位于城市西南方的宅子里接待了几名人贩子，亲自处理此事。[46]

　　一个女孩离开她的家庭来到这座大城市，梳洗干净并且接受人贩子给予的基本的服从性训练之后，她有可能接受未来雇主家庭大管家的审视，最终被带入主人家。在巴金的青年时代，成都城内的交通方式还十分有限。少数人会骑马，但是大多数人都是乘轿出行。轿子是一种漆木制盒型座厢，座厢两侧各有一根长竿，由仆人抬着在城中行走（也有可供长途出行的轿子，可乘坐至附近乡下或其他城市）。通常一顶轿子由两名轿夫一前一后抬着（见图1.2）。而官员需乘坐六人抬或更多人抬的官轿以合乎礼仪。同时前方还需有人开道，举着写有他们官衔和要求行人回避肃静的仪仗牌。城中可供租用的轿子多达百乘。富户人家通常有多顶私人用轿，由自家仆人充任轿夫，这样更干净，也更能彰显地位。不那么富裕的家庭可能有自己的轿子，但是需要出行的时候得另雇轿夫。

1870年间日本发明了人力黄包车，并且很快推广到中国东部沿海地区。1909年，一位四川商人试图把它引入成都，但是大多数街道都太狭窄、太崎岖、太拥挤，无法容下带轮子的交通工具。另外，许多成都人也抵制黄包车，因为黄包车所需人力只有轿子的一半，威胁到轿夫们的饭碗。还有一些人把它当作外国来的奇怪物件加以抵制。直到1924年成都拓宽街道，这种事物才在城市里扎下根，并且一直到1940年代汽车开进成都城之后还在使用。

但是黄包车跟轿子一样昂贵。在巴金的青年时代，城中的大部分居民还是靠双脚出行的。城墙之内的城区并不很大。从南门附近的人口市场到巴金小时候生活的城市东北角，大约是两公里的距离。南门和东门之间的地区特别拥挤，定下人家的婢女们被人带着走过这条路线时，将首次感受鳞次栉比的商店和摩肩接踵的行人。再往北一些，也就是东大街的南侧、从城中心到东门的区域，她可以看见有高墙和士兵护卫的四川省政府。而东大街北侧，那曾经是驻扎在此地的清廷军队操练场的地方，1911年革命后已经卖给了基督教青年联合会（YMCA）。像巴金这样的年轻人会到这里来看看电影或者练习英语。而一个婢女，即使她多半不会被允许到这里来，也能认出这幢两层的灰砖建筑跟成都商业街上那些典型的低矮木屋完全不一样。YMCA的北边是建于清末1908年的大型商场。这里是巴金的大哥工作的地方（小说里的高觉新），第三章里我们会细说此事。商场的东北边就是巴金长大的地方，就是他在小说《家》的开头描写的那样：石头铺就的寂静街道，街道两旁的高墙大门里住着城中富户。当婢女的护送者叫门房打开大门后，婢女就会被引入庭院，她无疑已经因为这长长的路程和新奇景象感到精疲力竭，同时也十分害怕，不知道等待着她的将是什么。

婢女和其他仆人的职责

像"激流三部曲"这样的小说是了解巴金所处时代里仆人在中国家庭中角色扮演的极好资料来源，不过还有其他的史料来源。正如上面提到的，1891年以后美国和其他国家的传教士已经来到四川，他们发现有必要按照当地风俗来组成家庭，至少在某种程度上需要如此。从他们的记录里可以看到，他们自己并不雇用婢女，但是有些传教士把解放婢女当作是他们的使命的一部分。[47]传教士家庭也会雇用仆人，比如门房、轿夫、厨师、洗衣工，以及能处理杂务并且帮男女主人管理其他仆人的管家仆男。后一种仆人，他们按照殖民地的风气称之为"boys"，无论这种仆人是什么年纪。

在中国家庭里，除了一般的称呼"仆人"外，也还有其他一些口头称呼。比如上文提到的，对于像鸣凤这样的婢女，也称为

"丫头"，即用她们的发型来指代身份。老一点的女仆则被冠以姓氏称之为"某嫂"（兄长的妻子），或者是"某妈""某娘"，这两种称呼的本意都指"母亲"。孩子的乳娘称之为奶妈。男性仆人，则视乎其年纪以及在仆人中的地位，以及他们的姓氏，称为"小×"（"小"指年轻的），或"老×"（"老"指年长的），由称呼彰显其资历。吴虞的仆人老彭，在因为插手梅喜的婚事而被解雇以前，在吴家服侍了很长一段时间。

成都YMCA（创办于1909年）的创始人，罗伯特·塞维斯的妻子格蕾丝·塞维斯曾在回忆录里提及许多雇用或解雇中国仆人的往事。她的家中有男女两位主人和三个孩子，因此1907年到1920年间，她雇用了一个帮助她处理家务并且承担大部分做饭职能的仆男，这位仆人后来在塞维斯家的帮助下自己做起了生意。同时还雇了一个给仆男打下手的男仆、两个照顾孩子的阿妈（即保姆），以及一个花匠。她的丈夫还雇了一个马夫，照顾他拜访周边城镇的朋友时所骑乘的马。同时他们还雇了一个门房，看守他们位于城中西南方华阳孔庙附近的中式宅邸大门。[48]

塞维斯家在了解中国仆从文化并且试图使他们能满足美国雇主期望方面（特别是在个人卫生方面）遇到了许多困难。格蕾丝·塞维斯会在家招待中国女客，偶尔也会到客人家中回访。下文中，她描写了两种文化中家庭管理方面的差异：

> 大部分人（她的中国访客）认为我们在清洁方面花了太多时间；对他们来说干净的厨房和地板并不是必需品……他们的

厨房在我们看来只算个棚屋。大部分人家的地面是肮脏的砖面或者污糟的木板。随地吐痰以及小孩子随地小便的习惯使得卫生状况极其糟糕，而且散发着令人不快的气味。中国人也完全不在乎蜘蛛网。

但是，她也注意到，仆人们在擦亮家具或者画框表面方面不遗余力十分卖力。[49]如果能了解塞维斯太太的中国客人如何比较两个家庭会很有意思，可惜这部分的历史资料也是缺失的。不过宁老夫人此时正作为女仆伺候着中国东部的传教士们，她常常为他们的无礼而生气。最让她愤怒的是她的主人伯恩斯夫人竟然让她清洗经期换下的带血的内衣。她发现，中国的女主人一般是自己处理这种难以启齿的事情，而不会强迫仆人们把自己搞脏。[50]

格蕾丝还提到，她的中国朋友有时会带着他们已成年的女儿，及女儿的孩子和他们的阿妈（通常是老年已婚女仆）一同来访。这些女士通常都是乘轿前来，这样不必在公众面前抛头露面。通常他们不会带婢女前来，在家里婢女们则时刻都要注意给她们的各种命令。跟"table-boy"这样的小厮一样，婢女们也要处理很多杂务，例如伺候用餐，在起居室里传茶送水，帮助女主人化妆，给她们捶腿等等。通过包括巴金、李劼人等成都作家的小说以及其他小说里的描写我们可以了解到，婢女在女主人身边通常是随叫随到的，几乎没有属于自己的时间。[51]她们中的大部分在服务期满成为别人的妻子或小妾之前，可能从来没有踏出过家宅的大门。那些嫁与穷汉为妻的女子可能还会回到前雇主的家中当老妈子或者奶妈，挣一份薪水，甚至，可能还扮演着从前婢女的角色（就像"激流三部曲"中年纪轻轻就守寡的喜儿一样）。

在《家》的某一幕中，巴金描写了鸣凤在她那个位于高宅后院的狭小漏风的房间里对未来忧心忡忡的画面，而与她一起睡在这个狭小空间里的老女仆已经鼾声如雷。作为一个住家仆人的坏处显而易见——几乎无法控制自己的时间和居住空间。宁老夫人的回忆录告诉我们这样的安排也有好处——更有安全感。在宁老夫人为美国和英国传教士工作期间，她住在镇上一处租来的房子里，吃饭也由自己负担。她更像是一个雇员而不是家庭的一分子，当值的时候忙得不可开交。而当她服务于中国家庭的时候，由于主人家提供食宿，她能存下更多的钱，一天当中的闲暇时光也更多一点，有时候她的年轻的女主人还允许她把小女儿留在身边。[52]

婢女与小妾

如果说，鸣凤这个父权制度下的无助牺牲品是《家》中最惹人怜爱的角色，那高老太爷的小妾，也就是觉新和其表兄弟们口中的"陈姨太"，就是小说中最令人鄙视的角色。"陈姨太"这个称呼大约相当于陈家来的"大姨"。在20世纪早期的中国家庭里，婢女和小妾有许多共同之处。[53]虽然，高家有传言说，高老太爷这位陈小姐在进入高家之前是一位交际花或者妓女，不过小说里也描写了婢女成为小妾的情况。鸣凤为了避免这种命运选择了自杀，于是婉儿被迫代替她嫁了过去。在小说《春》中，喜儿一直想成为高克定的小妾，但是由于高老太爷的葬礼不得不推迟了婚事。

英语中的"concubine"一词是由拉丁语中来的，在合法的多妻制社会——比如希伯来和罗马帝国，意指"第二个妻子"。这个词在中文里对应的是"妾"，指的是合法嫁入家中但地位低于妻子（对应英语里的"wife"）的身份。在清朝律例里，一个家庭同一时间只能有一位合法的妻子，但只要主人愿意并且有能力，他可以同时娶多位妾。通常，所有的孩子，无论其生身母亲是不是妾，都需尊正妻为母。所有的男孩都有权继承家产，而所有的女孩都需接受家庭的婚姻安排。在许多中国家庭中，如果正妻没有男性子嗣，那娶妾就是必要的措施。所以巴金的老师吴虞才数次买妾入门，他的妻子生了八个女儿，唯一的儿子在婴儿时就夭折。

有时候，正妻，特别是那种婆婆已去世因此在家中地位尊崇的正妻，为了能有一个儿子，还要为她的丈夫挑选合适的小妾。比如说吴虞的妻子，受过良好教育，也很受吴虞敬爱，在1917年去世之前，她是给吴虞购买和调教小妾的主要角色。富有的男人也将小妾当作是我们今天称之为"花瓶妻子"或者"性伴侣"的角色。他们的第一次婚姻，通常是由父母和祖父母安排的，就像高觉新那样。小妾的合法性以及被社会普遍地接受，意味着只要男人们有足够的能力，他就可以选择自己的伴侣。不难想象，这很容易就成为家庭关系紧张的原因。1912年，一位震怒的母亲就曾经拽着她的儿子到警署，控诉她的儿子娶的小妾在挥霍家里的钱而且对她非常无礼。根据报纸上的报道，警察勒令这位儿子休掉小妾并且以后要对她的母亲更为尊重和恭敬。[54]吴虞年轻的时候曾批评他的父亲在一位挥霍浪费的小妾身上耗资巨大。在香港，玛利亚·雅绍克曾经采访了一位叫作穆小丽（Moot Xiao-li）的女人的女儿，穆小丽在20世纪初就曾是某个人家的小妾。她的女儿讲述了她父亲的其他子女，因为憎恶她母亲的受宠，对她百般刁难和排斥。她与雅绍克的对话可以用来佐证"激流三部曲"中描述的大家族内的情形：在中国的大家庭里生活并不容易，时时都在爆发各种争吵和冲突。巴金的描述活灵活现。[55]

　　巴金把高老太爷的妾陈姨太描述成一个虚荣、报复心重且粗俗的女人。想方设法成为高家小妾的婢女喜儿，也是一个很有心计的阴险的人，与纯洁的如同天使一般的鸣凤截然不同。"激流三部曲"写于女性主义理论兴起之前，这个小说中的女性角色多少也有女性主义所批判的"天使/荡妇"简单二分的问题。[56]很明显，鸣凤与喜儿和陈姨太的形象都很单一。但是判断巴金描写的合理性时，我们必须记住，在一个家庭中婢女和小妾依附他人的程度远超正妻、子孙甚至其他仆人，因为仆人还可离开这个家去找其他工作。像陈姨太这样，她的未来完全取决于对高老太爷和高家家规的敬畏，哪怕在高老太爷去世之后也是如此。

　　玛利亚·雅绍克在香港对过去做过婢女和小妾的女人的采访让她认为，她们的自我意识形成于一个她们根本无法想象自己与主人处于平等地位的环境。这并不必然使她们消极被动，但是的确限制了她们的雄心并且形成某种特定的行为模式。有些会用无私的奉献和服务来保证自己在主人家的地位。有些则利用性来依附有权有势的男人。杰肖克写道，这种性别压迫的制度对她们的社会化如此彻底，以至于她们根本无法反抗这种制度，而且很多时候她们要阴谋诡计的行为又让她们丧失了那些本来对她们抱有同情的人的支持。

没有人在中国其他地方做过类似杰肖克在香港做的婢女和小妾的研究。但是20世纪初期的另一些作品里描写的婢女心态有类似之处：或者过于善良和软弱，或者非常自私粗俗。1921年，女兵、战地记者谢冰莹因为同情一个湖南军阀家中的婢女的遭遇在《大公报》上发表了一首关于她的诗。但另一方面，她在写到1930年在北京雇用的一个照顾女儿的妇女时，却未表现出多少同情："跟大多数佣人一样，她只关心自己，并且宁肯给有权有势的人家做牛做马，也不愿为一个尊重她、平等待她的普通人工作。"[57]

谢冰莹1927年在武汉中央军事政治学校时期的同学胡兰畦，在自己的回忆录中提到四川军阀杨森曾在1920年代雇用她教他的两个小妾读书，这在当时是很不同寻常的，因为几乎很少有小妾接受过正规教育，除非她们从小就是被作为交际花式的名妓教养长大的。据说杨森有超过12个小妾，其中一名还被他送往美国的拉德克里夫学院（Radcliffe College）接受教育。胡兰畦教过的两位小妾最早都是作为婢女进入杨家的，还保留着买来时的名字——一个叫作"家桂"（意为"家中的桂树"），一个叫作"家凤"（"家中的凤凰"）。在50年后写就的回忆录里，胡兰畦曾褒奖她们的单纯与天真。[58] 而宁老夫人，在同情婢女之余，却认为她们通常都没有接受过什么正规的道德教育。在她作为家中仆人的工作生涯中，有一位雇主就是一个曾为婢女的妾室，她常常命令宁老夫人做一些有悖道德的事情。宁老夫人拒绝听从这样的命令，气得她脸都红了，"她是婢女出身，而我是在正经人家教养长大的。"宁老夫人如是说道。[59]

很明显，无论是婢女还是小妾，她们的生身家庭并不能给她们一个正常的家庭环境，而她们的雇主家庭只是买下她们付钱而已。因此，其中一些人靠着运气和她们自己的智慧，无疑是可以摆脱这种背景给她们带来的负面影响，而更多的人，可能只有竭力避免去冒犯那些轻易就能侮辱和伤害到她们的人。

依附于人的女人的"命运"和世界观

对婢女们所处的现实世界、成都富人们的家庭生活以及婢女精神状态的人类学分析的更深层理解，更有助于我们正确地评价巴金对于婢女和妾室的描写，也有助于更深地了解巴金赋予他笔下角色——比如陈姨太和鸣凤——的某些信念。比如，在《家》临近结尾，高老太爷病重，姨太请了一个巫师（通常被翻译为"vernacular priest"或者"ritual specialist"）作法来驱除她认为致使高老太爷患病的邪灵。[60] 高老太爷去世后，她坚持要求觉新怀孕的妻子瑞珏离城待产；她说如果婴儿在尸体附近诞生，由此产生的"血光"会影响高老太爷的灵魂升天，从而使这灵魂不能顺利转世。跟书中那些受过教育，试图理性地分析和解决社会问题的年轻男女主角相比，鸣凤、其他的仆人和小妾们以及家中的女性长辈们往往把问题归咎于"命"——这种观念认为人的一生从出生起就已经注定了，反抗威权是没用的，甚至是有悖礼仪的。在《春》中，守寡的周太太劝说年轻的高家小姐们认命并且接受家中安排的婚事，她说她只求下辈子不要再生为女人。[61]

第二章里我们会讨论20世纪早期的医疗条件和民间关于"血光"这类的观念。这些也是青年巴金所在的成都的人们对世界构成方式以及人们行事方式的理解的一部分。这种杂糅了佛教及道教教义，以及儒家教育和民间传说的复杂观念对巴金也有深远的影响，虽然他自己也批判了这些观念的很多方面。即使对那些立志要破除"迷信"和儒家父权思想影响的新文化运动家来说，中国传统文化中哪些是有价值的哪些应被摒弃也并不总是很清楚。比如说，吴虞，虽然身为20世纪初批评儒家文化的领军人物，但他为了生一个儿子（最后也没成功），花了很多金钱娶妾并带来很多麻烦。在他的晚年，也许是为了探寻与宇宙之间的联系，也许是为了了解男性子嗣传承之外的死后世界，吴虞沉迷于佛学。[62]

从艾达·普鲁特（Ida Pruitt）与宁老夫人的对话中可以看到，宁老夫人常常用"命"来解释生活中发生的不好的事情。当面临诸如女儿的婚事这样的重要决定时，她还常常咨询算命先生。跟宁老夫人在中国东部的家乡一样，成都也有大量的算命先生和其他宗教专业人士指导人们的生活并帮他们举行各种仪式。1909年的成都巡警道人口普查中，记录在册的有26座佛教庙宇和3座道观，以及597名和尚，113名尼姑，269名道士，89名高老太爷患病时高宅请的那种驱鬼巫师，以及32名看风水指导人们家宅安置和选坟定穴的阴阳师。

1909年曾出版号称"成都百科全书"的《成都通览》的报人傅崇矩认为，大部分受过儒家教育的成都人也信佛教，而一小部分人则供奉道教。[63] 而对于巫师，他认为在小城镇和农村更为普遍。作为一个自认为"理性"的人，傅这样奚落巫师的巫术：

　　　　家中有人生病如果只请了医生而没请个巫师，亲戚和邻居一定会有所批评。因此，他们往往会派一顶轿子，像接贵客一样接来巫师，这位巫师表情庄严，念念有词，在空中挥舞点着的火把，敲着铜鼓震动土地。家里所有的人，无论是年轻人还是老人都被这声音和仪式晃得目眩神迷，而病人只有躺在床上等死。如果病人凑巧康复了，那大家都会说是巫术的作用。收费可能会超过一万铜圆甚至要好几万铜圆。所以即使病人没死，这个家也要倾家荡产了。

傅崇矩认为巫术、算命和诸如此类的东西都是诈财骗局，呼吁地方政府取缔。[64] 在清朝灭亡前的最后一年，认同傅的观点的巡警道官员试图强制像巫师这样的宗教人员在官府登记，试图使他们的工作规范化（当然也便于收税）。但1911年革命发生后，这点努力就付诸东流了。在政府官员中跟在普通民众中一样，类似的活动十分普遍。到1920年前后，鸣凤这样的丫头当然有可能仍被老一辈的女仆和她们的女主人教导说，服从命令就是她们的命，违抗命运或者违抗主人的权威会在这一世和下一世都遭到各种各样可怕的惩罚。[65]

婢女与改革时代

从清朝末年开始，包括巴金在内的各路倡议社会变革的人士就不断地呼吁废除婢制和娶妾制度。在20世纪上半叶，这种呼吁收效甚微，直到1949年中华人民共和国成立之前，婢女和娶妾在成都的社会结构里还是根深蒂固。1909年，清朝官员曾授意修改朝廷律例，廓清年轻女孩只有在一定限制下通过契约卖身为奴——也就是说她们不再被视为主人的财产。中国的国际形象和婢女们糟糕的生活状况是促成这一变化的主要原因，因为观察发现，对奴隶制的容忍可能会破坏新法推行，而且"人口买卖早已被西方国家摒弃和指责"[66]。一位清朝高级官员这样评论此事：

近来欧美诸国在政务方面取得长足进展，并且意识到奴隶制的野蛮本质。英格兰为解放奴隶耗资数亿金元；美国为解放奴隶进行了数年战争。诸国皆宜循此高尚行动为例。我国亦然。[67]

在新的法律体系里，清朝旧例里的一些称谓，比如奴婢（包括男女奴隶）和贱人（地位低下的人），被删除了。穷苦人家仍然可以把他们的孩子送往其他家庭里服务，然而无论孩子几岁，都需签订劳务契约，并非完全是买卖。契约年限不得超过孩子25岁，年满25的男子可以自由地从事其他职业，或者跟服务家庭按年签订服务合同。年满25的女性则可以回到父母或亲戚家中准备出嫁。如果已经没有任何亲人，主人需要替她选择一个配偶，并且不得收取任何礼金。如果主人虐待孩子，父母有权归还契约预定的费用后领回孩子。1910年1月31日，这些建议正式作为法令颁布。[68]

拥护这些变革（虽然很有限）的官员大概已经意识到英国的反奴力量一直在抨击1860年被殖民统治的香港政府还允许买卖儿童。在冼玉仪关于保良局历史的专著中，她解释说，这个1878年建于香港、用于收容"不听话"女孩的机构，实际是代表香港的精英阶层来保护中国父权制不受那些关注绑架和妓女问题的英国活动家们的挑战。[69]

晚清中央政府官员对家奴制的关注主要缘于对中国声誉的考虑，而地方官员考虑的则主要是当地的社会秩序。在20世纪的第一个十年里，成都就颁布了警署新规，比如它要求从事人口买卖的人必须在警察机关登记，并且采取一定措施保证他们经手的人不是被绑架来的。禁止虐待女仆。如果警察将逃跑的女仆归还给她们的主人，会被记功。晚清和民国初期新颁布的法令里，虽然都已经禁止人口买卖，但成都警察还是按照十年前的方式在操作此事，反对绑架和虐待女仆，但是承认人们有权把孩子卖给其他家庭并从中获利。正如我们在本章开头看到的那样，民国初年的警署档案一直有买卖女孩和年轻女人的交易在地方警察机关的登记记录。1909年清朝法律改革强调的父母对子女的赎身权以及服务期满后主人将婢女归还其亲人的责任，在民国时期的地方资料里体现不多。在各地，婢女的地位基本上毫无改变。

五四时期，一些作者开始倡议"解放婢女"。1920年，胡怀琛在《妇女杂志》上发表一篇文章，里面写道，"受新思想影响的每个人"都知道买卖和使用婢女是不好的。他说，婢女常常不被当作人对待，因此，她们也不懂自爱，这常常使得她们懒惰狡猾，她们偷主人的东西，浪费家中的资源。他认为，解决婢女问题的方案有两个层面，首先，妇女不要再进行婢女交易；其次，已经买来的婢女，也不要将她们再送回亲生家庭，因为她们很可能被再次卖掉。她们应该被当作是小妹妹们那样对待——送她们上学，教导她们做一个好人，如果到了合适的年纪，让她们结婚。胡先生还提醒他的读者，不要为了求财安排她们的婚事，而应该为了她们个人的利益着想。[70]胡这个解放婢女的计划的第二部分与清末改革新法的相似之处并非巧合。其背后隐含的逻辑都是贫困家庭会卖掉他们的女儿，因此对这些女孩来说，最好的方式是好好待她们，并且在合适的时机为她们择选良配。

尽管胡怀琛有这样的建议，婢女买卖在整个民国时期一直存在，并且可能还有所增长。1927年，广州国民政府立法宣布，所有买来的女孩，由法律规定地位变为养女，并且要求她们的主人必须到警察机关登记。然而英国领事馆官员向英国政府报告，这一法令并未被执行。[71]整个1930年代，中央和各省法令都禁止买卖婢女，然而违法行为随处可见。[72]

在民国时期的改革圈子里，婢女问题经常被提出，但是由于社会失序以及乡村地区的贫困问题等原因，这个问题被认为很难解决。早在伊丽莎白·瑟恩关于香港精英阶层的研究数十年前，1932年一位评论家发表在《东方杂志》上的文章就对其观点有所呼应，文章认为：人们卖掉女儿是因为家里供养不起。如果只是禁止交易，那社会上并没有足够的慈善机构可以支持她们的生活。如果没有善良的好人家收留她们作为婢女，那她们最可能的归宿就只有妓院。只有社会经济的改善才能带来婢女的解放。[73]

从1910年代到1940年代，在成都以及中国其他城市普遍混乱的政治和经济形势下，许多农村家庭无法负担和保护他们的家庭成员。直到1949年中国共产党领导中国并且迅速完全地改变中国经济和社会面貌以前，为了养活家人而把女儿卖到城里一直被认为是可以接受的。五四时期，一些家境良好的女子的确在社会上更为独立，也赢得了一些新的社会角色，但是对像鸣凤这样的女孩来说，生活并没有什么改变。像巴金和其他改革家宣称的那样，在这里，经济条件加强了传统文化，使之拒绝改变，这在五四运动发生之前或之后，都是事实，而且不仅仅是在成都，在中国其他地方也一样。

第二章 父权制：成都的上流社会

在小说《家》中，高老太爷对高觉慧来说是一个谜。在小说的末尾，当即将逝去的高老太爷对自己这个叛逆的孙子终于心软的时候，觉慧开始后悔没能早些多了解他一些，显然他并不仅仅只是一个只会阻挠家中年轻一代浪漫爱情、坚执家规不放的老顽固。在整个"激流三部曲"中，巴金让我们窥见了他自己的祖父及叔叔们生活并欣赏的文化精神世界，尽管他的描写往往对此持严厉批评的态度。本章会更彻底地研究这个精神世界的方方面面，以便我们了解为什么它会吸引高老太爷这样的老一辈，而对巴金这样的年轻人来说却是应该受到谴责的。我们会发现1920年代以前，本地文化并不是毫无变化的，而成都的精英阶层尽管也会抵制五四议题的某些方面，但是也会欢迎新思潮和新制度。

本章的开头我们会讨论巴金那个时代成都"上流阶层"的基

本特征：怎样才能成为这个阶层的一员？这个阶层的人恪守怎样的行为准则？1911年那一场推翻清廷并且建立了羸弱的中华民国的革命，使得成都的精英人士在政治生活中有机会扮演重要角色，而此时社会政治秩序的变迁又导致军阀主义的兴起。在研究过这些变化之后，我们再来看一看成都精英阶层生活的地理分布，这其中包括富人日常居住的豪宅，友朋相聚的公园，吟诗作对的茶楼，追捧名角儿的戏院等。在巴金的青年时代，比照外国建立甚至直接由外国人经营的新式学校、医院和其他这一类机构也被纳入上流社会生活的一部分。我们会看一下有关教育和医药方面的旧式思想是如何适应这样的发展的。最后我们会深入讨论家庭礼制的有关问题——这是巴金所痛斥的传统文化的核心，以及围绕旧礼教在国人生活中角色的争论的本质和重要性。巴金认为这些旧礼教阻碍了社会进步，而在1920年代的成都，大部分的人并不认同这种观点：一些人认为旧礼教仍然是文明生活不可或缺的部分。

怎样成为一位"绅士"？

　　在《家》开场的一幕里，高觉民和他的弟弟觉慧讨论了他们在一出学校演出的戏剧中扮演的角色。这部戏剧取材于罗伯特·路易斯·史蒂文森（Robert Louis Stevenson）的小说《宝岛》（*Treasure Island*）。觉慧说，他宁愿扮演粗野的水手"黑狗"，而不是李弗西医生，因为他"不过是一位绅士"。"这是什么意思？"觉民答道，"……你将来不也是绅士吗？""是的！是的！我们的祖父是绅士，我们的父亲是绅士，所以我们也应该是绅士吗？"觉慧气愤地反问。刚因拒绝乘轿而被取笑的觉慧这样表达他对他所处社会的阶层结构的不满。他是精英阶层的一分子，但并不喜欢它。

而他的祖父，不但很享受成为一位绅士，深为取得这样的地位而骄傲，并且一定要看到自己的后代保持这一地位。"绅士"这个词常被翻译成"gentry"，因为历史学家发现旧中国的社会精英与现代欧洲社会早期的乡绅有相似之处。[1]但是"中国乡绅"又有非常不同的特点。巴金并不需要借觉民和觉慧之口在小说中讨论这些特点，因为中国的读者都明白一位"绅士"意味着什么。

想被承认是中国乡绅的一分子，家族必须掌握大量重要的资源，对大多数人来说，最重要的就是拥有农田。第三章里，我们会更具体地讨论乡绅阶层的收入问题，这其中包括土地所有权、乡绅与佃农之间的关系，以及乡绅阶层涉足工商业的情况。然而除拥有土地之外，几个世纪逐渐建立起来的绅士形象的核心还包括接受过特定的教育、掌握特定的文化。成为一位绅士，意味着即使不能精通，至少也得熟悉一系列经典著作，包括诗歌、历史、号称作于孔子之前的周朝的礼仪典籍（约前1046–前256），以及孔夫子弟子记录其言传身教的《论语》和儒家学派其他重要人物的著作（比如《孟子》）。其他对绅士来说很重要的文本还包括各朝代儒家学者记录的中国各朝历史，知名大臣们写的治国之术，以及各朝诗词。浩如烟海的作品中的核心文本，在英语里就被称为"儒家经典"（Confucian canon）。

中国并不是唯一一个把精英身份与对经典的习得联系起来的国家。对欧洲士绅来说也是如此，想想英国精英阶层与诸如伊顿公学（Eton）和那几个著名大学形成的经典教育之间的联系就明白了。但是，在19世纪的中国，接受良好的中国文化经典教育对于精英阶层来说，可比19世纪的英国人学习拉丁文典籍重要得多。国学经典教育对于20世纪以前的中国精英阶层之所以这么重要，很大程度上是由于中国特有的科举考试制度。这一制度发端于汉朝（前206-220，"察举制度"）、发展于唐朝（618-907，"科举制度"），在其后的朝代里，这一制度都是最主要的升官晋爵之路。[2]

早在很久以前，中国的统治者就非常倚重职业官僚阶层和自身的军事力量是他们统治中国国土和宣示主权的两大手段。为了保证官僚体系忠诚高效，皇帝需要吸纳有才干的官员，同时要使这些官员认为他们与这个体系利害攸关，这样他们才会心甘情愿地在体系中服务而不是质疑和挑战这个体系。解决这一问题非常成功的方法就是科举考试制度。要了解这一制度是如何发挥作用的，有两点非常关键。第一点，国家投入了大量资源来宣扬和推广对统治者十分友好、以国家利益为中心的儒家经典释义。比如，孔夫子的教育理论，最强调的就是家庭伦理，也就是说，儿子须孝敬父亲，而父亲须教化儿子。政府支持的文论在引申和解释孔子思想时，着重强调了官员应忠于类似于父亲角色的皇帝。

第二点，国家在官僚体系中给予那些在官方认可的经典相关考试中取得优异成绩的人极为尊崇的地位。在中国大部分历史时期中，政府官员的地位和潜在收入都是很高的，因此人们也希望他们的子孙接受这方面的教育，以便在这种考试中取得成功。

到19世纪，参加科举考试的人数已经远超官僚体系提供的职位数量。虽然绝大多数参加考试的人显然都不可能达到成为政府官员所需的等级，但那时候这个考试体系已经根深蒂固地塑造了人们对良好教育的观念。接受儒家经典教育并且参加科举考试对一代又一代的男性子嗣来说，是绅士生活的一部分。很少有家庭能供得起家中的儿子接受参加科举考试必需的非常严格的教育，但只要有这个能力，任何家庭都必然会不惜代价地这样去做。因此，科举考试制度塑造了特定的士绅文化，并且不断地吸引新富们投入进来。不过，想要掌握这种文化，需要多年甚至几代人努力的学习。

巴金祖上好几代都参加过科举考试。他的高祖父李文熙就受过良好的传统教育。1818年，祖籍在中国东部浙江省的李文熙游宦入蜀。他的后代子孙也都参加了科举考试，有些人的成绩优异足以入仕，这其中就包括巴金的祖父李镛（图2.1）。

那时已近19世纪末期，清朝政府财政状况堪虞。为了镇压声势浩大的太平天国起义，清廷不得不大规模招募军队，而在镇压的过程中，又几乎摧毁了它最为富庶的税收来源——繁荣富饶的苏州杭州及其周边的长江下游地区。1839年以来数十年间与新崛起的英法势力断断续续的战争也耗资巨大。为解决财政危机，清朝政府广开捐纳来筹集资金，通过科举考试想要当官的人须捐资若干方能获取任命。[3]不知为何——很可能是靠家族亲友以及其他人资助——巴金的祖父筹集到了足够的资金，并且在四川官府里担任了各种不同的职务。几十年后，他积攒了大笔个人财富，在成都周边购买了大量田地，并且在城市东北部置下一座宅院。他还在成都买了一些商业不动产用以出租，也收集古玩、字画和藏书。[4]

图 2.1　巴金的祖父李镛（右）与巴金的长兄李尧枚（左），照片摄于 1919 年左右，由巴金研究会提供

　　李镛的长子即是巴金的父亲李道河，他在清朝末期也获得了官员任命。巴金传记的作者陈思和认为，在《家》的第十二章里，高觉新给弟弟们讲述的去世父亲的职业生涯就是脱胎于李道河的真实经历；我们都知道，巴金离开成都后，他的兄长寄给他的信中曾经述及家族历史。如果陈的看法是正确的，那么在义和团运动之后的乱世里，李道河于1902年曾在四川东部的重庆地区短暂负责过治安警务（相当于县治安官）。但是很快他就被免去这一职务，于是他便动身去北京，希望通过捐纳和觐见皇上谋求升迁为知县。他在京耽搁了一些时日，令家人甚为焦虑（陈思和指出，此时正是巴金的母亲怀着他的时候），后来李道河终于如

愿晋升返回成都。1909年，他被任命为四川东部的广元县县令。他在任两年，直到1911年清朝覆灭前几个月，他已赚足够买40亩（约6英亩）田地的钱，返回成都李家。[5]

作为一个子孙接受了传统经典教育且不少人出仕为官的地主家庭，巴金出身的这个李家无疑是属于绅士阶层的。在20世纪早期的成都，还有四五十个像这样有同等财力和背景的家庭，他们有的是四川土生土长的，也有像李家这样祖籍在中国其他地方的。[6]但不管是不是祖籍本地的官员，他们都自认为是成都的精英阶层，其他人也这样看。直到1911年清朝灭亡中华民国建立以前，在科举考试中取得功名除了能获得做官资格外，还有许多很有价值的好处。这些好处包括税金减免，面见省里或地方官员时有相对平等的待遇，不需要像普通百姓那样下跪，以及其他特殊对待。

保持阶级特权是绅士家庭的共同利益所在，因此他们采取了一系列措施来维护精英阶层内部的团结，其中就包括联姻以形成家族同盟。这在"激流三部曲"中也有所体现，高老太爷为了巩固自家与冯家的关系，把鸣凤（后来是婉儿）送给他的老友冯乐山为妾，还安排他的孙子觉民娶了冯家的小姐。

高老太爷认为他为家中年轻一代安排婚事或做其他重要决定是非常正当的，因为儒家经典里强调长辈有教导家人的责任。在《春》与《秋》中，巴金常让书中保守的老学究周伯涛引用《论语》和其他儒家经典中的言论来强调他的孩子有义务尊重和服从于他。周还指点他儿子练习写关于孝道重要性的八股文。[7]这些官方认可的经典文论有助于绅士家庭维持内部纪律。清朝实施的法律也支持家长的权威，忤逆父母或祖父母是重罪。如果孩子打了父母，可判死刑。[8]

为了应对此起彼伏的叛军起义，清政府也对政务做了一些改革，1905年废除了科举制。然而即便如此，成都这些父权制绅士家庭仍然认为自己才代表城中最好和最光明的群体。1908–1913年间，曾短暂试行过有民选议会的宪政政府，但只有纳税一定数额才能获得选票，实质上也就只有绅士阶层才能投票。成都士绅家庭出身的人也怀着极大的热情投入这一民主实践中去。然而几乎没几个人真想看到社会现有秩序的改变。在20世纪早期的四川，最流行的口号是"川人治川"，这比号召成立民主共和国更受欢迎。[9]对成都的绅士阶层来说，清朝中央政府统治趋于衰弱让他们看到了自己作为天生的地方领袖在省级和地方管理中扮演更重要角色的希望。如果可以轻易地将统治权从被他们认为无能的清政府和清政府派来的傲慢无礼的官员手中拿走，那就让人再满意不过了。[10]

很快，到1911年似乎绅士们的愿望即将成真。清政府的一系列决定激怒了四川人，其中包括地方税收支持的铁路公司收归国有，川人开始组建军队，并且切断了成都与中央政府间的沟通。随着各地一系列革命起义的兴起，其他省份开始宣布独立。由于完全无望从外部获得军事支援，清政府派驻的四川总督与新四川议会的绅士阶层领袖达成妥协。其中绅士阶层承诺不但会保护清政府官员的家人及财产安全，还会保护居住在成都城区西部的"少城"里的驻防旗兵家庭。作为安全保证的交换，旗兵应放下武器，而清政府官员将政府（管理权）和财产全部移交给省议会。但是，这最终导致清朝退场的骚乱，也为自诩为名士的保守士绅阶层领导者们带来了一些强大的政治对手———一些自称是国民军和与清朝保皇军作战的起义军的领袖，在1911年秋，他们曾围攻成都。

在清廷的四川总督将权力移交给国民议会领袖之后一星期，一场军事政变就推翻了新政府。议会领导人不得不飞奔逃命，家财被洗劫一空。1911年12月8日这个混乱而可怕的夜里，城市各处的绅士宅邸都遭到了洗劫。

一位参加了反清革命的著名的四川本土军事领导人此时介入，着手恢复秩序，并且成为四川省漫长的军阀统治中的第一位统治者，这些军阀只是名义上效忠于新成立的中华民国中央政府。

这些军阀通常也是出身于士绅家庭，只是有些是在小镇或者乡下成长起来的，不是在大城市。[11]统治成都期间，大部分都向城中士绅阶层的领导人示好，并且试图取得他们的支持。甚至在1913年国民议会解散以后，士绅阶层仍被视作是城市的领导者。在1911年之后的三十年里，连绵不断的内战导致走了运的军阀来了又去，此时，一些饱读儒家经典的著名学者，作为城市的非官方发言人出现了。人们将他们称之为"五老七贤"。他们的生活可以作为我们探寻"激流三部曲"中高老太爷及其朋友的世界的一扇窗户。

五老七贤：1911年以后的成都文化圈

巴金的祖父李镛并不属于五老七贤之一，不过他可能见过他们。事实上，所谓五老七贤也不一定就是12个人。"五老七贤"是一种更诗意的表达而不是精确的描述；这里暗指着两个成都的说书人津津乐道的典故：道教中掌管五方的五老天君和"竹林七贤"。两个典故里讲的都是并非出身官府、但行善于世的智者。因此，这一名词大约从1917年左右，开始用来代指一群在统治成都的军阀和城中百姓间作为中间人调停的著名学者。[12] 他们认为他们所受的儒家教育和所取得的功名让他们有义务扮演普通百姓的保护者角色。军阀们也发现似乎听从这些城中长者的指导很有用处，因此也不经常挑战他们在文化方面的权威。

老学究士绅和军阀（"军阀"这一称呼是从1920年代早期开始使用的）之间的这种关系对于像巴金这样更激进的年轻人来说，像是令人恶心的勾结。[13] 这种关系无疑增加了巴金对于他认为是伪善的儒家学者们的憎恶。

然而他这种态度并不寻常。在1910年代和1920年代的成都，"激流三部曲"中所展现出的对儒家经典和经学的蔑视并不常见。在1911年革命之后的十年里，成都经历了一个经学繁荣的鼎盛时期，它不断地影响着成都文化圈直到1949年共产党胜利。巴金在很年轻时就离开了成都，因此他并没有进入这个圈子。如果他留下来，那他很可能会发现自己被卷入一个被五老七贤包围着的文化世界里。比如说，这就发生在另一位小说家李劼人身上，李也在法国留学了几年，也像巴金一样，对进步思想很有兴趣。1924年李劼人回国后，他在成都大学任教，有几位贤老也在此任教，他还与他们其中的一些人成为好友。李劼人在他写成都的小说中对士绅阶级角色的描写，就比巴金在"激流三部曲"中塑造的士绅形象更加矛盾且复杂。[14]

巴金小说给人这样的印象：成都的儒家学者，比如小说中的冯乐山和周伯涛，都是反动分子，顽固不化地揪住一些过时的信念和仪规，以便能在家中和城中维持他们的权威。如果我们仔细看看成都五老七贤中最著名的几位和他们交往的人士的经历，巴金所创造的成都的学者士绅的角色是站不住脚的。即使是成都最保守的文人学士，也比巴金创造的冯乐山和周伯涛要复杂得多、有趣得多。

我们曾在第一章讨论小妾问题的时候，以五老七贤中的一位——刘豫波为例。他在1920年代快60岁的时候迎娶了一位十几岁的小妾。但是，在巴金年轻时的成都，他更出名的却是作为教育家、颇有成就的诗人、以画兰花闻名的画家、在科举考试中高中的才子（拔贡），以及著名大儒刘止唐的直系后人。在19与20世纪之交的十年里，刘家是成都最显赫的两三个望族之一。1813年，刘止唐在他位于城市南门附近的宅邸里创办了槐轩书院，那里培养了一代又一代出色的文人学者。书院强调博学通识，除了儒家经典，还学习佛学和道教经典。超过100名槐轩弟子在科举考试中考中最高的两个等级（贡士和进士）。[15] 在《家》的第十一章里，高老太爷给他的孙子觉慧一本（真实存在的）书，刘止唐写的《刘止唐先生教孝戒淫浅训》。觉慧翻了几页，看到老一套的"子曰"，诸如"君要臣死，不死不忠；父要子亡，不亡不孝"之类，把书给撕了。[16]

1870年代，当清朝派大臣张之洞到四川任学政时，槐轩作为成都精英学府的重要性开始丧失。张之洞是20世纪初中国最有权势的三四个官员之一，他绝对效忠于朝廷，但对于新思想十分开明，他认为新观念可与中国传统文化兼容并蓄。他对于变革的立场可以总结为"中学为体，西学为用"，历史学家们常常简称为"体用"（"本体—作用"）。在具体实践中，对于张之洞和与他类似的精英分子们来说，"体用"即意味着仍以中国传统经典和历史作为教育基础，选拔官员也主要依据他们对儒家经典的掌握和理解，但同时鼓励发展工业，在教育内容里增加日本及欧洲的相关信息和知识，采用有用的新技术、特别是西方军事技术。[17]

张之洞1874年到成都，旋即说服四川总督收取田赋之外的费用来建立一个新的省级书院。这座尊经（意即尊崇经典）书院创办的目的是为了复兴四川对经典的研究。这方面它很成功，但是并不是张之洞设想的成功。作为书院最有影响力的学生之一，廖平就持一个很极端的立场，他认为儒家文本不仅仅应作为历史来读，还应作为当代社会的指引。他的著作启发了著名的学者和活动家康有为，康进一步发展出"孔夫子并非后世学者们描述的那样保守，他明白人类社会进化也需要文化变革"这一观点。康有为及其弟子认为，如果孔子生于19世纪，他不会反对中国采取宪政，或者反对妇女角色以及家庭生活的组织结构的变化。[18]我们前面提到的巴金的老师吴虞，也是尊经学院的学生，师从于廖平。但是廖与康、张等人仍然把儒家经典当作是教育的核心，而吴虞在1911年革命之后的数年里，则一直以他从传统教育中受到的严格训练来攻击正统儒家思想。吴虞认为学者应该去研究西方法律传统，他认为这种法律传统在很多方面都远胜于儒家经典。

吴虞当然不属于五老七贤，尽管他是其中很多人的同学以及刘豫波的外甥（吴虞的妈妈来自刘家，跟刘豫波一样，也是刘止唐的孙辈）。与有识长者相比，他更像是一个政治煽动者。1910年，吴虞写了一篇长文《家庭苦趣》直接挑战传统士绅孝道价值观，震动了成都。在文章中，他控诉他父亲的不道德行径及挥金如土的行为，还指控他父亲间接害死了自己唯一的儿子——1893年，襁褓中的儿子患病而吴虞被迫离开老家。成都的精英阶层大为愤慨，特别是在38岁的吴虞发表檄文之前，有谣言说他狠狠揍了自己的父亲。清廷任命的四川省总督对此喧扰的反应是下令通缉吴虞，幸而吴虞在同情他的朋友的帮助下逃出了成都藏匿起来。成都的官绅都知道吴虞的父亲不是什么正直的好人；但是这种对于儒家核心的"尊老"观念的公开挑战，几乎对他们所有人来说都是不能接受的。[19]

1919年，吴虞在巴金所在的成都外国语专门学校任教。毫无疑问，巴金和同学们对于吴虞攻击自己父亲的传说完全不陌生。很可能吴虞反抗孝道的榜样给予了巴金在"激流三部曲"中描写高觉慧和高觉民站起来反抗他们的祖父和叔叔的灵感。巴金在自己家中时，各方面都没有这样的行为，直到他出版了《家》，败坏了家中长辈的声誉。吴虞的个人生活还可以跟"激流三部曲"中道德败坏而虚伪的冯乐山联系起来，冯在小说中是成都孔教会会长。很难不把冯乐山看作是对吴虞的同学和对头徐子休的讽刺，徐也是五老七贤中的人物。

徐子休跟吴虞一样，曾在尊经书院学习。他曾考中举人，但1898年康有为和光绪帝发起的变法失败，清廷以叛国的罪名杀害了六位文人官员，这引起了他的厌恶。根据徐的自传，六君子被杀害后，他就拒绝再参加科举考试或者出仕为官。[20]不过1910年，当吴虞和他父亲发生冲突以后，徐子休正任四川省教育总会会长，这是由本地士绅组成的一个类官方的顾问机构。在这个位置上，他带头力主吴虞应因其攻击其父而被抓捕。

1911年革命之后，徐子休依然是教育界的领军人物，他是传统经典教育最著名的拥趸，同时他也不遗余力地阻挠吴虞在成都获得教职。民国初年，曾有一场试图奉儒学为国教的席卷全国的运动。[21]徐子休是这场运动的支持者。1916年，他发起募捐建了一座供奉六位出生于四川的宋朝儒学大思想家的庙宇，他们的著作构成了旧封建时代的正统思想。这座庙宇里有一个图书馆和书房，在这里，徐教授城中各高等学校选拔来的优秀学生传统经学。1920年，就在巴金离开成都前的几年，徐子休建立了大成会，一个可以对应小说中冯乐山的孔教会的组织。大成，其意是"大有成就"，乃是孔夫子的尊号之一；中国各地遍布的孔庙正殿就叫作"大成殿"。在徐子休的领导下，大成会用各种方法推崇孔子。比如，它说服当时的军事领导人不要拆除某地的一座孔庙。同时也开办自己的学院来培养学习经典的学生。[22]

徐子休亲自为大成学校入学的学生编纂教材，巴金在《秋》中描写周伯涛给他儿子布置八股文写作的场景时，很可能就从中借鉴了一些内容。徐子休的教材从非常传统主义的角度来展现中国历史，完全拒绝他在尊经书院的一些同学和康有为做出的新解释。在1923年大成学校的开学典礼上，徐子休对于办学宗旨和当代中国的现状做了如下演讲：

> 建立这所学校有一个目标和三个愿望。一个目标是什么？即弘扬孔圣人的治学之道。三个愿望又是什么？希望在二十年内重塑社会，四十年内再造国家，八十年内改变世界。想实现这些愿望当然需要一些方法。主要方法有两个。一是我们需要重塑我们的心灵和意识，二是我们需要重塑我们专注的事业。为什么需要重塑这些？因为我们周边的社会充满罪恶——可与历史上四千年前的乱世相比，为何这个社会如此罪恶？因为我国掌管教育的官员不是对真正的学问完全无知就是愚蠢疯狂。学生们要么是与儒道完全相反放浪形骸，要么就是目无尊长的极端煽动者。在北京的一些学校里，甚至悖逆到公然支持诸如共妻、共产主义、忤逆父亲和推翻孝道等言论。简言之，他们是想把人变成兽。连黄巢（唐末起义首领）和李自成（明末起义首领）也没这样坏！[23]

　　跟他前代的许多学者一样，徐子休相信，伦理行为的关键可通过儒家经典和研究中国历史习得。他对于当时新的知识分子潮流的不满源于惧怕他视若珍宝的文化遗产很快便会无人问津或是鲜有关切。在这个演讲中，他使用了一些五四时期流行起来的新词和概念，比如"主义"。虽然没法看到他演讲时的表情，不过他使用这些词大概是出于讽刺或者轻蔑。

　　徐子休对于成都士绅生活中吟诗作赋或者声色犬马的部分并无兴趣，这就算不是徐与小说中古板迂腐的周伯涛的区别，也是他跟小说中对应的冯乐山或者高老太爷的一个很大的不同。从各方描述中，徐是一个严厉朴素的人，全身心地投入经学学术和道德教育中。在1920年代早期他创建大成学校之时，他搬进学校宿舍以便一整天都能给学生在言行上做出榜样。他的两个最著名的学生后来成为国民党中有名的严肃持重的领导者：一位是二战期间任四川省政府主席的张群，另一位是戴季陶。戴曾经帮蒋介石发起受儒家思想启发的新生活运动—— 一场发起于1934年，强调正直、清洁的生活（关于张和戴在1920年代早期成都的一些活动参见第七章）。在成都的士绅中，徐子休在强调持续学习上异常严格。（相对而言），大部分其他贤老和他们更为激进的同侪吴虞对于巴金小说中高家老爷们忙于参加的种种文化活动也十分热衷。

　　在巴金的青年时代，诗歌在成都文化中的中心地位可从他的小说中清楚地看到。高老太爷和他的儿子们收藏了好些题诗的卷轴，年轻一代们也以诗为戏，他们玩联句，彼此的诗句要匹配起来，很多诗句都出自唐宋诗词，唐朝和宋朝是中国诗歌发展最为鼎盛的两个朝代。随着1920年代的发展，短故事和小说开始取代诗歌成为最流行的文学体裁。然而对于"贤老"一辈人来说，诗歌才更令人满足。诗歌有凝聚精英圈子的社会属性。一个技巧纯熟的诗人可以通过用典来卖弄他的学识，也可题赠友人，也可用精妙的表达提及时事。[24]吴虞对于自己出版于1914年的诗集《秋水集》就颇为自得。他那一年的日记里写满了他曾以书相赠的各地友人的名字，有成都的，中国其他地方的，甚至日本的。

1914年，时任成都商会总理的书商樊孔周，为成都一家主要报纸创办了文学增刊《娱闲录》（图2.2）。[25]不过其创刊号声明，其创办目的绝不止为了娱乐。该刊表示，在这样一个动荡不安的世界里，对社会和政治的直接针砭太过危险。妙语评论和幽默比严肃的论文在促使人们睁大眼睛看清现实方面更为成功。同时还附带说明，人们永远需要欢乐和大笑。第一版发出去了2000份，这个半月刊直到1918年其所属报纸被关闭之前都很受欢迎（樊孔周在前一年被暗杀，参见第五章）。成都官绅中的很多人，包括一些"贤老"，都曾为其撰写诗

图 2.2　《娱闲录》封面。《娱闲录》第 17 期，1915 年 3 月 16 日

歌、剧本或小说。吴虞和其妻，以及年轻的作者李劼人，都曾在上发表过文章。像高老太爷和冯乐山这样的人物见面时，谈论的也多半是最新一期《娱闲录》或者类似出版物上的内容。它对于老一辈人的吸引力就像出版于中国东部如《新青年》一类的新杂志对巴金或者小说中的高觉慧的吸引力一样大。

　　《娱闲录》常常报道本地戏曲逸闻。在"激流三部曲"中，巴金对于川剧及其爱好者非常鄙视——小说中的年轻主角没一个喜欢看戏的，只是觉得它吵闹俗气肤浅。他们宁肯欣赏新式话剧，就像觉慧的学校演出的《宝岛》那样。川剧跟话剧不同。话剧在那个时代的中国，主要是由像巴金小说中的这一类年轻的出身于士绅家庭的业余演员演出，而川剧主要是由很小就作为学徒开始学习戏曲的职业演员组成的戏班出演。戏曲中的故事主要来源于中国历史和民间传说，取材广泛，从勇士传说到爱情悲剧再到佛教故事都有。衣饰极尽华美，演员的脸上也画着生动的脸谱。演员的演唱、舞蹈以及武打招式全由锣鼓伴奏。川剧通常是在庙会搭建的临时舞台或者会馆等处演出，也会像"激流三部曲"里描述的那样，在私人宅邸的特殊场合演出。

　　就在1920年代话剧兴起之前，有些上层人士开始批评像川剧这样古老的中国戏曲庸俗轻浮。特别是那些宣扬个人情欲而不是辛勤劳动、家庭和睦这种更高价值观的爱情故事会败坏年轻一代的道德。演出的戏班子为了避免这种批评，对于舞台上的有情人，往往让他们以悲剧或者悔恨收场，这样，这一类剧目就可作为对观众的道德教化上演，同时观众仍能欣赏到浪漫传奇。

妇女通常是禁止上台表演戏曲的，因此造就了培养男孩扮演女性角色的习俗，或者按照历史学家郭安瑞（Andrea Goldman）的说法，叫"boy actresses"（男旦）。[26] 在第四章里，我们会来讨论这一现象，以及"激流三部曲"中高老太爷的第四子所追捧的戏子张碧秀的故事。许多士绅阶层的文人会在诗文中赞美这些扮演女子的男演员的美丽和天赋。但对另一些人来说，这正是这种艺术形式进一步堕落的标志。

20世纪早期川剧粗俗下流的名声引起一些士绅领袖的关注，他们成立了一个组织来促进戏曲改良。贤老之一的赵熙在1910-1920年代期间，在这个组织中扮演着核心角色，其他一些人（包括克己复礼的徐子休）也参与其中。他们的目的是要从使之低俗化和因其低俗而批判它的两个群体手中挽救这个剧种。他们的方法是，重新撰写道德上无可指摘的新剧本，并且在1910年代新建的公众剧场里推广改良新剧的演出。戏曲改革的领导者们认为，剔除掉那些挑逗情色或者鬼鬼神神的内容之后，川剧可以以一种鼓舞人心的方式让普通民众在欣赏娱乐的同时受到教化。同时他们保留了传统的唱腔、五彩戏服以及丰富的音乐等在20世纪早期的成都被大家普遍欣赏的元素。[27] 旧文化传统的拥护者们，尽管他们珍视这些文化遗产，也不见得对现状完全满意：关于戏曲内容的争论为我们提供了一个新思潮几乎触及不到的文化圈子内部的动态关系实例。

大部分成都士绅阶层的人，甚至是戏曲改良家们，也不是特别假正经。在《娱闲录》创刊的第一年里，刊登了不少将城中最有名的高级妓女和男旦们的魅力进行比较的文章，并没有因此招致要求关闭它的呼吁。在巴金的青年时代，诗歌、戏曲、绘画、书法、美食美酒，以及其他一些形式的美，因其艺术性和品位方面的价值，成为上流阶层生活重要的一部分，然而巴金个人对此并不欣赏。巴金认为，在看到了这世界的苦难以及士绅们自诩的儒家道德之后，这种文化上的享受是一种虚伪。巴金认为，成都官绅们追捧的这些艺术是轻佻的，使人们偏离了他们应尽的道德义务，而一些儒家思想家则认为美与道德密切相关。不过，他这种观点在成都仍然是极不寻常的。讽刺的是，巴金对成都上流生活某些方面的憎恶，在像徐子休这样的正统学者的信念里也有所反映。下面我们还会来讨论这一点。

刘豫波是槐轩书院创办者的孙子，是激进的吴虞的舅舅，他比巴金更能代表成都的上流社会，他们中的大部分人尊崇儒家经学也享受其他智识或者感官上的快乐。这些人，像高老太爷一样，并不认为他们的生活方式已经过时。他们仍然在吟诗作赋、饮酒赏月以及迎娶小妾。但同时，他们也对中国新兴的新文化的某些方面表示欢迎，比如杂志出版、电灯，以及像成都大学这样的教育机构。

尽管巴金斥之为虚伪，但是围绕着刘豫波和其他贤老的智慧与文化光环一直持续到1940年代，《家》出版很久以后。刘豫波一个学生的儿子林植垣，曾经回忆他在1943年抗日战争期间与刘的一次会面。彼时为了躲避空袭，刘已经搬到成都东门外的一个小镇上居住。他跟新邻居不打什么交道，但是很重视探访他在镇上居住的学生，并且与他们诗文唱酬往来。林的父亲向刘豫波讨教刘家槐轩书院训练身体的秘诀（老式的亚洲学校常常包括身体训练类的课程，近似于瑜伽，包括打坐和调息等）。林的父亲后来常常提起，刘豫波当时回答道："事实上，真正的刘家秘诀并没有传给我；但在我看来，最好的练习就是尽可能地求真行善。你从静中求动（指身体训练），而我则从动中求静。"[28]这个回答混杂了儒家对道德正义的强调，以及受佛教和道教影响的对身体实践的觉知和接受，这是大部分贤老所持的融通的世界观的特点。林植垣满怀敬意地描述了刘豫波如何精心地为镌刻在一扇庙门上的题字做准备；而且在全神贯注努力之后，仍然对自己的题字不满意，将纸揉作一团，要等到几日之后才折返来完成作品。像林和他父亲这样的人，仍然认为这种对待艺术和生活的方式很有启发，值得学习。

高宅以及老太爷眼中的城市

"激流三部曲"中，高家的府邸处于中心地位。在"激流三部曲"的开头，我们就看到高家的大门上挂着表示吉祥如意的对联："国恩家庆，人寿年丰"。在庆祝新年的一幕里，高老太爷高兴地俯视着全家人在庄严的祭祖仪式上行了礼之后齐聚在位于宅邸正中的堂屋里吃饭——所谓"四世同堂"，觉新的儿子海儿也在。在《秋》的结尾，卖掉居住的宅院是对高家的致命一击——老太爷希望家庭和睦昌盛的美梦破灭了。他的孙子觉民并不为此哀叹，因为他早已不相信这个美梦了。而高觉新，可能更能代表读者的感受，他为失去了儿童时代的居所和高家本身的四分五裂而长吁短叹。

这个宅邸在小说中的地位如此重要，巴金在关于"激流三部曲"的散文中多次提到。这座宅院的原型是巴金自己位于成都城内东南的家，做了一些改动（巴金幼年的家的布局可参见图2.3）。那富丽堂皇的大门跟他自己家的大门一样。进到门里首先是一座门房居住的小房子，他掌管着家中与外面街上的互动交流。之后是一座"影壁"，那是一座石砌的高墙。根据风水理论，影壁可以防止不好的东西侵入家宅。[29]后面是一片露天空地供访客停驻他们的轿子，附近有男仆们的住所。然后，来客才步行通过一扇内宅门进到宅院中，宅院的尽头是大大的厅堂，主

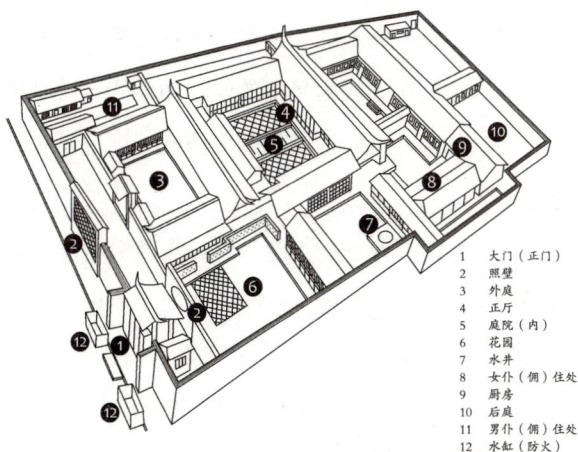

1　大门（正门）
2　照壁
3　外庭
4　正厅
5　庭院（内）
6　花园
7　水井
8　女仆（佣）住处
9　厨房
10　后庭
11　男仆（佣）住处
12　水缸（防火）

图 2.3　巴金童年住宅示意图。由黛比·纳维尔（Debbie Newell）根据张耀棠1984 年 11 月的画作绘制

人会在此设宴。穿过堂屋之后，来客会看到又一座高大的中心建筑坐落在一个有绿树和盆花装饰的砖铺院子里。这座中心建筑主要供巴金的祖父和其小妾居住，家族的祖宗牌位也在这里。他的儿子、媳妇以及儿子的孩子们住在围绕中心建筑后面的院子而建的一圈房子里。女性仆人的房间在这座砖瓦宅院的最后面，厨房的附近。巴金曾估计，他小的时候这座宅院里住着近百人，其中一半是他的家人，另一半是仆人。[30]

在"激流三部曲"中，高宅还有一个种着蜡梅树的大花园，觉慧和鸣凤曾在此互诉衷情；有一个湖，年轻一辈在此泛舟（也是鸣凤跳湖自尽的地方）；以及可供饮宴取乐的亭台楼阁。而巴金小时候是没有这样的花园的。李家只有两个不大的花园，种着几棵树，有一口井，还有一个小池塘，而池塘也在巴金掉进去一次之后被他的祖父下令填上了。大部分"激流三部曲"的读者马上就能意识到，小说中高家的花园很像《红楼梦》中的大观园，那是因为家中的一位女子成为皇帝的妃子而建的。《红楼梦》的男主角贾宝玉，在这个园子里与他的表姐妹们度过了一段世外桃源般美好的日子。

也许巴金认为这个像庇护天堂一样，年轻男女能一起谈笑游玩的花园在小说中很有用，因为这个意象对于中国读者来说很熟悉。但是，跟长江中下游地区的城市不同，成都并不是因为它的园林艺术而出名。1909年的《成都通览》只列出了三个城中的私人花园。[31]刘豫波位于南门附近的家可能是城中最大的宅邸，但是也没有一座精心设计的花园，这个地方现在矗立着成都最有名的酒店——锦江宾馆。当19世纪初刘豫波的祖父迁居到此处以后，院落和房子的数量不断增长以容纳越来越庞大的家族，逐渐占满了所有可用土地。

不过城中的许多庙宇或者会馆倒是带有风景优美的花园和院落。这些场所也是上流社交生活的重要部分。清朝的最后几年里，旗兵驻防的城中城最南端的大片土地变成了对公众开放的公园，称之为"少城公园"，因为它就位于"少城"（小的城市）——这是人们对旗兵驻防区的俗称。这个公园很受成都人民欢迎，特别是1911年民国建立后的头几年隔开少城与大城区的城墙被推倒之后。1949年以后，公园新命名为"人民公园"，仍然是成都最重要的公园。从其建立起，它就是成都各界人民最爱的、可与友人茶楼相聚的地点之一。[32]同时这里也很适合宣传政治主张或者进行其他形式的市民活动。就在1911年革命以后，这里很快树立起一块纪念抗议清政府国有化四川铁路运动参加者的纪念碑。

1911年以前，少城地区与成都城其他地区相比，少有人居住；政府禁止人们移居到此，因为这里是军事驻防区，而在此居住的旗兵家庭大部分都很穷，养不起太多人口。1911年秋，此地的旗兵家属害怕他们会被围攻成都的反清军队杀死，这实际上正是发生在中国其他一些城市里驻防的旗兵身上的事。[33]而在成都，一些士绅领袖在危机期间主动移居到驻防区里，以安抚和保护此地居民。徐子休和他的家人就在移居到此的人中。[34]

当民国建立事态平息下来以后，许多先前以自己满族或蒙古族身份为傲的旗兵家庭开始淡化自家的旗人背景，自称为土生土长的四川人，对这些在成都驻防了好几代、官话里已带上四川口音的人来说并不是什么难事。但有些人认为，卖掉他们手里的少城土地迁居到其他区域或者彻底离开成都会更安全一些。因此，从1912年起，大量位于前驻防区的不动产开始在市场上出售。那一年，巴金的老师吴虞也抓住这个时机在少城买了一幢宅院。他在日记中关于此事的记载反映出他对自己的宅邸的得意之情，也让我们强烈地感受到宅邸对于成都精英阶层的重要性。

由于吴虞在1890年代中期离开了他的父亲，他不得不在成都以90元/年的价格租了一个房子供自家人居住。从1909年傅崇矩出版的《成都通览》中可以看到，他以这个价格租到的房子相当小。根据傅的记载，一幢家具齐全的大宅需要30元/月，而且房东通常会要求房客必须雇用一个经他认可的门房，帮房东看着家具。[35]1912年，吴虞与一个满族旗人达成协议，以500元买下一幢不动产，这桩交易也获得了一个1911年革命前夕成立的监管旗人财务权益的组织的认可。其中300元是他向朋友借得的。交易敲定后，卖主还企图涨价，而吴虞就在办理产权过户的时候利用中间人用一点点费用满足了卖主。他在1912年2月11日的日记中写道，有人说有外国人企图全盘收购少城的土地，但是被军政府禁止了；3月5日他又写道，少城当局的人告诉他，此地已经卖出超过90个不动产，价格上涨得很快。[36]

接下来的几个月里，吴虞在日记里记录了很多房屋修缮的细节。他请一位著名的学者为他编撰并书写了大门两边的对联；大门也重新翻修过，他还在花园中种了一些竹子。他让工人重建了大门附近的一个房子，作为他家佃户从乡下来成都向他缴纳田租时居住的客房。而最重要的，是他给自己和妻子各修了一个漂亮的书房，妻子那一个稍小一点。

当代成都学者冉云飞出版了一本书，主题是从吴虞的日记中了解成都。他指出，对于像吴虞这样的文人士绅来说，拥有属于自己的家在那个政治形势急剧改变的混乱年代里才能带来真实的安全感。吴虞的书房离他任性的女儿们的房间挺远，这给了他一个安静的读书写作的环境。虽然他时不时地要给当地警察交一些小钱，有时还得出资装备街坊联防巡逻队以对付小贼，或者在附近军阀混战时保护邻里不受兵匪侵害，但他不需要缴纳物业或房产税。买了这个房子令吴虞十分高兴，甚至在之后的好几年里每年都要庆祝买下那一天的周年纪念，即使后来不再这么做了，他仍然时常要夸赞自己抓住机会购买房子的远见。[37]

吴虞常在日记中自勉应多在家中学习，这样学识有所进益，少惹是非，还能省钱。但他也抵御不了成都社交场合的吸引。冉云飞曾经统计了吴虞日记中记载的他和朋友几十年间常光顾的餐馆，光提到名字的就有41家。[38]他还常在20世纪第一个十年里新建的戏院和历史悠久得多的茶楼里消磨时间。[39]光顾城里最漂亮雅致的场所以及在品位不俗的自家房子里迎接彼此，可以说是士绅家庭家长们的特权和习惯了。

但巴金没能成为成都某家的家长。1923年，19岁的巴金随他的兄长李尧林（高觉民的原型）离开成都，去往中国东部读书。

1941年，37岁的他第一次返乡的时候，他的叔叔们已经把成都的房子卖给了一位军官。旧的大门早在1924年就在一场拓宽马路的运动中被拆除了，四处都是站岗的士兵，因此巴金只是从那里经过，回忆起年轻时那些快乐或悲伤的时光。1949年以后，那栋房子被新成立的共产党政府分配给驻扎在成都的解放军文工团，文工团扒掉了原有的房子腾出空间，在旧址上建了宿舍。1960年，巴金再次来到成都时，他记忆中的样子已经不复存在，从旧居所在的院落看过去，只有那口双眼井还在。[40] 回顾这个地方在整个20世纪的历史，想象一下巴金祖父——以及小说中高老太爷——的魂灵试图在这个曾经上演着取悦老爷们的川剧的地方，理解解放军演员们每天排练的革命歌曲和舞蹈的场景，实在是令人遐思。

学校与医院：成都士绅们对外来影响的态度

前面我们已经提到，1905年科举考试被废除。在清朝官员中，这是一个争议很大的决定，但由于科举制很快就被更广泛的新式学校制度取代，所以很快就实施了。新的学校教育除了中国历史及经典学习外，还包括外语、科学、数学及世界历史等课程，人们寄望于可以通过这个体系达到教化学生并为国家选拔人才的目的。在20世纪第一个十年里，就建立了不少公立和私立的新式学校，其中还包括一些女校。这是中国早期城市的制度性生活里，明显与外国文化有关的深远变革之一。新式学校体系是仿照日本建立的，而后者也是在三十年前学习欧洲和美国的学校制度而建立的。第一章里提到的新的警察制度也是以同样的方式建立的。同时，20世纪第一个十年里还建立了好几所医院，把西药引入成都。

如果成都的士绅阶层真如巴金在"激流三部曲"中描述的那样保守，那以上这些制度的外国起源就足以成为顺利实施的阻碍。[41]教育与医学与中国精英阶层的自我概念密切相关。在1890年代，四川几乎与外部世界完全隔绝，少数几个来到此地的欧洲人都报告过当地人民的严重敌意，特别是当地的贵族阶层。1895年，一所由加拿大传教士建立的小医疗诊所被一个愤怒的暴民给烧毁了。然而十年以后，情况完全变了。外国人和他们的新思想在士绅阶层中很受欢迎。[42]然而，绝大多数成都官绅们相信他们可以"同化"外国产品和思想，不用剧烈地改变本地生活，还能使之更加美好。[43]

在1895-1905年这十年间，是什么造成了这种态度上的转变？部分原因是1901年，清政府因义和团运动和北京被强占，被迫颁布了一系列效仿日本1870年代维新运动的西式改革。政府忽然开始需要了解日本、欧洲和美国的人才了。各省统治者需要这些人帮助他们建立新的警察制度和地方国民议会。这导致成千上万年轻（或者不那么年轻）的中国人去往日本获取能帮助他们抓住新机会的资历。这些游历让他们有机会体验快速变迁的日本城市和亚洲其他被殖民统治（如英占香港以及上海的外国租界）的生活。在成都精英阶层的心中，外国人就由一个威胁变成了一个可以获取有价值的新知识的来源，这些知识能够帮助中国变得富裕强大，能够保护自己和核心文化（也就是"体—用"中的"体"）。

20世纪初，巴金的叔叔们曾赴日本学习，徐子休和吴虞也是如此。成都的上流社会中也有很多人支持外国人在成都建立学校。罗伯特·塞维斯是一位活跃的美国传教士，他于1907年在成都建立了基督教青年联合会（YMCA），他在成都交游广阔，这使得他在1911年革命后在城中心为YMCA拿到了一块土地。[44]同时，另一个主要是加拿大人组成的传教团体在1910年于城外南边的农用田地里建立了华西协合大学。因为要迁走一些田地，这一行动引起了一些反对，但在城里一些著名的领袖人物的帮助下，这些加拿大人推动了这件事并且最终建成了一个美丽的西式校园。校园里的多层砖楼上覆盖的是曲线优美的中式瓦顶。[45]1988年的电视连续剧"激流三部曲"开头的一个场景就是扮演高觉新的演员接受了高中毕业证书，然后从华西协合大学保存完好的一栋楼的楼梯走下来，虽然小说里觉新并不在这所大学里读书。

尽管在20世纪的头二十年里，成都的上流社会很欢迎外国人带来的这些创新，但是他们对传教士宣扬的基督教却没什么兴趣。YMCA在成都上流社会的年轻人中间很受欢迎，他们去那里学英语、做运动、看电影、听讲座。但是几乎没人成为基督徒。吴虞将他的两个女儿送到一所新教徒管理的学校读书，也认同学校里教授的德育课。然而他的长女离开学校后就跟一个已婚男人私奔了。学校因此拒绝再接收她的妹妹们入学。吴虞的次女写信给他说，反正这学校也不好，不如把妹妹们送到法国天主教女校去读书，那里"不会要求她们信教"[46]。他就此照办。跟大部分士绅一样，吴虞自己认为佛教典籍和释义读起来比《圣经》更有趣味。包括藏传佛教在内的佛学思想，在1910年代和1920年代的成都富人中间再次强烈兴起。

华西协合大学因为创办了中国第一个牙科教育课程而影响深远。跟在中国其他地方一样，传教士将西式牙科和西药引入成都，希望这能使他们在当地受到欢迎以便更有效地传播基督教。法国天主教神父和医生在城北建了一座医院；1905年，卫理会（Methodist）传教士则在离巴金家不远的地方也建了一个医院，后来还建立了一个妇产科医院。在"激流三部曲"中，保守的老一辈对西药充满怀疑。在《春》中，高觉新的表妹周蕙病倒在床，觉新劝说她的丈夫送她到法国医院治疗。她丈夫一直延误到她已经濒临死亡无可救治才送去，而她死在医院又加强了其丈夫西药无用的信念。

1910年代的成都，无疑有一些人跟周蕙的丈夫一样，认为外国医生不可信。但是上流社会中的很多人还是很欢迎这个医疗措施的新选择。当巴金的姐姐得了结核病，他母亲就延请了一位女性西医，尽管这女孩不久之后还是去世了，但巴金的母亲与这位医生仍然成了好友。[47]巴金也被允许保留医生送他的《圣经》。

当然，成都西医们的医学科学实践与大部分成都医生口口相传的传统医术截然不同。[48]成都上流社会也把两者区分得很清楚，但是认为它们都有效果，只是要看不同的情况。冉云飞指出，吴虞自己从未看过西医，但是他允许妻子去看成都的西医；他的女儿在1920年代早期于北京学习时，还找到了一位德国医生。

接受西药并不要求成都士绅们拒绝他们终其一生所熟知的中医诊治。在新式医院建立以前，成都医疗从业者的治疗方式五花八门。而从士绅们这边看，有些知名学者花费数年研究包括《黄帝内经》和明清时代医学论著在内的中医典籍。像小说家李劼人的父亲这样的人，还从祖宗那里继承了一些草药药方。这些医生通常到病人家里通过切脉和观察病人来诊病。除针灸和艾灸（在病人皮肤上燃烧少量草药）外，中草药也是常用的诊治手段。[49]

请不起医生的人可到药店去求治或者到只能开间小医馆甚至只能在市场上摆个摊的医者那里问诊。这种医生能接断腿或拔坏牙，也能开草药方子。中医传统里不包括内脏手术；20世纪初，欧洲和北美来的医疗传教士把这一手段带入成都。（此时的成都）跟20世纪前世界的其他地方差不多，生孩子通常由接生婆处理，并发症常常造成产妇死亡。[50]在《家》的末尾含蓄地点出，年轻的瑞珏在生孩子时死亡，应归咎于她为高老太爷服丧期间被赶到城外一个偏远的房子居住，但即使是在上流阶层舒适的豪宅里，这种事情也很常见。

小说中，对瑞珏的死，巴金归咎于高老太爷的陈姨太对疾病和阴间的看法。她认为是邪灵造成她的丈夫兼主人的死亡，如果瑞珏在死者灵柩停在家的时候生产，死者的遗体和灵魂都会被冲犯。她说，生产带来的"血光之灾"会令死者身上冒出很多血。

第一章里我们讨论过，在20世纪初的成都，医疗诊治和像巫术这样的宗教仪式之间的界限很模糊。很遗憾，我们找不到"血光之灾"说法起源以及到底有多少人信这个说法的资料。研究中国明清时代生育分娩史最重要的学者之一，吴一立，并没有在她关于此话题的专著中提及这个现象。但是，在一篇关于《家》的散文里，巴金写到，他祖父去世的时候，他的即将临盆的嫂子的确不得不搬离家里。跟瑞珏不同的是，她并没有在生产时去世。[51]

有资料表明，成都的上流社会在20世纪第一个十年里，非常关注医疗诊治质量。1909年编纂《成都通览》的傅崇矩，与加拿大医生成为朋友，并且帮助他们在城里建立了红十字分会。在《成都通览》中，他痛骂庸医并且号召对用药实施更严格的监管以保证医生不会害了病人。他甚至还抱怨了大部分中医医生糟糕的书写，他说药剂师常常由于辨认不出医生潦草的字迹而拣错药方。从他的个人经历来看，他对于医疗领域这些现象的愤怒可以理解。在他出版《成都通览》之前的十年里，他的四个孩子和一个侄女相继病死。其中的两个还看过西医，然而也没什么帮助，这使他哀叹所有医生能力都很有限。但他相信平均来说，成都的中医没有西医可靠。[52]

在清朝的最后几年里，四川一位省级官员设立了一个官方的行医资格考试，傅崇矩在他的《成都通览》里列出了通过考试的人的名单。政府考察的似乎只是候选人对医学典籍的知识，并没有要求他们展示诊断和医治真实病人的能力。1911年革命后，这项考试就被废止了。同时，外国人设立的医院开始越来越受到欢迎。到1920年代，市政府建立了诊所，为城市的广大居民提供疫苗接种和其他简单的医疗服务。然而在1949年共产党执政以前，大部分人仍然无法负担正规的西医诊疗，许多人宁肯选择传统执业者的医治。

家庭礼仪

"激流三部曲"中对于高家及其亲戚家各种仪式的描写比比皆是——比如婚礼、葬礼、祭祖等，也描写了家庭成员日常会面时遵循的种种礼仪。在小说《春》中，巴金曾经极尽铺张地详细描写了周家到访他们的亲戚高家时的场面，包括谁说了什么、不同身份的人什么时候该起立、人们脸上应该保持什么样的表情等等；巴金用了五页纸来描绘宾主之间彬彬有礼的寒暄，然后他们一起来到了花园：

> 自然是周老太太走在最前面，绮霞（高家的婢女之一）挽扶着她。大舅太太和二舅太太跟在后面，其次是高家的几位太太，再后才是蕙和芸以及淑英几姊妹。翠环（另一位婢女）跟在淑贞背后，在她的后面，还有倩儿、春兰、张嫂、何嫂和三房的女佣汤嫂。觉新手里牵了海臣，陪着他的枚表弟走在最后。[53]

巴金用诸如此类的细节来强调高家的生活是如何被这种种规

定了每个人和其他人之间的关系的家庭礼仪所控制的，这些礼仪规定了家庭中服从与被服从的关系。"激流三部曲"中这种家庭的繁文缛节常令人感到窒息。

我们应怎样来理解高老太爷那一辈人加诸家庭礼仪的重要性？历史学家司马富（Richard Smith）解释说，在儒家社会，"礼"是达成不同阶层之间的和谐的过程。家庭中的"礼"的作用，就是根据每个家庭成员的辈分和性别以及诸如学识成就等特质让他们各安其位以达到家庭团结的目的。比如，祭祖就有其特定的仪式安排，一般是长辈先行礼，然后是晚辈，最后才是家中仆人。史密斯描写了一些通行于19世纪的家庭礼仪规范书，这些书是确保贵族家庭的种种仪式能符合被清朝的大儒和官员们奉为正统的仪制。另外，他还列举了一些流行的格言来说明正确行使礼仪的重要性，比如"有礼走遍天下，无礼寸步难行"[54]。许多家庭都有正式的"家规"，由威望高的长者编写，用来指导年轻小辈的行为直到永远。[55]巴金出身的李家似乎没有这样成文的家规，但是李家的孩子在成长的过程中无疑已经被灌输了种种规范。在回忆录里，巴金回忆起他那通常和蔼可亲的母亲在他六七岁的时候第一次打了他，因为他在祖父生日那天，试图逃避给老人家行正式的表示敬意的叩头礼。[56]

史密斯还指出，在中国历史上大部分时间里，家庭和国家的种种礼仪被认为是与宇宙运行紧密相连的。从皇帝到祖父寿宴上的小男孩，每一个人遵行正确的礼仪都会对人类社会和宇宙的和谐有所助益。如果忽视礼仪——特别是皇帝，当然也包括他的子民们——会招来灾祸，而对礼仪的轻忽也被看作是灾祸到来的一个信号。这也是对于亲戚间的一些失礼行为惩罚特别严峻的原因。1996年，四川一本很受欢迎的历史杂志《龙门阵》（这是成都方言里的一个俚语，意为"谈天说地"）发表了一篇关于1916年一桩针对四川某县一个小孩的残酷死刑——以水牛车裂而死。这个七岁小男孩的祖母在试图阻止他偷吃为家庭祭仪准备的食物时不慎摔倒，而小孩又意外地打到了她的头导致她死亡。由于这桩惨事发生的重庆东北地区那时正在遭受旱灾和战乱，当地县治接受了一些人提出的对这个孩子的忤逆不孝应施以公开酷刑的要求，他们认为这样才能重建和谐与繁荣。这是一个极端案例，而且可能是杜撰的，但是它说明了在人们心中，家庭礼仪和整个社群的命运是如何息息相关的。[57]

对于那些更理性的儒家学者来说，礼仪使人能更专注于圣人德行之"道"，这其中就包括像徐子休这样的成都名流。当德行之道普行于世时，家庭内就可秩序井然，国家也能繁荣昌盛，而世界就会和平稳定。正确的行为就够了，没有哪种超自然力量能够弥补违背正确行为所造成的伤害。

高老太爷似乎也代表了这种儒家思想流派，因此当他的侧室陈姨太请了巫师来家作法以驱走使他得病的邪灵之时，他很生气。但是在20世纪早期，大部分成都人都是既尊重儒家家庭礼仪，也接受佛家关于报应的说法，这个说法表示一个人在这一世的行为无论好坏都会影响到下一世的生活。他们通常也坚信存在着某些会影响日常生活的超自然力量：比如导致生病、有助发财、保佑生男等。

社会学家赵文词（Richard Madson）借用了宗教学者查尔斯·泰勒（Charles Taylor）的一个概念来描述这种信仰体系的特点，"植入式宗教"（embedded religion）："这种植入式宗教的世界里满是好或坏的灵魂，是'着魔'的。宗教实践是为了求取好事掌控坏事，与求得肉体健康、个人或者群体发达与祈求来世的救赎同等重要。"[58]

对高老太爷这样的人来说，家庭礼仪的目的就是通过培养家庭成员的道德水准，教化他们如何处理与他人（包括祖先）的关系来实现社会的和谐。但有些构成家庭礼仪基础的儒家准则，比如孝顺长辈，也会被用来支撑能在家庭的精神世界中创造和睦的（鬼神）仪式中。在小说《家》中，觉慧在老太爷病中反对召来驱鬼的巫师，陈姨太因此说他不孝——他一定是希望祖父死掉。于是觉慧求助于信奉儒家正统的叔叔克明，他质问克明为何能忍受陈姨太这些关于邪灵的鬼话。然而丢人的是，克明退缩了，他暗示道，他之所以同意陈姨太的做法是因为他害怕背上不孝的罪名。[59]

文学批评家周蕾认为，巴金将举行这种家庭仪式看作是对高老太爷的正式悼念，是因为他假定这些仪式是一个正在走向灭亡的文化陈腐的残迹，对于参加仪式的人来说毫无意义。她说，巴金展示它们就好像"展示一个奇怪的民族志发现，这种有着古老历史的习俗受到关注不是因为它在这种传统情境里蕴含的意义，而仅仅只是展示一个对于局外人看来很荒谬的奇观"[60]。

显然，"激流三部曲"中叔叔婶婶那一代人在仪式中只是装作付出了感情，巴金还嘲弄了老太爷葬礼上哭灵的妇女。他还明确写道，婶婶们支持陈姨太将怀孕的瑞珏赶走并不是因为她们相信什么"血光之灾"，而是因为这给了她们一个表现自己是合乎礼法值得尊重的儿媳妇的机会。同时，她们也很高兴能给觉新兄弟带来痛苦和麻烦，在她们看来，觉新兄弟根本不值得尊重。

周蕾要我们注意巴金对家庭仪式和传统信仰的看法是很正确的，巴金将很多家庭仪式和传统观念看作是"荒谬的奇观"和"前现代化时期的野蛮行径"。他将他年轻时代的成都歪曲成只有那些必须要靠这种信念和举行这样的仪式来维持权威（比如家长们）或者没有受过教育（比如小妾和婢女们）的人才认为这些有意义的地方。但，巴金在表达时是矛盾的。雷·周已经分析过的刺目场景——《家》中老太爷那个虚伪的葬礼可与"激流三部曲"中后来写到的死亡场景对照来看：在《秋》中，觉新不断斗争，终于设法让他年轻的表妹周蕙那残酷的夫家给她下了葬（这样她的灵魂才能得到安息，她还活着的祖母也能安心）。作者和觉新那些更能打破陋习的弟妹和表亲们都认为这种斗争很有价值甚至是英雄行为。

也许，将巴金看作是某种中国式道德的代表，比将他看作是猎奇怪异的式微文化的民族志学者更公平。这种中国式道德也认为自己是孔夫子思想的继承者，他们认为刻板的仪式比完全没有仪式更糟糕。[61] 觉新由于无法在蕙表妹的坟前表达哀思而痛苦异常，因为她的夫家拒绝给她下葬。但是，如果缺乏真正的爱与尊重，就像高家的女人们对老太爷那样，那么本来是用以恰当地表达爱和敬意的仪式就完全无用了。林语堂在1936年论及中式葬礼时也表达了这一观点。他在一篇比较分析中式幽默的文章里，用他那种诙谐戏谑的方式发表了评论：

> 我仔细研究了这种中式幽默，并且发现了一个公式，这个公式既表现了对这种形式的极度关注同时又表达了在现实生活中对这种形式的极度轻蔑。中式幽默正是中式形式主义的结果。当坚持某些矫揉造作的形式时，每个人一定会注意到它的空洞之处并且也幽默地对待它。而另一方面，在一种形式与内容更为和谐的文明中，人们会更严肃地对待形式。西方葬礼是很严肃庄重的事情，因为形式与内容之间没什么分别。而中国葬礼不是。有很多纯粹的形式上的荒谬元素掺杂其中，人们只是把它当作轻喜剧来看。比如说，当你强迫一个儿媳妇在棺材前哭泣，然后在某个信号后变成号啕大哭，数10个数，然后要求她停止，此时你没法阻止这位儿媳妇或者仪式的主持者把这个看成一个笑话。当然，下一分钟该儿媳妇转身就会对她的宝宝露出微笑。[62]

对于林语堂——我还要加上巴金——这样受到儒家思想影响又对流于表面的儒家仪式持批判态度的人，相比没有人真正悲伤的葬礼，他们更加不能容忍巫师们操持的迷信活动[63]这一点上，巴金可能更像古板的徐子休，而不是他信奉基督教的老师吴虞。

理查德·史密斯则指向了这些仪式在中国文化中更重要的一面——其美学特征。[64]如前所述，像高老太爷这样的士绅在诗歌或者戏曲这些文化追求上投入了很多时间和金钱。家庭仪式也有诗意和戏曲化的特质，如果很好地完成的话，也能引起情感上的共鸣。巴金似乎也感觉到这一点。在他的描述里，葬礼是糟糕的一幕。但是，相对地，在《家》的开头写到的四世同堂的年夜饭则是一个真正充满感情和欢笑的场合，也是高家大宅里转瞬即逝的和谐时刻。这就是像高老太爷这样的人为之奋斗的生活之意义所在。他们也害怕像巴金这样的青年激进分子背叛家庭、拒绝历史的智慧而失去这种和谐。

第三章　觉新的城市：成都的经济

　　这一章里，我们将跟随高觉新走出高家的庭院，到商业世界里去看一看像他这样的人在城市里有什么样的经历——他在哪里工作，物品的生产与分配是如何组织如何筹措资金的，以及在20世纪初的一二十年里，商业世界有些什么样的变化。到结尾，我们会带觉新回家，去思考像他这样的家庭在20世纪初怎样被经济和政治发展影响。在机器大工业、电力、新的服装潮流以及建筑行业改变成都商业生活的面貌之时，工人与商人们都饱受对立军阀间连年不断的战争带来的不确定性和破坏性的影响。为了强调高家的故事可超越时间的影响，巴金在小说中刻意避开了经济生活中的重大转变以及对城市和生活的影响。

　　在老太爷还有能力控制高家的时候，《家》中的钱财事务并没有放到明面上。很明显，这位老人在过去已经积累了相当多的财富。[1] 老太爷宁肯谈论道德而不是金钱，并且也没有对收入和花销做过多考虑。他死后，他的儿子们加速了分家的进程，这表明，尽管深受儒家思想教化，物质利益在他们心中永远是最重要的。长孙高觉新试图让大家能按照老太爷的意愿维持家庭和内部团结，但是徒劳无功。

觉新是"激流三部曲"中的核心人物，因为他在高家的角色很关键：他是高老太爷长子的长子。因为父亲已经去世，觉新在很年轻的时候就必须担起管理这个大家庭的重任。他对祖父和叔叔婶婶的恭顺使他牺牲了个人的雄心，也伤害了那些他爱的人。他挚爱的表姐因一场不愉快的包办婚姻去世，他没有尝试阻止；他的弟弟们因为他无法掌控自己的生活不能反抗长辈而看不起他。他最小的弟弟觉慧是《家》中的主角，他在小说结尾逃向上海开始新生活。然而觉新必须留下来，在"激流三部曲"里他始终在处理各种家庭危机。直到"激流三部曲"的结尾，他似乎也不到25岁。

在"激流三部曲"中，因为在家庭中的位置，觉新所面临的困难一览无余，他不得不在保守的老太爷的命令和支持他的那些勇于打破积习的弟弟和表亲们、他青梅竹马的恋人梅表姐以及他心爱的妻子瑞珏的心愿间被撕裂。这些正是巴金关注的重点。但是，小说中并没有对觉新这样的人在更广阔的城市中所处的地位做更多探索。由于他的祖父认为他在以顶尖的成绩从高中毕业后就该开始工作（而不是像觉新的叔叔或者他自己希望的那样出国留学），他的故事其实给巴金提供了一个研究商业和工作世界的机会。但他没有这样做：他想聚焦在家庭精神世界的戏剧冲突上，抨击老一辈人的价值观和行为。但是觉新在工作上的现实生活模式为研究当时的成都经济提供了一个起点。

觉新和劝业场：经济发展

觉新的祖父为他保下的位置非常具体。正好和巴金的兄长李尧枚在巴金小时候所做的工作一样。巴金在回忆录里写道，他们的父亲在成都劝业场的管理办公室里为他的兄长谋得一个职位，在这个位置上他每月赚24块银圆，在当时，对于一个像他这样受过良好教育的人来说，这笔薪水绝不算高但还算体面。[2]

在《秋》中，巴金对劝业场的描写几乎和现实一样，当觉新结束一天的工作的时候，商铺在前面竖直装上一条条长长的门板关闭店铺，有的已经关闭的店铺里传来桌上麻将洗牌的声音，而有的里面则传来演唱或者演奏川剧的声音。大概商铺的雇工或者学徒们在店面地板上铺好床睡觉之前正在消磨时间。一盏大大的电灯照亮了商场冷清的入门通道，而商场外面的小吃店里挤满了看起来很开心的顾客。[3]

劝业场建于20世纪第一个十年里，是成都新城的中心建筑。那些年里，清廷和地方政府为了保护中国免受外国势力的剥削，开始尝试效仿日本政府早期的政策，鼓励经济发展。[4]这种鼓励经济发展的做法被浓缩成一句口号"实业救国"。在1911年革命前的十年里，四川负责经济发展的行政长官与本地名流（包括商人和其他一些有钱投资的人）一起组成了商务总会，并且发起了建立诸如实验性质的丝织工厂以及商场的倡议。清政府官员还携手下办事人员访问日本学习，许多项目就是受日本这方面的发展启发而建的。从1906年起，省政府开始组织每年一次的工业博览会，还奖励那些发明创新产品或者成功学习外国先进技术的人。这个商场也打算作为省内产品的一个永久性的展示空间。在工业展会上获奖的人有权利在此开店。[5]

在官方的大力鼓励下，劝业场的楼体是一家由知名人士组建的股份公司建设的。这家公司的章程里说股票不允许卖给外国人或与外国人合伙的人，说明当时（的这家公司）对于外国的经济侵略心存恐惧。劝业场建于旧时的一个盐商仓库和店面一带，于1909年春落成。这座2层的木质结构建筑位于成都中心，横跨了两条主要街道。里面的空间足以开设超过150家商铺、茶馆和餐馆。成都的第一盏电灯也安装在这里，由一台德国进口的发电机供电。在前场（南侧）和后场（北侧）入口处辟有足够空间供轿夫们等待在此逛街的主人们。南入口矗立着20世纪初期在中国和世界各地流行的以植物藤蔓装饰字母的、古埃及风格的圆柱。可能参与到劝业场建设的人以前都没有建过类似这样的建筑，但是其中的一些人在中国东部、香港或者日本旅行的时候见过类似建筑。

到1910年，劝业场的商铺的年收入已超过26万两白银，是这栋建筑建造花费的10倍。巴金父亲的一位堂兄李道江投资了劝业场，并且加入股东会参与协商诸如租赁和维修事宜。毫无疑问，巴金的哥哥李尧枚在管理办公室能获得一个位置正是因为他堂伯扮演的角色。在20世纪初的成都，家庭关系在成都经济中起很大作用，哪怕与雇主并没有直接血缘关系也是如此。任何找工作或想签个契约的人都需要担保人担保（参见第一章中所述的婢女契约）。如果被担保人不能履行契约或者有违法行为，担保人也要负责。结果就是，出身良好的人找一位担保人要容易得多，也便宜得多。[6]

从"激流三部曲"里判断，巴金对他兄长如何赚钱并不太清楚。在"激流三部曲"中，高觉新在劝业场有一个办公室，他的弟弟们也在此消磨阅读杂志，他常常使用算盘算账，于是年轻的男孩子们在阅读时就能听见拨拉算盘珠的声音。有些时候，他们的婶婶或者其他亲戚也会路过让觉新参谋购买丝缎或者其他物品。这些亲戚都认为觉新应该熟悉商场里所有的商铺租户。大概他（以及巴金的兄长）的管理职能是管理租金、收租、雇用和监管维修服务的外包商。

1917年12月，劝业场遭受了一场大火。但很快就重建了，这次在两边都各建了一个稍小的商场。1924年，就在巴金离开成都以后，志向特别远大的军阀杨森决定建一个更大的同类项目——模仿上海熙熙攘攘的南京路建设了一条被命名为春熙路的商业街，也有百货商店和有轨电车。[7]这个工程就在劝业场南边，在一座清朝灭亡后已被租出去的省级官邸的旧址上。因为有了劝业场和春熙路，城市的这个部分成为很受欢迎的娱乐区和购买奢侈消费品的地方，包括一些舶来品和中国东部来的商品。劝业场和春熙路成为现代成都的脸面。

但是，把春熙路作为现代化的一个象征如果不是曲解的话，至少是不太合适的。首先，工业在20世纪初的经济救国论中居于中心地位，春熙路完全是作为发展商业之用，而不是工业。第二，哪怕是在建设劝业场和春熙路之前，成都的商业发展已经很繁荣。事实上，成都一直是一个非常富庶的城市。在1910年代和1920年代早期，城市许多街道的两边已经开满了生意很好的商铺。1916—1922年间担任英国驻成都总领事的梅里克·休伊特（Meyrick Hewlett）这样描写这个城市：

> 我在那儿的时候，带轮子的交通工具（包括人力黄包车）在城市里是被禁止的。（轮子——特别是四川独轮车那沉重的木质车轮，会在街道路面上压出车辙）运输的主要方式是靠轿子，四川的抬轿苦力很有名。城市的主街用石头铺就，非常宽阔，两边鳞次栉比地开满商铺，大门都开向街道。商铺的招牌通常用大块的红底或黑底木板写着金色的中国字，这样走在主街上仿佛穿越一个具有东方美感的长长的拱廊。特别是夏天，街上的商铺竖起高高的竹竿撑起草席遮蔽太阳，这种感觉就更强烈了。两边没有铺设石头的平行小道与主街相连，这里的大部分宅院都住着成都的富豪大户。由于丝织品出产非常丰富，所以蜀锦理所当然非常有名。还有一些街道只开设专卖某种货品的商铺，比如皮货店、乐器店、铜器店、出售各种名贵中药的药店、古董店、玉器店、琥珀店、银器店，以及名贵刺

绣的店，对于热爱美好事物的人来说，就是一个天堂。[8]

20世纪二三十年代的成都，当然也有很多穷人，他们靠沿街贩卖、搬运、出卖肉体或者乞讨勉强维生。我们将在第四章讨论他们的生活。不过很多人生活得相当舒服，有些还很富有。对他们来说，劝业场和春熙路与中国东部的新文化产生关联并不是因为他们能在那里购物，而是因为这些地方是新的。对黄包车和行人来说，路面更宽阔，商铺和餐馆分布在两层里，戏院和陈设精美的茶馆坐落在商铺间，最重要的是，电灯仿佛照射出一个现代的形象。

在巴金的祖父看来，将一个孙子安排在劝业场的经理的位置上意义重大。他和他的儿子所受的教育都是为了在衙门工作，但是清朝的灭亡和随之而来的政治动荡使得政府任职的安全感和声望都被削弱了。成都的富裕人家认为劝业场对成都发展和市民生活有积极贡献。它的突出地位以及与经济进步相关的意识形态使得它在乱世之中看起来是个相对安稳的投资。在《秋》中，觉新鼓励他的弟弟觉民进入一间培训邮局工作人员的学校，这也是一个与进步力量相关的工作。巴金年轻的时候，中国的邮政机构算是少有的稳定的国有机构。1870年，著名的爱尔兰人罗伯特·赫德爵士（Sir Robert Hant）作为行政官代表清廷设立了邮局。甚至在清朝灭亡后，外国人仍然掌管着中国邮政服务，在这个报酬优厚的机构中工作的2.5万名工作人员都必须懂英语。由于邮政服务的名声以及它对于外国势力在中国的有效运转十分重要，这使得它很少受到地方政府的心血来潮的政令影响，因此，对于受过教育的年轻人来说，这份工作很有吸引力。[9]其他出现在20世纪早期成都的时髦职业还包括警察。像"激流三部曲"里高家的叔叔们一样，巴金的叔叔们也在成都开设了一家律师行，但是他们的生意怎样却不清楚——相对低端的传统法律事务顾问们可能仍然在处理大部分法律文书。[10]简而言之，在巴金年轻时的成都，对于受过良好教育的人来说，如果不想教书或者在军阀手下办事，职业选择并不多。

成都的工人、商人和经理阶层

在巴金从小成长的那个时代，大部分成都人是怎样工作的？人口普查在一定程度上能帮我们解答这个问题。人口普查在20世纪的中国并不是什么新事物。早在公元前221年中国第一个封建帝国秦国建立时起，普查就是政府统治的基本技术之一。然而到20世纪初清朝的最后十年里，西欧先进的公共管理方法开始影响从中国城市收集数据的方法和标准的选择。越来越多的社会调查在书报杂志上发表，任何一个有阅读能力的人都能接触到关于他们家乡的数据信息。成都小说家李劼人在写作关于城里人的小说时就利用了这些信息。然而巴金在"激流三部曲"中对于成都的描写却几乎完全基于自己儿时的记忆和他从别人那里听来的故事。

在20世纪初的一二十年里，成都时不时地会进行一些社会调查，最早是由1911年前建立的警署进行的，后来中学和大学的社会科学系也开始进行这方面的工作。调查及其他有关社会经济方面的资料表明，成都即使不算是一个非常勤力的城市，至少也可以说是非常繁忙了。特别是服务业非常庞大。1909年警察机构进行的调查包括人口数据和城市职业调查数据，如表3.1所示。1910年的警署调查报告显示，在"轿夫、黄包车夫和搬运工"项下，成都的5个警察辖区内共有4771人。[11] 由于没有机械化的运输工具，许多成都人以抬着其他人或货物在成都城里城外往来交通维生。

表 3.1　1909 年成都居民普查服务业各职业或各工作场所从业人数

职业或工作场所	人数
装水烟行（水烟袋出租）	931
收垃圾	900
中医医生	624
运水工	589
酒馆或餐馆	558
茶楼	518
脚夫	380
学校	324
旅店	320
政府许可的妓院	311
寺庙 ※	263
政府机构	140
房产中介	70
当铺	50
票号	49

续表

职业中介	47
产婆	41
基督教堂	17
西医医生	15

※佛教寺院和道教寺庙，可能也包括清真寺：普查中记录了2615名穆斯林。

注：普查的人口记录为323,972名。

资料来源：数据取自《宣统元年省城警区第一次调查户口一览表》，文件编号308，赵尔勋记录。北京，第一历史档案馆。

　　1909年的调查还表明，那时的成都除了政府机构、学校、旅店，以及诸如收垃圾者和水烟袋租赁者（水烟袋属这些人私有，他们把水烟袋租赁给茶馆那些喝茶聊天时想抽两口烟的老客户们）外，还有6个工厂。这6个工厂中包括1870年代清朝的省级官衙引进欧洲设备建立的大型兵工厂和造币厂。其他的大部分也是官办企业，包括东门外一家为政府报告和社会零售生产高质量纸张的造纸厂。[12]所有这些新式工厂的雇工加起来不超过500人。这个调查没有小型的家庭作坊商铺方面的数据，比如说织工、裁缝、制革工人、木匠、五金铺商人以及生产脂粉和其他美容产品的人。

　　1909年的警署调查更关注服务行业而不是工业贸易，这与新型警署的使命有关。像医生这样的公共服务领域的从业者，因为对城市安全至关重要，所以落入警察关注的领域。20世纪初，维护公共卫生与道德是警察使命的重要组成部分。[13]

在巴金年轻时的成都，各种制造业和商业服务都由自己的同业公会管理。同业公会的领导者，通常从该行业中的特定家族里产生，负责调停纷争，为价格和其他方面设定标准。他们也会代表自己的行业与地方长官进行协商。[14]1905年，成立了由主要行会代表组成的商务总会，它成为城中商业利益发声的主要渠道。当省政府和市政府想要征税或者颁发会影响商业贸易的新规定时，商会会进行协商，有时甚至是抗议。但是跟警署管理不同的是，商务总会不会发布关于其成员的详细数据。在他们看来，长官对于他们掌握的资源最好不要太清楚。

在1920年代，成都的商业语汇也渐渐随着发生在中国东部的变迁发生了变化，因为中国官员和商人不断地从国外借鉴新的概念和词汇。行会（帮）新命名为行业公会（公会）。但是其职能没多大变化。他们依旧凭借集会、设定价格和执业标准、监督社团仪式的举行以及惩罚行为不端的商人来团结公会成员。1927年，当地一家报纸报道，一个木工工头因为违反了公会规定而被惩罚，作为补偿，木工公会命令他维修一座供奉行业保护神鲁班——与孔子同时代一位重要的木匠——的庙。犯了错的人拒绝承担此事，于是木匠们聚集起来把他五花大绑在成都游街以羞辱他。[15]

1923年巴金离开成都时，那里并没有太多机械工业。与之形成对比的是，上海的现代化制造业包括纺织厂已经开始吸引大量的移民，特别是年轻的女子。[16]成都的丝织业发展很好，但是用来织丝缎（和棉布）的复杂的织布机是由男性或者女性织工驱动的。最为华美的纹样需要两个人同时操作织布机。从中国东部运输机织布到成都的费用意味着大部分人仍然只能买得起当地产的手工织布。直到1937年抗日战争期间，电动织布机才被带到西部。

1920年，一位美国地理学家乔治·胡巴德（George Hubbard）曾到访成都。他对成都手工业的生产效率印象深刻，并且留下了相关记载：

> 整个城市，包括最繁华的商业街在内，是一整个大住宅区，到处都是孩子，鸡、猪在街道上玩耍，在有些地方，这些带着某个姓氏印记的元素甚至占据了主导地位。主街旁的小道，或连接主要商业大道的小街上几乎没有什么商店。街上都是住家，十分醒目。但每一家都在做点什么可以卖的东西。女人们绕着棉花、纱线、棉线或者丝线，她们刺绣、织布、缝衣，制作玩具、线香或者葬礼用的纸钱。男人们则在制作垫子、盆、桶或者羽毛掸子，编织桌布、席子，或者刺绣卷轴旗帜，制造型铁、铜管乐器、银器或者银饰品；或者他们也会与女人们一起做她们手中的活。6-8岁的孩子就开始帮着做事了——卷线、拣选羽毛、打磨木头、混合或者研磨香烛粉，或者其他不需要太多技术的小事。[17]

生产出来的商品或者是放在店里售卖，或者由家中成员沿街兜售。

虽然没有20世纪头二十年成都商业和劳工的详细数据，我们也可通过某些特定的商业交易记录了解一些情况。很幸运，我们有一些巴金年轻时代成都的建筑项目资料。通过巴金老师吴虞的日记我们可以了解到雇佣商人的情况。比如在第二章中我们就提到，1922年7月吴虞与木匠廖南亭就重建他城西宅子的大门进行了一番讨价还价。廖到了那里，两人一起检查了吴虞那条街上其他的大门。吴虞认为它们都很可笑："四川泥水匠大师们眼中的西式大门。"吴虞跟廖说，他想要一扇像城中心陕西街上卫理公会女校那样的大门。让他感到开心的是，廖大师声称他已经为其他顾客做了好几扇类似的门。一扇门和临近的3所小房一共470银圆的价格也能接受。他们签了一个契约，约定要在1个月内完成这项工作。等到8月大门上的主梁落成之时，吴虞按照风俗习惯给工人们送了酒肉作为礼物。[18]

20世纪初，YMCA（基督教青年联合会）派了一些美国人来成都建立了分支机构。他们也留下了一些建造记录，揭示了在这种城市里是如何安排这类工作的。根据1926年9月YMCA秘书乔治·C. 海尔德（George C.Helde）的报告，YMCA的主建筑计划建在春熙路上，仿照1925年落成的YMCA上海总部的样子。他们认为成都本地的承建商们没能力承接此项目，因为没人有建造大型西式建筑的经验，也没人有足够的资金可以按照落成付款的标准条款来承担中间的建设费用。所以海尔德将项目分成几部分做了安排：

> 所有的砖签作一个合同；木料，基本上都还在山里；而石灰是在远方烧制然后用手推车运过来——运输需要4天的时间。

确定了1位石匠工头和3位木匠工头，与他们谈定了砖瓦、灰泥、板材、地板的单价，以及每扇门窗的价格，还有诸如此类种种。

建筑前侧最大的石柱是从数里之外的采石场运来的。每根石柱连同打包的木架重约2吨，需要32名工人才能搬进城里。建设进行到1925年秋季时，掌权的军阀杨森被赶出成都，米价飙升，与商人的合同也不得不重新修订。但对海尔德来说值得庆幸的是，YMCA从上游的重庆由水路运来的上海产的玻璃、电气装置以及瓷制浴缸等货物穿过时不时爆发的战斗顺利到岸了。最后，这幢建筑于1926年春天落成了。城中的商业领袖、军政府官员以及知名士绅等都参加了这栋仍然矗立于城市中心的建筑的盛大剪彩仪式。[19]

从吴虞关于门的叙述到YMCA总部的落成，我们了解到工头（也就是劳工头领）在建筑行业是工人的主要组织者，在其他一些服务行业也是如此。另外很明显，成都的工头是很善于吸纳创新的，包括愿意采用西式建筑的风格。但是对于他们如何招募和管理手下劳工就不太容易了解到。每完成建筑的一部分，海尔德就支付他们一部分报酬，这里面包括材料和劳工的价格以及工头的利润。工头则负责工作的所有方面，但没有留下什么能帮助我们理解其工作模式的文字证据。

1924年，就读于成都公谊中学（Friends Middle School，由贵格派传教士建立）经济学班的学生进行了一项调查，稍稍揭示了一点那个时代手工业者的生活。他们访问了330名在华西联合

图 3.1　1920 年华西协合大学校园里的建筑工人。照片由 Beech 家族提供

大学——一所1910年主要来自加拿大的基督教传教士建立的大学——校园内工作的工人（图3.1）。在330名工人中，313名的年纪在15-50岁之间（3名小于15岁，14名大于50岁）；53%未婚，已婚者当中很多人也没有孩子，只有6名工人的孩子在学校读书；其中59人会写字，而有189人完全是文盲。过半数工人不是来自成都地区而是来自四川其他地方。技术工人每月挣的不足22000铜子（约等于6块半银圆，或者约等于高觉新在商场经理这个职位上月薪的1/4），非技术工人每月收入约13200铜子。技术工人每月花销大致如下：

住宿：　　　　　　　　　700铜子

食物：	13500铜子
穿衣：	1200铜子
烟茶：	1500铜子
香火钱或者其他宗教供奉	750铜子
总计：	17650铜子

这个研究的结论是，不需要养家的技术工人每月能存下3800铜子，约占收入的17%。而那些需要养家糊口的工人以及非技术工人可能完全没有存款。[20]

这个研究还发现，330名工人当中有34名是学徒。他们微薄的薪水要交给他们的师傅，师傅为他们提供住宿和吃穿。在"激流三部曲"中对于学徒工的生活也有简单体现：在《秋》中，高觉民追随着小弟觉慧的榜样参加了一个激进的学生组织。他的朋友一个叫张惠如的学生相信，如果要真正了解社会，他和他的同学就必须体验艰苦的劳工生活。因此他去做了一名学裁缝的学徒。当觉民与他重逢的时候，对他那身与学者的长袍和军队制服很不一样的工作服大为赞叹。他们还比较了彼此的双手——觉民那双书生的手柔软光滑，而张惠如的手则是粗糙且满布针扎的痕迹。[21]然而这一幕之后，巴金再也没有告诉我们关于张学习这门手艺的更多细节。

巴金对于角色张惠如的描写来源于他的朋友吴先忧，一个退学并成为学徒的人。不过吴先忧最后并没有成为一名裁缝。相反，他很快就接受了自己的母校华西协合大学的一份教职。[22]

因此"激流三部曲"中张惠如这条故事线如此单薄也不会令人太惊讶。在巴金青年时代的成都，手工业者与受过良好教育的人之间有着巨大的社会鸿沟。对于像巴金和他的朋友这样的年轻人来说，很难违抗家庭去从事一门手艺，按照长辈的看法，这会令家门蒙羞。而各行手工业内也有自己的文化传统，对于这些年轻的士绅来说也难以掌握。比如说，学徒们每天都要和师父的家人一起祭拜店里的财神神龛。[23]

不过，巴金还是从他遇到的和到他家工作的工人那里了解到了一些手艺人和学徒们的生活。1936年，他发表了一篇散文，描写了一位二十多年前在李家大院做木工活的陈木匠。巴金对此很感兴趣，于是他家人说要让他去给陈木匠当学徒。当年幼的巴金把这个消息告诉陈木匠时，他摇摇头说他们只是在开玩笑："富人家的公子要好好读书做官；穷小子才学木匠呢。"陈木匠还让巴金对手工业者面临的危险印象深刻。陈的父亲就是在工作时摔死的。巴金写道，后来，陈木匠的小店在1917年巷战被洗劫一空，于是他只能到从前的一位学徒店里去工作。最后，他遭受了和他的父亲一样的命运：巴金家中的一个仆人听说陈木匠在建房时从屋顶摔下去世了。[24]

男学徒工的体系跟我们在第一章中讨论的婢女卖身契有很多形似之处。师父与男孩的家人达成协议。师父答应教男孩一门手艺并且在一定年限内负担他的生活。作为交换，男孩必须为师父工作。跟婢女一样，学徒也被视为师父家中的一分子。他可以被要求做所有与从事行业不直接相关的工作。学徒的规矩也很严苟。但是由于在社会和婚姻中性别角色的差异，师父对于学徒的权威不像主人对于婢女那样是全方位的。学徒期结束后，学徒可以自由地开展自己的生意。他们的师父也不会给他们安排婚姻。正如华西协合大学的调查表明，很多男性工人只有设法存够能养活得了一个妻子的钱才能够结婚。（更多信息请参看第四章）。

偶尔能在报纸上看到一些关于学徒的报道。1915年这个报道表明男孩给师父做学徒是司空见惯的事情：

> 一位白姓商人在西御街卖米为生。他在第一任妻子去世几年后再娶。新妇二十来岁，为人单纯，从不与丈夫争辩。昨天，白姓商人以米勺将米从米桶舀入篮内。晚上回家后，他量了米桶里剩余的米，认为少了五勺。他怀疑是妻子偷了米卖掉了。因此朝她大喊大叫还打了她。所有的邻居都听见他打人的声音。第二天早上，家中学徒忽然说师父的老婆在夜间死掉了。四邻的孩童把他家围得水泄不通，并且都看到了尸体上的鲜血。于是他们报告了警察。[25]

这件逸闻让我们得以窥见20世纪早期成都最常见的家庭——小商人或者手艺人是一家之主，靠学徒和家人一起维持生意，通常住在拥挤的街上，这里邻里之间对彼此的任何事情都了如指掌。

除报纸外，巴金青年时代成都商业和经济情况的另一来源是近来一些出版物，如回忆录或者地方史料。1949年中华人民共和国成立后，共产党政府资助出版了地方期刊《文史资料》。最初，主要是用来发表共产党的历史以及共产党参与的诸如罢工和起义等活动的。后来到了1980年代末期，当中国经济向世界开放，各城市之间竞相吸引国外投资者，这些杂志以及一些新的历史普及杂志开始关注多姿多彩的地方风俗，甚至开始歌颂成功的地方企业，这些企业以前是被忽略甚至被批判为剥削工人的。

四川省第26期《文史资料选辑》里可找到一篇关于共产党和劳工历史的旧式文章。一位共产党劳工组织者高思波写下了他1926年和1927年怎样鼓励成都工人为争取更好的工作条件而罢工的经历。他和他的同志一起建立了市工会，并且邀请工人们在每一个行业里建立分会。他们对已有的行业行会发起挑战，因为他们认为这些行会已被老板和压迫工人的工头们所把持。他写道，到1928年，已经建立起约120个与市工会建立联系的分会。但是那年春天，当成都军阀决定镇压学生和工人的抗议活动时，他们的组织被摧毁了。四川军阀开始仿照东部蒋介石的做法（蒋于1927年春天开始逮捕共产党和与共产党有关的劳工活动分子）。[26]

在大部分这种文章里，几乎没有多少细节提到这些短暂参加工人运动的工人的生活状况和他们的观点。但高思波提到，共产党领导的工会跟另外两个由其他政党建立的"黄色"组织竞争赢得工人的忠诚。共产党工会成功地组织起纺织工人，但是一些"流氓"混进了他们讨论劳工需求的会议里，寻衅闹事。在工会被砸毁之前，纺织工人们直接与两个被控诉低薪压榨工人的老板展开了对抗。高没有说明这次运动最终是否完成，也没有提到这是否与工会被砸相关。1920年代成都劳工运动的政治诉求有点模糊不清，但很明显，劳资关系非常紧张，时不时就会爆发抗议甚至是暴力运动。

更近期的一个关于1920年代成都劳资关系的研究发表在1996年的杂志《龙门阵》上，作者为叶春凯，这篇关于1949年以前的棺材行业的文章没将重点放在冲突上面。叶的字里行间显示他对这一行很熟悉，他写道，约有二十多家棺材铺子位于东大门外，那里上游山区的木材很容易运输到西南地区。[27] 木材首先在贮木场摊开晾干，然后被锯成木板。每家店铺会雇用3-5名木匠以及两三名学徒。年轻力壮的木匠通常是按照制作的棺材数量结薪的（也就是计件工资）；年长的木匠则要帮店主做生意按天结算工资。叶春凯指出，学徒通常会工作三年，但师父可以解雇那些太懒或者学习生意不够快的学徒。

作坊的门通常是关着的，棺材被店主堆叠在作坊门前；店主会走出来跟主顾攀谈，查看样品。便宜的棺材用薄木板，板材间缝隙很大。通常是慈善组织买去收殓无名穷人或撤退的军队抛下的士兵尸体。最贵的棺材价值超过1000银圆——差不多是高觉新年薪的4倍。买主会仔细检查木料，确认木料的质地，然后棺材才会上漆或者其他涂料完工。据叶所说，最廉价的涂料是混着猪血和石灰制成的，散发着奇怪的味道。"激流三部曲"中的高家为老太爷买的当然是精工细作的漆木棺材（事实上，一家之主常常会早早挑好自己的棺材存放起来以备最后之需）。叶说，一些成都人家会为长寿且生活美满的老人订制漆中掺了瓷粉的红漆棺材。而深恨父亲的吴虞，1913年只为父亲买了一口80大洋的棺材。那时候他的月薪是100大洋，还不算房租收入。[28]

叶春凯所写的棺材行业，直到1930年代晚期随着日军侵华战争开始，大量东部移民拥进四川，其特点才有了些变化。随后，一家售卖精雕细作棺材兼营丧服出租（之前在成都这是另一个行业）的重庆公司迁到成都，吸引了大批原来老式棺材铺子的顾客。十几年后，中华人民共和国成立，开始倡导实施火葬；老式的棺材铺子很快就消失了。

与棺材行业相比，成都的服装市场受全国的潮流影响很大，变化更大，我们能在一位笔名叫作"老卒"的作者发表在《龙门阵》上的文章中看到这一点。老卒描绘了劝业场附近复兴街上的商业图景，这条路在春熙路修建时进行了拓宽。有家知名餐馆竹林小餐就坐落在这里，与一位深受军阀欢迎的算命半仙相邻。这幢木结构建筑有着窄窄的沿街店面，大部分都售卖男装帽子。老卒写道，通常学徒和家庭其他成员会在店铺的二楼编织帽子，厨房和起居室位于一楼店铺的后面。年长的老者招呼顾客，而年长的妇人则负责做饭和其他家务杂事。店面简单但干净，墙上挂着木制匾额，镌刻着"诚信待人"或者"货真价实"的字样。男人们通常是根据社会地位来选购帽子的。富商和官员戴西式有檐帽。希望自己看起来更像大城市人的顾客会戴"吕宋帽"（样子很像巴拿马帽）。然而大部分男人如果戴帽子的话，还是戴那种没有帽檐的碗状的圆帽，称之为"瓜皮帽"[29]。手工劳动者通常则只在脑袋上缠上一条白布。[30]

老卒告诉我们，复兴街上最受欢迎的店铺叫作"胜利"。新年和其他节日期间，胜利帽店里都会挤满城中顾客，小贩们也会买了帽子去乡村地区兜售。他还写道，大约在1930年，为了与春熙路上的商铺竞争，胜利帽店还安装了玻璃橱窗和镜子，也雇用了年轻女孩做售货员。老卒自己在帽店做了这些改变后不久曾陪表兄来此买帽子，不过当女店员含笑问他要点什么时，他却尴尬地转身就走。

衣服款式的变化瞬息万变，特别是在20世纪初大众杂志遍地开花之后。安东篱（Antonia Finnane）关于20世纪中国服饰的研究展现了时尚与政治间的关联——1911年革命以后，人们购买新式衣服以示对民国理念的效忠。或者如老卒说的那样，表现得像个大城市人。[31] 与给吴虞打造西式大门的木匠一样，成都的裁缝、鞋匠和制帽匠都很愿意也有能力学习新花样和新款式。1911年后的数年间，的确有些老人会抱怨人们在外表上的变化，但是不是很多人。在"激流三部曲"中，高觉慧总是穿着短外套和裤子，这是新式学校的款式，而他的兄长则穿着更为传统的代表着学究官员和商人阶层的长衫。然而，虽然觉慧选择的衣服款式清楚地表明他是一个排斥旧传统的人，但是这从来没有影响他的家庭关系——完全不像他的琴表妹想剪短头发那样。

成都人对于20世纪初问世的新产品也有强烈兴趣，比如留声机、自行车、自来水笔，后者作为书写工具慢慢成为毛笔的补充——但是从来没有完全取代它。冯客（Frank Dikotter）在他关于那个时代的物质文化的研究中指出，这些席卷全国的新商品"迅速成为人们日常生活的一部分"[32]。在巴金的青年时代，许多新产品是成都造不出来的，但是商人们会想办法把它们运进来，因为他们深知城市的富裕阶层对此会有兴趣。连接成都和中国东部的河流和道路上的船夫与脚夫们，总是和城中挑夫一样忙碌。他们运送着货品和乘客，还要小心地避开时不时爆发的战争。

农民—佃农：成都的农业经济

高觉新在劝业场的工作所获微薄。他家一个更重要的收入来源是从家中所持的城中和乡下产业中所得的租金。对于30年代在上海和北京（那时候称北平）富裕家庭的访谈显示，有一半的家庭都拥有用于出租的土地。[33]我们没有成都这方面的统计数据，但是，考虑到尚未工业化的成都缺乏投资渠道，数字应该跟北京上海相当甚至更高。城内的物业通常出租给了商铺老板。正如我们在第二章关于吴虞买房的探讨中看到的那样，在巴金的青年时代，成都的地产市场很活跃，在城中的任何地方都可以租赁或者购买土地和房屋。像上面描述的复兴街胜利帽店那样的房子，很可能就属于某个富裕人家，然后租给了店主。

另一方面，高家在乡下的土地是租给农民的。在"激流三部曲"中多处提到高家的佃户和他们付的租子。在《春》中，代表高家的刘升就会到城外去收租。由于当地报告了好几起土匪事件，他决定留在县城的旅馆里，然后给佃户们送信让他们来找他。然而没有一个人敢冒险上路，于是刘升两手空空地回到成都。[34]在小说《秋》中，乡下的租子越来越难收是觉新的四叔和五叔要求卖掉老宅分家的理由之一。

1910年代和1920年代，成都的财富很大程度上还是依靠外居地主手中的农业盈余，然后才渗透到食品、衣物、家居以及其他消费商品生产者那里。成都坐落在拥有丰饶农田的四川盆地中央，这里在很早以前是一片内陆海。西藏高原以西丰沛的水资源通过成网的灌溉渠给这里提供了优秀的水利条件。直到近些年化学肥料使用以前，农民一直是购买经过腐熟发酵杀菌之后的人类排泄物——夜肥来提高土地产量的。

根据1930年代的普查数据，理查德·冈德（Richard Gunde）估计在1911年革命后的早年间，成都周边县乡至少有一半农民没有土地，而是租佃耕种。还有15%的农民有一点土地，同时也租佃土地。剩下的35%包括那些有足够土地养活家人的农民和对外出租部分或者所有土地的地主。[35]地主和佃农之间的关系可能也很不一样。吴虞的家族在成都北部的新繁县好几代都是显赫的地主，他家的佃农就可能是家族中不那么富裕的支系成员。巴金家的财富主要是在他爷爷那一辈积累起来的，他家代理人的工作可能就包括与前任地主的佃农签订契约。

在1890年代，吴虞的父亲在吴虞母亲去世后再娶，之后吴虞的父亲同意分家，吴虞因此获得了一大片田地。吴虞的童年时期在新繁县老家度过了大量时光，但是成年后，他更喜欢住在成都。正如我们在第二章看到的，他非常喜欢1912年为自己和妻儿

买下的那幢房子。当他为成都的家重修大门时，他指导着泥瓦匠
和木匠在大门边建了一些小房。这些房子是给家中男仆建的，
同时也给来成都交租的乡下佃农暂时容身。在日记里，他记载了
与这些人关于家乡人和事的闲聊。显然，虽然他的社会地位高
于这些人，但他仍对他们以礼相待。他甚至觉得遇到他们非常高
兴。1915年秋天，一个叫刁洪生的佃农进城报告他的房子和猪圈
被一场大火烧毁了。吴虞资助他建了一栋新房子，虽然新房比烧
掉的那栋要小一些。[36]我们也许可以推断，在吴虞的佃农里，
只有那些比较受青睐的才会承担进城交租的任务。虽然吴虞都用
"佃"来称呼他们，但是看起来有些佃户在吴虞与其他佃户的关
系中充当了代理人的角色。在1920年代早期，当吴虞在北京大学
任教时，他的第三个妻子写信给他提到她和他们的一个女儿回到
新繁祭祖和收租。[37]

　　跟工业发展情况一样，20世纪上半叶，四川的农业技术基本
没什么变化。农民不断维修供给稻田的水渠，一年收成两次。他
们也不断收获水果和蔬菜，养鸡养猪，并在县镇定期举办的集
市上出售。[38]有些家庭植桑养蚕，将产出的蚕茧或者从蚕茧抽
出的成卷的丝线卖给成都商人。在20世纪初的四川某些地方，烟
草、大麻以及桐树也是重要的经济作物。

　　由于鸦片对地主来说利润极高，可供军阀们在东部买到枪支
弹药，在省内有些地方，鼓励甚至强制农民种植罂粟。这种作物
19世纪初在四川就有种植，但在1911年后的数年间种植鸦片的地
区才急剧扩大。[39]1920年代和1930年代增长的鸦片生产和消费

对四川经济有何影响还不太清楚。历史学家冯客认为鸦片对中国的负面影响被严重夸大了，但很多历史学家还是相信1911年后对鸦片生产和消费的投资增加了农业生产的风险，使乡村地区更加贫穷，破坏了吸食鸦片者的健康，另外，还为军阀和与之相关的犯罪团伙输送了资金。[40]

与作物种植的多样化一样，从1920年代中期开始，四川的土地所有模式也发生了变化。住在乡下和城市里的士绅地主阶层把大部分土地卖给了新兴的军阀。在《秋》的结尾，高家将成都的大宅卖给了一位军官。巴金所在的李家也是如此，他们还把大部分乡下的土地卖给了军官或者与军队有关的人。成都西边大邑县的刘文彩在1920年代和1930年代成为四川最富有的地主之一。他与两大军阀——其弟刘文辉和远房侄子刘湘——的关系帮助他积累了成百上千亩土地和许多住宅与商铺。1949年共产党胜利后，刘文彩主要住宅成为地主庄园陈列馆，供成千上万的孩子们了解"旧社会"的可怕……[41]

第五章里会讨论1911年后四川军队士兵和劳工招募的情况，虽然无法量化，但是这种情况对于成都周边地区一定有重大的经济影响。

除农产品外，另一种在20世纪初的四川出产丰富的商品是盐。"激流三部曲"中并未提及盐对成都经济的重要性，但是在巴金的青年时代，城中许多人以此为生。曾小萍（Madeleine Zelin）关于四川盐业的研究解释了四川南部地区是如何钻深井取盐的。随盐卤一起开采上来的水以煮沸的方式蒸发掉，留下干了的盐被打包卖到全省和省外地区。当地的矿井还可获取可助燃的天然气（由于曾为内陆海，四川盆地除丰富的盐沉积物外，还埋藏着丰富的可生成天然气的有机物质）。

食盐的生产与销售曾被清政府严格管制，这也是清政府收入来源里很重要的一部分。生产食盐的私盐商人需要与成都省政府的人保持良好的关系。城中的盐业行会非常活跃。1911年，政府垄断轰然倒塌。由于四川在政治上的四分五裂，中央和省政府试图恢复食盐专卖的努力都失败了。在1920年代和1930年代，地方军阀通过与盐商的特殊关系掌握了大部分盐业收入，后者扮演包税人的角色。尽管如此，成都对于盐商来说一直非常重要，它既是众多顾客的家，也是重要的政治和金融中心。[42]

战争与经济

泽琳关于四川盐商的详尽研究展示了地区经济如何饱受1911–1950年间几乎从未间断的战乱之苦。最明显的是，商人和任何拥有实体产业的人都迫于军阀的压力上交大部分所得供军队花销和军火之资。泽琳提到那些盐商起初在1911年革命后的几年里发展新化学和制药工业的热情是怎样由于投入在这方面的资金被征用而消散的。[43]四川的经济一直以来主要还是农业生产和手工业占据主导地位，某种程度上也许这帮它免受大萧条带来的负面影响，而1930年代初期上海的工厂发展就被大萧条所拖累。[44]

在1920年代和1930年代，最成功的四川公司是重庆市郊扬子江畔的民生实业公司。我们将在第七章中详细讨论公司创始人卢作孚的职业生涯，他与四川地区的主要军阀刘湘合作密切，民生实业除了轮船航务之外还涉足多个工业行业，但相对规模都较小。一直要到1938年，当四川成为中国政府抗击日本的基地（直到1945年战争结束），许多工厂整体从东部战乱地区搬迁而来，机器大工业才突然降临此地。[45]

政治不确定性以及时不时爆发的巷战本身也破坏了成都的经济发展。巴金的朋友，木匠老陈的店就在这样的战乱中被洗劫一空。1922年吴虞重建大门的决定大概也与1911年后在城中弥漫开来的不安全感有关。巴金的同侪，成都小说家李劼人提到，当四川的各路军阀争相在城中给自己建造华屋美舍之时，普通民众却由于动乱不敢在建设家宅方面投入太多。他说，人们不再兴建那种能矗立好几代的大屋，相反，他们的房子造价低廉甚至一只猫从屋顶走过都能踩碎几片瓦。[46]

城中的商贩和工人在很多方面都饱受战争之苦。1911年到1935年间当地报纸刊载的不完全的投诉记录就包括：当城市政权在军阀间换手的时候产业充公为兵营、劫掠，以及对人身和财产安全造成的损害，为支持军队开支而征的各种苛捐杂税，由于铜圆超发引起的货币贬值，以及旅途中的危险等。1917年夏天，成都商会总理樊孔周在重庆与成都间的大路上被杀。樊孔周在19世纪中叶接受了经典传统教育，在清朝末期开始经济投资，主持建设了成都劝业场，并且建立了一座现代化的印厂，承包了城中大部分印刷业务（包括1914年吴虞出版的诗集《秋水集》）。他从中国东部引进书籍和报纸，还创建了自己的报纸，年轻的李劼人就在上面发表文章。他的被杀被认为是源于他的报纸对于一手主导了1917年4月成都巷战的军阀们的公开批评，以及他对于抗议军阀们开征新税的盐商的支持。[47]

正如樊孔周的故事所揭示的那样，成都那些境况较好的商人发现，与军政权和服务于军政府的官僚们保持良好的关系是在全省军事化中最有效的生存策略。1924年春熙路的建设过程很好地说明了军阀与成都商业圈中那些野心勃勃的人之间的关系。[48]兴建一条宽阔平整的商业街对于军阀杨森来说充满吸引力，他希望把他的统治与现代文明和经济进步联系起来。他计划用新修的路来推广人力黄包车和自行车的使用，最终在成都普及汽车和电车。事实上，在春熙路建成后的那一年就有5000辆黄包车被引进到成都。[49]

建造春熙路的过程中，杨森找到了一位同盟俞凤冈。俞凤冈是1916年作为上海商务印书馆在成都的会计从上海来到成都的。在1916-1924年间动荡的时局里，他利用自己中立的身份帮几方敌对的军阀管理财务、在城中收账。通过这些活动获利以后，他离开了商务印书馆开设了好几家珠宝店。其中一家离劝业场很近，与一家受雇于法国领事馆的翻译开设的药店比邻。这家药店正好位于杨森计划修建的道路中间。根据成都历史学家姜梦弼所述，店主拒绝放弃这个地方，而杨森害怕与其后的法国领事馆敌对。俞凤冈此时站了出来提供自己的土地作为替代路线。作为交换，杨森给了他可随心在新街上购买店面的权利。

俞凤冈也的确在新街上买了不少土地，给杨森政府提供了一大笔现金流。然后俞成立了一家建筑管理公司开发这块土地并且把商铺租给成都的商人们。考虑到俞凤冈来自上海，那这张1924年照片（图3.2）上新修的春熙路看起来极像上海南京路也就不足为奇了。姜梦弼写道，俞凤冈如此精准地抓到了这次开发春熙路的机会，是因为他已经看到了上海金融家雪拉斯·哈同（Silas Hardoon）从上海南京路房地产的投机中赚到了多少钱。[50]

俞凤冈的租户包括上海书店、照相馆、钟表店、珠宝店以及眼镜店。一家著名的北京药店也在此开了分店。几家本地著名公司也搬迁到此或者建立了新的分店。1929年，俞和一些投资者共同在南段修建了一个戏院，并且从上海引入了超过百位京剧演员。春熙大舞台是成都第一个日常演出京剧（而不是川剧）的

图 3.2 1924 年刚建成的成都春熙路商业区。照片提供者：Mullett 家族

场所。到了1930年代，至少有13家银行和6家受四川军阀资助的报纸在春熙路开设了办公室。（今天，春熙路仍是城市的商业中心，位于一个巨大的步行商业街的中心，跟上海南京路的变化也极其相似。）

1924年后，春熙路建设的事例也激发了开发城市其他地区的尝试，包括东北角巴金成长的地区。东北地区在1911年后的衰落有如下几个原因：民国初年，曾沿东城墙建了一座新的城门，此门正位于清朝时建的一大块军队阅兵场的南边，这使得这个地区面对逃兵和流寇的侵入完全不设防——他们时不时就会对城市发起收获颇丰的攻击。而且，正如我们在第二章中看到的那样，在城市的另一边，旧时清朝旗兵驻扎的少城已经开放为居民区了。西部区域很快就成为城中炙手可热的街区了。[51]

由于面临着东北区域成为不安全的落后地区的危险，该街区的领袖人物集结起来试图阻止这种衰落。1933年，约50名该街区的居民——其中包括12名军队头目和街区保长向省政府和市政府发起一项请愿，要求政府采纳他们策划的东校场（图3.3）开发计划，这块地在清朝时是军队操练的地方。[52]（此时，巴金家的祖屋已经卖出了，所以他的亲戚应该没有涉入此事。）这项城市动议表明，连年的战乱和冲突并没有完全扼杀城市里的企业家活力。这项提案的细节表明，其支持者一直在密切关注成都其他区域的开发状况，比如说少城区和春熙路。开发计划里包括一个公园、一个公共礼堂以及一块被卖给私人建筑商的土地（从而可以用所得发展其他计划）。

图 3.3 1934 年成都鸟瞰图。东校场是图片顶端中央那块空地。该照片位于从前旗
兵城堡上空向东拍摄。照片下半部分中那一大片长方形的区域是皇城。巴金童年
的居所靠近照片顶部左角。此照片由德国航空先驱 Wulf-Diether Graf zu Castell 拍摄。
Wulf-Diether Graf zu Castell, 《中国飞行》(*Berlin*: *Atlantis-Verlag*, *1938*) 第 157
页。此图已获 Gabriele Gräfin zu Castell 授权使用

这份与城市管理相关的请愿书最早是1903年提交给新警察机
构的，1921年又提交给地方政府。请愿者认为，老东校场是成都
重要的历史遗址，建造一个公园有助于保存历史和维护公共健
康。他们写道，"国家越文明，城市发展越繁荣，用于休闲和娱
乐的公共场所就应该越多"，据此指出在城市的其他地区都已经
有了公园。公园里除了有助于维护运营的茶楼和餐馆外，还会
有一座图书馆以及报纸阅览室，这对当地学生而言十分有益。最

后，社区领袖提到了在他们安静的街区里的犯罪问题。他们认为，公园工程有助于促进本地的商业发展，从而吸引更多的人来到东北部这些较偏远的街道上来。为了增加安全感，他们建议城市军队的驻地就设在公园旁边。社区领袖花了两个月时间等待政府回复，1933年5月，他们又提交了一份表述更直白和急切的请愿书。"公园建设越快，此地发展也会越快，人们也会更快在此安居乐业。"

6月17日，省建设局和成都市政府回复说，他们已经对东校场地区做了调查，由于此地只有一间砖瓦厂，所以非常适合用于开发。然而对于此地居民来说，不幸的是市政府决定出售土地所获利润主要用来重建少城公园附近的一座庙。不过东校场公园仍然是一个出色的工程，政府也因此计划对该社区的领袖进行了表彰。不过并无资料表明这个公园最后真正落成。

这个故事片段表明，成都人开始使用经济发展方面的表述向掌管城市的军阀寻求对于他们所开发的项目的支持，这种表述方式已被中国的其他政治领导人所接受。但在1933年这个开发计划的例子中，社区领袖仅仅只是成功地使市政府当局注意到了这种能促成他们目标的资源。

觉新的社会网络和城市社区

在"激流三部曲"中，觉新扮演着连接高家与外面商业世界的角色。在《家》中，他陪自己的婶婶去买布做衣服。在《秋》

中，他也陪四叔和四叔捧的戏子张碧秀做过同样的事。对于后者，讲述者称他们光材料就花了超过100银圆，这相当于觉新好几个月的薪水了；店铺承诺说会把货品送到张碧秀那里，账单却是开给觉新。后来，丝绸店的朱经理到觉新的办公室道歉说觉新买东西的时候他恰好出去了。他向觉新抱怨市政当局向铺子征收修路的费用。[53]

在小说中，后来劝业场遭遇了大火（事实上1917年和1933年确实发生了这样的事），家中投资于劝业场的股份也随之灰飞烟灭，其中包括觉新的婶婶们要他代买的部分。她们要求他用自己的资源来弥补她们的损失，他也觉得不得不如此做。当地的银行借给他所需的数目，因为银行了解他且深知他的好名声。但是，由于他家中对他的索取无度，他辞了职。[54]

小说中对觉新家庭财务代理人的角色大概来自巴金与他的大哥李尧枚1930年到上海看望他时进行的谈话，也可能来自李尧枚给他的信件。李尧枚不得不利用自己与城中商人的私人关系为李家大家族处理财务事务，这给他带来了巨大的压力。1930年李尧枚辞去他在劝业场的职位并卖掉了大量的土地。他用这些收益做了很多投资。在一篇说明《秋》的写作历程的散文中，巴金提到李尧枚曾患精神疾病，期间他撕毁丢弃了他的银行钞票。旋即，就在《家》的第一章开始在上海的报纸上连载以后，他自杀了。[55]

巴金最初也打算让觉新在《秋》的结尾自杀，就像他的大哥在现实生活中那样。但由于太多他的读者写信给他请求一个更有希望的故事，巴金改变了觉新的命运。在《秋》快结尾处，尽管觉新担心违背了老太爷希望家族永居一处的遗愿，他还是和叔叔们卖掉了共同拥有的田地和宅院。田和房加起来一共卖了8.2万银圆，分给了每个分家的小家庭。觉新家要承担祭祖的责任，因此获得的金额是其他三家的两倍。[56]正如第一章中提及的那样，觉新与婢女翠环成婚，并且和妻子及继母一起搬到了属于他们自己的小房子里。

在1920年代，由于像巴金这样的年轻一代在这个社会、经济和政治都急剧变化的时代努力争取摆脱家庭的桎梏，小家庭（核心家庭）的观念开始在中国流行开来。但是我们应意识到，家庭联系在1911年后的成都仍然至关重要。像俞凤冈这样的外来商人要想成功，必须与统治城市的军阀建立密切联系。而成都老一辈的贵族家族则与军阀保持着警觉的距离，虽然他们也不再共同居住在一个大宅院里，但仍十分依赖家族网络。"激流三部曲"中高家的分崩离析（正如巴金自己家发生的那样）在觉新看来是一个悲剧，他一直在竭力维持家族声誉和经济稳定。家族内缺乏凝聚力的后果比不愉快的家庭生活更严重——有可能导致破产以及穷困带来的其他悲剧。

第四章 轿夫、乞丐、演员和妓女：
城市贫民的世界

虚构的高家是城中最富有的人家之一，就如巴金小时候的李家一样。但是他们只在《家》的开始场景里表现出财富带来的安全感，比如说除夕庆祝的时候。随着"激流三部曲"故事的发展，老太爷一直担心的分家最终成为现实。家族兴衰一直是中国的小说中很流行的主题，中外作者皆然。最著名的例子是18世纪曹雪芹的小说《红楼梦》，小说描写了煊赫一时的贾家的衰落。1931年《家》发表的同一年，赛珍珠出版了小说《大地》，主题同样如此。由于家族作为经济共同体的作用太重要了，家族衰败往往会导致大部分成员陷入贫困。

"激流三部曲"中，贫穷常与无能为力和缺乏家庭支持联系起来。我们在第一章中已经了解了婢女的生活。当生身家庭无力抚养她们的时候，她们就成为依附于富有家庭的劳工。虽然高家看起来令她们衣食无忧，但小说也描写了在生活水准上明显的阶级差别，比如巴金就曾写到婢女们共同居住在宅院后面的屋子里。这个狭小的空间很黑而且没有供暖。比居住条件更糟的是四叔克安和其妻王太太对他们的婢女倩儿的虐待。在《秋》中，倩儿生病了，尽管家中其他成员都很同情她，但是王夫人拒绝为她延医治病。她死后，尸体就用席子一卷送到了一个无名穷人墓地。

生活对所有人都不容易，但是对穷人和弱势群体尤为不易，就如倩儿的命运所象征的那样。这一章里，我们会仔细审视巴金在"激流三部曲"中展示的穷人的形象，然后探寻在20世纪早期的中国，贫穷意味着什么，又会怎样变化。慈善捐助和政府的福利扶助项目是否能帮助穷人？这些项目到底有多大效果？当越来越多的中国人开始接受改革，这些项目又发生了哪些变化？最后，我们会思考这些历史资料揭示的五四时期的成都到底具有什么样的社会阶层特征和社会阶层流动。人们是怎么落入穷困的？穷人能住什么样的房子？对他们来说在城市内外流动寻找机会是否容易？本章及接下来讨论士兵生活的一章就试图填补巴金在描绘他的家乡时未及的空白处。

"激流三部曲"中的"穷人"

在《家》中，对穷人的描写主要是为了衬托高觉慧——高老太爷那个理想主义的年轻孙子。觉慧跟婢女鸣凤堕入情网，但是当他意识到他们之间的阶级鸿沟有多大时，他抛弃了她。然而，他自己并不赞成这种阶级意识。在一开场，他和哥哥觉民在雪中从学校步行回家。后来当他们的继母问他们是否乘轿时，觉慧马上拒绝了，并且由于劝说他的哥哥而被笑称为"人道主义者"。家中的其他人都因为觉慧拒绝乘轿而觉得他不切实际。他不知道如果人们不雇用轿夫那他们何以为生。他只是拒绝用那种方式去剥削其他人的劳动。

在《家》的第十三章，觉慧对于这种社会不公的迷茫和愤慨表现得更清楚，除夕夜里他在高家庭院的大门外发现一个乞讨男孩。觉慧听到了他抽泣的声音，看到这个衣衫褴褛的孩子瑟瑟发抖。他猛地把钱塞进男孩手里，然后痛苦地转身逃走。他听见脑海中一个声音在嘲笑他竟然以为自己能拯救世界——或者给这个孩子几个铜板就算帮助他了。

缺乏家族支持和贫困之间的联系在高家远亲陈剑云的身上（体现得）非常明显。陈剑云的双亲在他小时候就去世了，他只能依靠家族关系觅得一份教职勉强糊口。[1]多年的挣扎使他的身体和意志都变得虚弱起来。他爱上了琴表姐，但是考虑到他糟糕的财务和健康状况，他很明白自己不可能娶她——或者任何士绅家庭的小姐。剑云对于高家兄弟觉民和觉慧来说是一个警醒，警醒他们如果胆敢藐视祖父和叔叔们然后被扫地出门后会发生什么。在1956年电影版《家》中，有一幕是长兄觉新被告知给他安排的婚事，他的父亲直截了当地告诉他，如果拒绝老太爷给他安排的婚事会毁掉他的人生，因为不会有人雇用他或者与一个不孝的人发生什么牵连。

在巴金的小说里，鸦片也与贫困紧密相关。在《家》的第十四章，有一幕描写了高家过去的仆人高升，他由于从高家偷东西来满足吸鸦片的嗜好而被解雇。巴金后来写道，在他小时候，这种事情的确发生在李家仆人中的某个朋友身上。[2] 在小说里，巴金描写了这个被解雇的仆人的看法：

> 他因为穿得褴褛不敢走进公馆，只好躲在大门外，等着一个从前同过事的仆人出来，便央告他进去禀报一声。他的要求并不大，不过是几角钱，而且是在主人们高兴的时候（比如除夕之夜）。所以他总是达到了他的目的。久而久之，这便成为旧例了。（他看见觉民和觉慧走过，渴望跟他们说话，但这太丢人了。）他痴痴地立在街心，让寒风无情地打击他的只穿一件破夹衫的瘦弱的身体。孤独，一种他以前从未体会过的孤独攫住了他。"这是梦，这只是一个梦"，他揉了揉润湿的眼睛，哽咽道。然后便走了。他回过头，最后一次看了看那两头平静地看着他的石狮子。他走了，他无力地慢慢地走了，一只手捏着旧主人的赏钱，另一只手按住自己的胸膛。他漫无目的地走着，不知道要用手里的钱干些什么。[3]

贫穷意味着糟糕的健康、羞耻、绝望以及缺乏与其他人的联系——石狮子对于高升的诉求的冷漠可能比他从大多数他遇到的人那里得到的态度还好一点。

"激流三部曲"提供了另一个不幸的角色——张碧秀——的故事，他是一位唱旦角的男演员，受老太爷的第四子高克安追捧。正如我们在第二章中看到的那样，巴金把川剧演员和捧他们的庇护人描述成道德败坏且与时代脱节的人。觉慧在他祖父寿宴上感到这些表演十分无聊，而他堕落的叔叔和婶婶们却看得很高兴。在1956年的电影中，万恶的冯乐山就是在寿宴上注意到鸣凤的，暗示着那些冶艳的戏曲场面助长了他的欲望以及他急需一个满足欲望的目标的需求。巴金对于广受欢迎的传统川剧这种粗暴的判断在"激流三部曲"后来的小说中并没有反转，但他对演员们的生活困境做了进一步审视，张碧秀是一个牺牲品而不是一个腐化罪恶的人。

在《秋》中，张碧秀告诉高觉新，他出身于成都一个富足且知书识礼的家庭。但在他很小的时候父亲就去世了，他叔叔策划绑架了他并且把他带到远方（就如罗伯特·路易斯·斯蒂文森（Robert Louis Stevenson）的小说《绑架》（*Kidnapped*）中描写的那样，巴金无疑很熟悉这个小说）。绑架者把他卖给了一个戏班子，戏班子强迫他学习川剧旦角，在舞台上卖弄风情。像他这样的男旦跟专捧角儿的年长人士保持亲密关系是很常见的，因此他最后也与觉新的叔叔高克安建立了这种关系。当觉新问他长大成人后为什么不向家里讨回公道时，张碧秀苦涩地解释道，他的家族绝不会相认一个从事这样低贱职业的亲戚。另外，当张碧秀的叔叔策划了他被绑架之后，很快，他的母亲就病倒去世了，她所有的财产都被叔叔给强占了。就算法庭会接收像他这样一个声名狼藉的戏子的案子，他的叔叔也能贿赂当局得到想要的判决。[4]

张碧秀作为一个男孩所拥有的美貌、表演天赋和迷人的举止使得他免于饥饿和贫困。高克安看起来真的挺喜欢他，而且只要他还能吸引川剧观众，他就能养活自己。他的命运和五叔高克定的情妇类似：疾病、衰老以及成都贵族们随时可能变化的口味，一直是笼罩着他们岌岌可危的人生的主要威胁。

对于贫穷的态度的变化

20世纪以前，在中国流传着很多关于贫穷和富有的原因的看法。至少理论上，儒家学派是贬低财富的，它强调人生目标应该是探寻智慧和服务于民。但是它也不要求儒家圣人固守贫穷。士绅家族的家长们坚信养活家庭和正确地教化家庭也是一种美德，而这些都需要钱。基于孟子认为人人都有学习能力的理论，儒家士绅相信在职业发展和物质财富上成功的人是由于他们勇于律己的意志和辛勤努力。

哲学家们也相信，除了个人行为外，还有更强大的力量造就人生——一个人通过自律和努力发达起来的能力从他一出生就已注定了。历史在兴衰中循环前进，其发展模式已经在儒家的一部经典《易经》中安排好了。另一套广为流行的信仰和实践体系就是风水，这为影响人们命运的非人为力量增加了一些地理元素。

风水行家（"风水"常被翻译成"geomancy"）能解释某地地形并且探测出"气"是如何在此处流动。负担得起的人会刻意安排自己家宅和墓穴的位置，以便从"气"中得益兴旺家族。[5]

佛教关于转世轮回和因果报应的概念几个世纪以来在中国颇为流行，也一直影响人们对于贫富的观念。在受这些概念影响的世界观里，一个人的善行或者恶行会在下一世中以兴旺发达或受苦受难来偿还。儒家的观念里也有善行与成功间的因果关系，但是佛教由于不限于这一世，所以更为灵活。这样就能解释为什么一个明明很勤奋的好人可能仍然很穷或者生病——前世的因果报应影响着一个人这一世的轮回。在巴金的"激流三部曲"中，这也是高家许多女人解释她们痛苦人生的方式。当告诉鸣凤她必须为妾的时候，周太太就说这就是"命"：这里"命"就是因果报应的意思。

另一些关于贫穷和苦难的看法与个人行为无关，无论是在这一世还是上一世。任性的恶灵可以毫无缘由地攻击人类。[6]巫师和道士就被雇来处理这种攻击：在《家》中，老太爷的侧室陈姨太邀请巫师到家中来驱赶恶灵，她坚信这就是老太爷患病的原因。然而巫师失败了，陈姨太就怪罪于觉慧，因为他拒绝配合仪式。家中大部分成员接受了老太爷离世的现实，就像在"激流三部曲"中他们经历其他的病患或死亡一样，这是悲剧，但也是生活的常态。对高家的大部分人来说，贫穷可能是失败导致的，比如被解雇的高升，也可能是由于运气不好，比如那个乞讨的孩子。

在清朝政府的官方记录里，也能看到关于财富和贫穷的观点。

在封建官僚体系里，中国社会的经济健康也一直是很多官员关注的重点。"民生"一词——通常被翻译成"人们的生活"——是衡量一个政府好坏的重要指标，当然，能够养活自己的人不太容易沦为盗贼，也比较容易缴税支持官僚体制。饥荒年间，政府会尝试减轻穷人和饥民的负担，常常廉价供应谷米以及免征税金。许多县郡会在艰苦的冬天在城内组织施粥作为安全网措施。为了鼓励教育和勤奋，官员也会鼓励士绅开设家学，以供族内穷苦的亲戚学习读写。他们还资助编纂农业和手工业生产手册。[7]

富有的中国人做慈善往往不限于自己的宗族，特别是在清政府的统治越来越无力的喧嚣混乱的19世纪。贵族们募集资金为穷苦孤寡提供住所，出资埋葬无名尸体。这种种善行被看作是维持家族的价值观、保护宗族社区并且彰显施主德行的方式。[8]

历史学家陈怡君（Janet Chen）展示了20世纪初，当受到强有力的外来威胁以及欧洲思潮影响时，中国人关于贫穷的观念是如何变化的。贫穷往往与国力衰弱联系起来，因此穷人也是改革的对象。1911年革命前几年，济贫院的数量猛增了不少，陈研究了北京和上海的这段历史。[9]以华东为榜样，成都官员也于1906年在城门外建立了两个"乞丐济贫院"。警察在街上抓住乞丐就送到这里来，根据给北京中央政府的报告，短短几个月他们就发现并安置了1500余名乞丐。这些人被编成队从事非技术性劳力工作。1907年还开设了一个由公众资助的孤儿院，可容纳超过500名儿童，他们也需要工作。有些小男孩被教授乐器——如鼓、铙钹、中国唢呐等——组成乐班子受雇于庆典或葬礼。[10]直到

1911年革命后，这个孤儿院还在运营，只是预算更少规模更小。

对于19世纪西欧工业化城市社会问题不断增长的忧虑催生了新的社会科学的发展，全球贫困议题开始形成。美国基督教青年联合会（YMCA）在中国许多大城市里建立了分支机构"Y"，包括成都。罗伯特·塞维斯任职秘书（他的妻子格蕾丝的回忆录为我们提供了一扇了解1909–1920年间美国人在成都的生活的窗户）。[11]YMCA在中国的工作是受社会工作和社会学的一些原则指导的，重视识字率和职业教育。在北京，YMCA秘书西德尼·甘博（Sidney Gamble）进行了旨在量化北京普通老百姓经济状况的社会调查。[12]在成都，YMCA没有资源进行此类工作。从1923年起，它发起了一项提高城市居民汉字识字率的运动。[13]不过在此之前，它最有名的是它的英语课、运动场和电影之夜。大部分都是服务于富有的年轻人。巴金就在成都YMCA上英语课。

在巴金的"激流三部曲"中，贫穷及其原因并不是情节主线。婢女们和其他弱势人群令人悲伤的处境增加了故事的感染力，并且有助于对"制度"的控诉。但是，在《家》中，阶级差别主要还是加剧了觉慧对自己家族、社群有时候甚至是对他自己的不满。

历史记载中的下等阶层

在巴金年轻时代的成都，社会分化非常尖锐。因此社会秩序无法稳定，向上和向下流动都很常见。1911年革命后数十年里的政治动荡使得四川境内的军队数量急剧增长。在清朝统治的最后十年里设立的新式军事学校学习过的年轻人迅速爬升到新政治系统的顶端。而另一些人则失败了，包括清朝旗兵驻防的那些家庭，他们的政府俸禄和特权都被夺走了。吴虞在1914年的一篇日记里就记载了两个出身旗兵少城的满族小孩只要花一点点钱就能买到。[14]

在商业或者手工业方面经营良好的家庭更容易顺利度过政治浪潮"带来的欺负"，虽然许多家庭也会被无法预计的灾难击垮。时常爆发的战争常常夺去人们的生命和财产，使出游也变得十分危险。然而，在20世纪最初的几十年里，成都的人口仍然在缓慢增长——1911年约为33.5万，到1936年增长到约49.2万人。这表明仍然有许多人被成都相对的安全和它一直能提供的经济机会所吸引。[15]

对于没有家族支持他们进入某个行业的成都居民或移民来说，选择就十分有限了。大量的男人只能找到"卖力"的机会：运送货品或人。在成都，马很少见，而且直到1924年以前，人力黄包车和自行车也不普及，唯一的带车轮工具是手推车。地理学家乔治·胡巴德曾估计，在1920年，约有20%–30%的成都男人以做脚夫为生。有些就是为出游的富人们抬轿子。在1922年6月的一篇日记里，吴虞就记载了曾给四名脚夫每人付了7000铜圆，他们花了3天的时间把他和一些行李从乐山送到成都。[16]还有一些人则从河边为茶楼和私宅运送饮用或者清洗用水。还有成百上千的人则用粪桶将城内的人类排泄物运到城外的粪坑，待其腐熟后卖给当地农民作肥料。[17]

略有积蓄或者有一点信贷资源（也就是说能从朋友或亲戚处借到钱，或者能从城中的典当行典当一些物品换钱）的男人和女人们可试以商贩为生，他们或者就在城市市集附近的街边摆摊售货，或者上门兜售。女人们往往专售女性用品，比如针线和化妆品，男人们就卖卖碗碟瓶罐以及其他家居用品。有些人会带着便携的灶具锅具当街按照顾客的需求卖些小吃。还有一小部分人专收清代的官袍顶戴之类的物件带到外国人居住的区域兜售，这些外国人喜欢收集中国的老物件。[18]

本书第三章提到，许多成都的居民都从事低技术含量的职业，比如在茶楼出入给人掏耳朵，或者在街角支个理发摊。富人家还会雇用一些人穿着丧服在葬礼上服侍，彰显逝者的显赫地位和家人的孝心。春节期间，会有一队队走街串巷的舞龙舞狮队给付钱的人们提供娱乐带来好运。

巴金在《家》的第十八章就描写过舞龙的场景。高克定雇了一队人来高家院子里表演，表演队带着长长的、以竹和彩纸制成的龙绕着院子里盘旋舞动。为了增添"乐趣"，克定和高家的一些轿夫，还用装了火药和碎铜钱的竹制花炮瞄准舞龙者发射，后者为了展示他们的坚强不得不忍受这种可怕的攻击。他们的努力得到了金钱回报，但是留下流血的伤疤以及对受到的对待的恨意。这可能就是巴金年轻时发生的场景。根据一项对重庆附近地区的田野调查显示，这种对舞龙者或多或少嘲弄式攻击一直到

1940年代还在四川存在。[19] 在《家》中，这个情节对主线并不重要。主要作用还是显示老一辈的自大，以欺压弱者为乐，以及以高觉慧为代表的年轻一代对此的不平，觉慧对他叔叔对待舞者的方式深恶痛绝。

但这一章表现出来的另一方面也很有意思。巴金也借此来探寻主人和男仆之间的关系，这个主题在"激流三部曲"的其他部分并未做过多延展。由于舞龙队来晚了，克定叔父就派了轿夫高忠去寻舞龙队。高忠回来报告说他们不来了，于是克定就痛骂高忠出气，而高忠只是默默忍受，因为他知道反抗无用。最后终于找来了一支舞龙队，所有的轿夫都非常兴奋地加入用花炮攻击舞龙队的戏耍中去。巴金当然展示出高克定是最坏的，他直接对着舞龙队的领队近距离发射花炮。但是男仆们似乎也都学着主人的样子；看起来他们和克定一样，也以折磨舞者为乐。

《家》的第十八章传递的令人不适的信息似乎是，没有人性并不是上流阶级独有的特质——他们的仆人也会如此。由于资料来源有限，几乎没有办法来评估任何历史阶段的"普通人"对于社会公平和社会道德的态度，20世纪初的中国也是如此。我们几乎没有什么证据能确定我们的结论。然而，这个话题仍然值得思考。第一章里我们提到，宁老夫人虽然只是一个1920年代在华东富人家里为仆的一文不名的女人，她仍然坚信在这种家庭长大的婢女根本学不会如何谦恭待人。她自己长大的家庭虽然穷，但是教会了孩子们正确的行为方式。从宁老夫人的论断里，我们也许可以假设，在巴金年轻时的成都，也会有一些家庭认为富人家里无论主仆在道德行为上都无法成为楷模。

中国的显贵们把娱乐性的职业看作是贱业，包括性服务、戏曲、舞蹈、乐器演奏等。直到18世纪，清朝律令对这一类从业者还规定了特殊的法律地位，一旦他们犯法会加重刑罚。他们以及他们的后代也禁止参加科举考试。[20]虽然到1911年法律已经变了，科举考试也被废除了，但这种看法还在。在历史学家王笛的著作里，他展示了20世纪初的警察机关是怎样认为戏子是不配享有"正常"居民享有的权利的。[21]"激流三部曲"中对于某类角色的描写也反映了巴金在成长过程中习得的成都贵族们对于这类人的看法。老太爷的侧室陈姨太，从前是青楼女子（从小就被施以唱、舞以及周旋于男人间的谈话技巧训练，常通过提供性服务来赚钱）。她总是浓妆艳抹，穿着俗气，粗俗、无知、报复心重。男旦张碧秀由于是被强迫从事这个职业的，所以显得文雅一些，也更值得同情而不是谴责。由于也曾是上流社会的一员，他对于自己的职业也感到羞愧。

尽管被上流社会鄙视，但是在20世纪初的成都，有没有人认为舞台或者妓院的职业没什么大不了甚至值得一做（金钱回报或者其他方面）？或者对于那些从事这种职业的人来说，除了乞讨这是不是他们唯一的选择？研究1949年以前上海的历史学家，对当地的娱乐文化研究相当深入，他们认为超越少数广受欢迎的妓女和演员去了解普通妓女或者演员的生活是不可能的。然而，很明显有少数幸运且天赋异禀的男女也能在这种职业世界里获得成功。[22]妓院老鸨们往往最初也是卖身为生，在她们赚得最多的那些年存下了一些钱。著名演员也能组建他自己的戏班，并且教授徒弟给自己养老。叶凯蒂（Catherine Vance Yeh）指出，在19世纪晚期的上海商埠兴起的"明星文化"使得一些演员能要取高昂的出场费，甚至与上流社会联姻。[23]

像叶描述的这种历史现象在成都并没有很多研究，由于在本地的大众历史刊物上也没有什么白手起家的娱乐从业者的故事，这种现象大概比上海少见得多。不过成都仍有一些交际花或者演员成为名流。在广受道德上不那么古板严苛的士绅们欢迎的《娱闲录》（参见第二章）里，就曾列当时最有名的演员，还附着为他们而作的诗。再如"激流三部曲"中的陈姨太，名妓也可为妾，在家中获得正式地位，或者就像克安的情妇那样，另置一处房子作为外室。但是，大部分性工作者和其他倡优的职业生涯可能都很短暂而且金钱回报并不好。

在20世纪的第一年，在成都的新清朝警察机构试图拓展他们在社会生活方面的监管，特别是那些还未由行会定期向（当地）政府报告的活动。他们要求戏班登记并且剧本要获得官方认可。他们还为妓院建了一个特许区，就像日本某些大城市一直以来做的那样。在此之前，在成都提供性服务只要获得非正式的默许并不需要官方通报。1905年以后，妓院要求注册，并且大部分只允许在城中某区域开设。警察总长要求每个知名妓院都要悬挂"受监管户"的标牌。[24]这套制度当时受到了批评，因为这被认为是给那些不道德的职业提供了官方认证和保护。作为某种回应，政府为妓女们开设了济良所。警察们把在妓院里或者街上发现的年轻女孩送到济良所，在那里她们会学习正当的行为举止以及家庭女红等。想娶妻的男人也可申请与她们结婚。

1911年后，特设区被废止了。那时警察的开支已经非常倚赖性交易税收，不会再强迫妓院登记和支付高昂费用。济良所跟济贫院和其他晚清时代新建机构一样，一直到民国早期还以同样的名义存在，但是其发展已经开始衰落了。在巴金青年时代的大部分时间里，政府的社会服务和私人慈善活动都少之又少——人们都疲于应付政治混乱和内战，根本无暇处理同样紧迫的经济和社会问题。但是在1923年巴金离开成都后不久，成都成立了一个新的市政府，政府主席将济贫院济良所及其他晚清社会福利机构移交给一个由尹昌龄——一名曾在科举考试中考中举人并在1911年以前在陕西为官的成都人——领导的、由当地知名乡绅组成的董事会。

市政当局给尹昌龄领导的委员会安了一个现代官僚体制气息的名字：成都市救恤失业董事会。与其他"贤老"（参见第二章"五老七贤"）一起，尹昌龄却更愿意与历史联系起来。他和董事会一直以"慈惠堂"（18世纪初建立并一直存续的慈善组织）的名字运营。[25]

1928年，慈惠堂对其下辖的宽泛的堂务做了汇报。慈惠堂下设一个收留婴孩的孤儿院，付薪俸给照料婴儿（几乎都是女婴）的乳母。还在城中不同区域开设了四所慈善学校，供贫苦男孩学习中国传统经典。在学习上没什么天赋的男孩可转读由晚清时设立的孤儿济贫院发展而来的商业学校。市政府同意慈惠堂接管东大门外清末由省府建立的火柴工厂。火柴厂的收益用来资助慈惠堂的各项活动，工厂本身又能为慈惠堂辖下的孤儿们提供工作机会。尹的报告里还提到，有几十名孤儿还学会了制造可用来做火柴盒的纸。火柴盒的包装上画着一个正在吃碗中米饭的孩子，因此这种火柴被称作"娃娃牌"。慈惠堂还为男盲童组建了一所音乐学校。这些盲童们学习敲奏扬琴并且穿着长袍在一些私人堂会上表演。由于这些男孩看不见，所以富家小姐们也可欢聚一堂欣赏音乐。到1928年，已经有40多名男盲童在慈惠堂的音乐学校里接受过训练。[26] 在《秋》中，高家的年轻一代以及他们的表亲就回忆起曾向来家中表演的盲人歌者学习曲子的经历。[27]

慈惠堂的办事人员将自己看作是家中长者，有责任为在孤儿院长大或者从街上被送到济良所来的女孩子择配。在一篇回忆文章里，尹昌龄的一位朋友曾经忆起1930年代末期，一个年轻的女孩被继母逼迫卖淫。为其抱不平的邻居把她送到慈惠堂；慈惠堂的人后来为她选定了一位丈夫。当尹昌龄听说她的继母计划闯入婚礼现场搅闹时，他邀请四川省主席前来证婚，吓得继母不敢妄动。这位朋友还说，由于尹的声望隆盛，没人敢欺负堂里出嫁的孤女，也没有出嫁为妾的。[28]

成都感化救助的历史表明，在巴金的青年时代，儒家精英们对于女性贞操问题的严苛观念在成都一点也不普遍。很多男人愿意娶感化院里出来的姑娘为妻，哪怕她们已不是处女。第三章里提到的华西协合大学的调查表明，许多穷困的男人年轻时根本无力结婚，有些人甚至一辈子都没有结婚。原因之一是在1920年代和1930年代，成都的女孩比男孩少。通常人口普查里女孩的数量难以统计完全，所以我们需要小心地处理这部分数据。然而1916年华阳和成都两县（成都市由这两县共治，即成都市地理位置上横跨两县）的人口统计给出了男性80万和女性41万的数字。[29] 除了女性数量可能被少报以外，两性数量上的差异可能还源于这两个原因：一是男性更可能离开省内其他地方的家乡到大城市谋生，另一个原因是女孩和年轻女性的死亡率更高。在抚养成人的过程中，女孩常常不像男孩那样被重视，她们生了病往往不会马上得到救治。年轻女性在生孩子时也常常面临死亡威胁。[30]

贫穷的男人很难娶到妻子的另一个原因是家有待嫁女儿的家庭通常会希望新郎或者新郎家在订婚或结婚时提供大量礼物——人类学家称之为彩礼。慈惠堂管理的孤儿院或者济良所给一些男人提供了不需要彩礼的娶妻机会，他们也抓住了机会。根据1930年代成都法庭遗产纷争案的记载，寡妇改嫁在那时或者更早些时候，在除了富裕阶层外的其他阶层都很常见。第一章里提到的

图 4.1　1920 年左右的成都某城门。拍摄者罗伊·C. 斯普纳博士。由斯普纳（Spooner）家族提供

1919年成都警察档案里除了婢女买卖文书（图4.1）外，还有寡妇再嫁的登记文书。[31]

在巴金的青年时代，年轻女性的稀缺意味着她们非常抢手——主要是作为妻子，但同时也是作为婢女或者妓女，因此成都相对而言很少有年轻的女乞丐。但各种年龄段的男性以及老年女性，常常发现自己无依无靠，特别是在冬天食物价格更贵而工作更为难得的时候。许多人就在最严酷的那几个月死于街头。有些人就以乞讨为生。王笛研究了成都乞丐的"专业知识"（lore），该研究表明职业乞丐是城市生活常见的一部分。有时他们会向新人传授一些技巧，比如青年男子可以背着一个年老贫困的女人乞讨。人们比较容易施舍给那些被迫乞讨以养活老母的年轻人。[32]

在王笛关于乞丐的讨论中，他提到了20世纪上半叶在成都街头常见的各种犯罪，包括偷窃和勒索。1910年代和1920年代早期，当地的评论者认为警察本身就很腐败，警察及其长官可能从这些非法活动中获利。由于1911年后官方机构的无能，各社区越来越被名为"袍哥"的帮派团伙控制，他们征收商业保护费，开设赌场和鸦片馆。我们将在第五章思考战争对成都的影响时，深入地研究他们的活动。

成都的鸦片、疾病、住所、卫生及流动性问题

在巴金的青年时代，鸦片问题有多严重？是否如上文引用的

《家》中那个犯下偷窃罪行的仆人高忠的故事所暗示的那样，导致罪案增长？这是另一系列基于现有资料很难回答的问题。像傅崇矩（1909年《成都通览》的编撰者）这样的地方活动家将吸食鸦片看作是困扰城市最大的罪恶之一。当时，清政府发起了一项要求吸鸦片者登记并强制戒断的运动。历史学家认为，这项运动相对算是成功的。但是王笛认为1911年后，"吸食鸦片又渐渐兴起了"[33]。但我们所掌握的关于成都鸦片消费的资料都很模糊。毫无疑问，在巴金的青年时代，成都鸦片的交易量很大，而且除了某些仆人，他的一些亲戚也沉溺于此。在《秋》中，高克安安置戏子张碧秀的房子里也飘荡着鸦片的味道。[34]在李小雄关于四川鸦片的研究里，她收集了大量鸦片鬼致使家贫如洗卖掉自己的孩子的逸事。[35]但是这些故事来源于全省。不可能用来评估鸦片对于成都经济和居民福祉的影响。[36]

　　一些西方的观察者声称那些需要在成都地区搬运重货的脚夫容易经常吸食鸦片以缓解病痛。他们相信，经常吸食鸦片会破坏这些劳工的健康。除了鸦片烟对身体上造成的损害，他们还把本可以用来购买营养食物的钱花在了鸦片上。1923年一位在成都的英国官员曾说，"城中轿夫购买鸦片的价格是100铜圆一泡，他们每天赚得的薪水从600到1000铜圆不等，除了用300到400铜圆购买食物外，其他都花在了鸦片上。"[37]这些观察者认为鸦片缩短了许多中国人的寿命。根据1916年的四川人口普查，像《家》中高老太爷那样能欢度自己的六十大寿并不常见。只有14.3%的男性和13.4%的女性超过55岁。[38]1950年中国人的寿命预期是男性39.3岁，女性42.3岁。[39] 这比1910年代和1920年代的成都都低。

在1916年普查报告中列出的死亡原因里，最常见的是伤寒、麻疹、猩红热、痢疾、霍乱以及其他疾病。死亡率最高的年龄段是9岁以下的孩童。即使是在像巴金这样食物丰足的富有家庭里，很多孩子也会病死。在《春》中，巴金动情地描写了高觉新幼小的儿子海儿之死。巴金大哥的儿子李致说海儿之死这一幕直接取材于个人经历。巴金非常喜欢他最年长的侄子、李致的兄长、出生于1918年的李国嘉。1921年，虽然他的父母非常紧张为他延请了中国和法国的医生，这个孩子还是死于脑膜炎。[40]

在巴金成长的成都，疾病的流行也是致贫的主要因素：靠体力吃饭的人如此之多，而能存下钱以便病倒时可涤清疾病的人又如此之少。在人烟稠密的城市里，疾病传播的速度很快。正如我们在第二章中看到的那样，富有家族会建高墙将宅院与城中密集的人群隔绝开来。租房的价格空间很大。在有店面的街上，店主一家（包括学徒）通常就住在店里。多余的房间通常会租出去。富户家庭的宅邸通常是建成院落式的（如第二章中描述的那样），卖出后独立的房间也可能分别租给一个或多个家庭。这种类型的居所在成都被叫作"杂院"。在"激流三部曲"中，琴和她的寡母张太太就与张太太同样寡居的婆婆一起住在一个这样的院子里。这座宅院里其他房子的住户基本也是寡妇，还有少数几个伺候她们的仆人。琴的奶奶大部分时间在一座尼姑庵里度过，捐一些钱就可以住在那里并且获得一些宗教方面的指导。[41]

城中大部分居民租不起杂院里的房子。他们通常是合住，并且大部分时间在外度过，比如在集市里、寺庙里、庭院里以及街上。最穷的人可能睡在河岸边或者寺庙檐下，甚至在冬天也是如此。[42]

许多薪水微薄希望尽可能降低住房支出的独身男工会在成都人称之为"鸡毛店"的地方过夜，这些店一般都在城门附近。（图4.1）乔治·胡巴德似乎在1920年调查过这些店，他这样描写一个劳工在这种店里度过的时光：

> 他进店后像负重的牲口一样先来一顿牛饮，然后依然穿着他肮脏汗湿的衣服咽下由米饭、蔬菜和一点点肉制作的粗粝的晚饭；然后抽上一两袋烟，就向里缩着身子睡下了。这一群人就睡在地上一字排开，只垫着一点稻草和老旧的铺盖，或者也可能是五六个人挤在一个封闭的小房间的硬板床上。[43]

这种拥挤的条件和原始的卫生状况使得疾病在城中迅速蔓延。

虽然巴金在"激流三部曲"中没有提及这个话题，但是卫生状况确实是20世纪头几十年新警察和市政府十分担心的问题，特别是对人类排泄物的处理。像巴金这样全家人住在自有庭院或者杂院里的家庭，通常会有仆人负责倒马桶，把排泄物运给定时来收夜香的人。在城中比较穷的区域，公共厕所也是一门生意。大部分街上会有一座或数座由收夜香者掌管的公共厕所。其利润来自于将这些排泄物卖给城外的夜香商人所得。[44]

在1903年新警察机构建立前，这些公共厕所通常就是一些用竹席围起来的简单的蹲坑。很快警察发布法令要求厕所必须按照更高的标准修建并且需要分开男女。晚上和凌晨靠油灯提供一点光亮。1918年警察开始向这些厕所的运营者征税用以支付清扫街道的费用。1930年，市政府试图将茶楼、旅店和厕所的税率提高一倍用于建造符合新的国家卫生法令要求的公共厕所。粪肥商人联合会对此表示抗议，他们递交给市政府的请愿书保留在档案里。里面包括对于成都这个行业的历史的简述，解释了它对于当地农民的重要性，并且声称，尽管长久以来不断增加的税费使得这一行越来越难以赢利，但仍然有几百个家庭是靠这些夜香工人的劳动养活的。[45]

在巴金青年时代的成都，社会流动性与人身的流动性紧密相关。能够自由迁徙的人可以有机会离开无法为他们提供更好的生存机会来改变命运的居住地及周边社区。这就能解释为什么像鸣凤这样的女孩如此无助。她永远无法摆脱男女主人的控制。在高家的例子里，监管成都的人试图限制成都城区内部及与周边农村间的人口流动。1911年后的几十年里，街上组织了民兵队在居民区巡逻以威慑小偷，夜间还会设立路障限制进入某些街区。城市的高墙只准行人通过七座城门（其中三座建于1911年后）的一座进入城市，而这座门夜间也会关闭且有人守卫。白天，人们可以自由在街道和城门间穿行，但是警察和军队警卫可以拦住任何一个看起来可疑的人——某个逃跑的学徒或者某个正打算卖掉年轻女孩的绑架犯。

　　成都周边农田的物产能力以及机械化运输手段的缺乏意味着男人可以很容易地在成都平原找到运送产品或者人的工作。这些不断游走的人四处传播省内外的各种新闻，将成都人和周边城镇联结起来。但是在1911年后那些动荡的岁月里，由于多支军队在争夺对四川的控制权，这些人时时都有被强征入伍为士兵或脚夫的危险。一个年轻健康的青年如不想当兵，最保险的就是为城内某个能保护他的富有家族工作或者从事某个行会力量很强大的职业。但是，在巴金年轻时，军队的规模对于自身和猛烈抨击他们的学生来说，还是增长太快了。这正是我们将要讨论的话题。

第五章　学生、军队和军阀：成都的抗议活动和战争

"激流三部曲"中的冲突主要来自两方面：年轻一代和年老一代在意愿上的心理冲突，以及弱势群体特别是年轻女性的绝望。但是《家》中也描写了一段街头战争的经历：当子弹飞过、劫掠的士兵随时可能破门而入时，整个高家都在恐惧中战栗。"激流三部曲"中军队和学生间的冲突贯穿始终。在《家》中的一幕里，高觉慧和他的同学在城中游行，在军总督府前示威，要求总督管束自己的军队，并且对他们造成的损失进行补偿。

这一章反映了一个巴金认为无须解释的事实：1911年起，成都经历了多次政治抗议风潮和敌对军队的侵略。巴金早年间的生活正好赶上许多历史学家所说的中国的"军阀时代"。清朝灭亡后，中华民国于1912年建国，但是国际上承认的民国中央政

府——最早定都于北京（1912-1927）后来又迁至南京（1927-1937）——发现其统治很难扩展到华东以外的地区。第一任总统袁世凯，声望来自清朝末期他照着日本明治维新的榜样训练清朝新军。1911年后，他的政治网络网罗了大量曾在他建立的军事学校里受训的年轻军官。1916年他死后，其中一些人攫取了各省的政治权力，彼此之间开始互相进攻以扩大自己的势力。首都地区和中央政府在1910年代晚期和1920年代早期也几次易手。许多记者和政治活动家把这看作是对共和理念的背叛。他们开始用一个贬义的词语"军阀"来称呼这些军事总督。在四川，从1916年到1935年间，全省的统治权被好几个这样的军阀反复争夺，很大程度上完全与中国东部的政治统治割裂开来。[1]

这一章就来研究清朝灭亡后成都地区的战争史，然后分析全省军事化在巴金"激流三部曲"中设定的年代里对成都的生活和政治有什么影响。五四运动在全国都掀起风潮，它源于对政治不稳定和战争的愤怒，而这两者（同时）又互为因果。但军队长官和平民中的活跃分子间的关系十分复杂。尽管在1920年前后的那些年里，军队与学生间经常发生冲突，但是军总督还是试图既赢得老一辈学者精英（如第二章中所说的五老七贤）的支持，也想赢得像巴金这样富有才干的年轻一代的支持。少数年轻人鄙视军阀，不愿与他们发生任何关联，但还是有一些接受了政府职位。当被1911年革命激发的爱国风潮过去后，没什么城市青年想要参军；大部分军官和士兵都是来自于小镇或农村。这就能解释为什么巴金在"激流三部曲"中对于士兵的描写如此单薄——他既不了解士兵的生活也并不想突出这一方面。

在1910-1940年间，成都地区为什么发生这么多战乱？

中国的历史学家已经发表了多个关于1912-1935年间四川地区复杂的内战历史的研究。1980年代，关于四川军阀的研究在《文史资料》上有厚厚的五卷，详细分析了1911-1934年间四川军阀间的联合、背叛和战争。在这几卷资料里，有上百件不同军队指挥官在那些年间签发的命令和电报文本。[2]四川的很多战争是发生在1911年后的三十年里——1932年，在上海出版的中文《东方杂志》上发表了一篇半含讽刺意味、题为《第467次四川战争》的文章。[3]所有这些纷扰的政治和军事活动在巴金的小说里表现得很模糊，仅仅是用来渲染扼杀了高家年轻一代希望的压抑气氛。

这段内战岁月的种子早在1911年以前军官们纷纷从新式军事学校毕业时就种下了。这些年轻人中大部分在民国最初的十年都正是二十多岁的年纪，信仰国家民族主义且野心勃勃。他们的教官给他们留下了中国面临着被帝国主义势力环伺的危险的印象。许多年轻人像袁世凯一样，想效仿乔治·华盛顿带领国家走向一个富强独立的未来。[4]但是一个稳定的政治框架是容不下勃勃野心的。四川及其他地区想要成为英雄的人放任掠夺周边地区财富和权力的欲望吞噬他们对国家的希望。在四川，结果就是二十年的间歇性战争。这段时期的战争阻碍了全省经济的发展，致使流盗四起、导致帮派统治取代官僚体制并将四川与中国其他地区隔绝开来，也使得四川落得一个野蛮落后的名声。巴金在"激流三部曲"中描写的愚昧无知和反动落后的成都对于中国东部的读者来说是合情合理的，符合他们听闻的四川内战的报道。

表5.1列出了1915–1924年间曾统治四川的政治和军事人物，那正是巴金近距离观察军阀政府的时期。他们是被几个不同的中央政权指派到位置上的，有些仅仅是承认了他们事实上的控制权，而且通常都很短暂。

虽然7岁的巴金可能没有直面暴力，但成都在1911年革命中可是经历过这些的。当年的秋天，清朝最后一任都督的军队在人们抗议他逮捕了几位知名士绅领袖时枪杀了几十个人。很快，城市就被附近地区的民兵包围了。11月，四川省宣布独立。由当地士绅领导的新政府无法支付帮助民兵推翻清朝统治的士兵军资时，部队暴动了，在全城劫掠商店和住户。政令很快就恢复了，镇压了暴动的四川本地人成为接下来几十年间上台的诸多将军里的第一位任职督军。1912年初，四川成为中华民国的一部分。[5]民国开始的几年里，成都总体还算宁静，但是1917年，当巴金12岁时，战争摧毁了城市大部分地区。

表 5.1　1915–1924 年间四川政治与军事最高长官

时间	姓名	职衔
1915 年 12 月 – 1916 年 6 月	陈宦	都督巡按使
1916 年 7 月	蔡锷	督军，省长

续表

1916 年 8 月 – 1917 年 7 月	罗佩金	督军
	戴戡	省长
1917 年 8 月 – 1918 年 2 月	刘存厚	督军
	张澜	省长
1918 年 3 月 – 1920 年 7 月	熊克武	督军
	杨庶堪	省长
1920 年 7 月 – 1920 年 9 月	吕超	川军总司令
	杨庶堪	省长
1920 年 9 月 – 1920 年 11 月	熊克武	督军
1920 年 12 月 – 1921 年 3 月	刘存厚	督军
1921 年 7 月 – 1922 年 6 月	刘湘（驻在重庆）	川军总司令，省长
	刘成勋（驻在成都）	川军第三军军长
1922 年 7 月 – 1924 年 2 月（1923 年夏曾被短期逐出成都）	刘成勋	川军总司令，四川省宪筹备处主任，省长
1924 年 5 月 – 1925 年 8 月	杨森	督理四川军务善后事宜

资料来源：此表并不完整，资料汇编自周开庆编撰的《民国川事纪要》以及四川省文史馆《四川军阀史料》卷3，p585-600里的列表。最高长官的职衔名称经常变化。

1917年的战争与一场反对袁世凯的起义有关。袁世凯并没有共担晚清最著名的革命领袖孙中山的共和理念。但由于袁世凯掌握了清朝的军队，革命者们认为与他做一笔交易来避免冗长的内战是明智的，因此1912年，他被选为民国大总统。1913年，当孙中山的支持者即将赢得国民选举时，袁世凯下令查禁政党迫使孙流亡在外。1915年秋天，袁世凯宣布要复辟帝制，他自己将登基为皇帝，在这个已经四分五裂的国家重建权力统治。诸多省份反对这个决定，因此袁世凯派遣他信任的盟友到全国各地的关键位置上支撑自己的权力。他派到四川的就是陈宦，因为陈宦曾在清末担任四川军事学校的校长，认识四川所有的军官。[6]

但是同时，从四川南部的云南省起兵的蔡锷宣布起义反对袁世凯。[7] 1916年春天，蔡锷的部队大部分从云南和贵州向北方富庶的四川挺进。陈宦试图通过宣布四川独立于袁世凯政府来保住自己的位置，但是很快就在面对蔡锷军的先遣部队时逃走了。

袁世凯死于1916年6月，他的继任者指定蔡锷为四川总督。一个月后，当蔡锷离开成都去日本治病时，他的两个下属军官罗佩金和戴戡取代他成为四川省首脑分别掌管军事和政务。二人之间有些摩擦，而且四川那些参加了反袁战役的军官对于邻省的军队仍然盘踞四川也很不满。三省部队之间在1917年爆发了两次战斗，一次是在4月（图5.1），一次在7月。死了上千人，城市的整个地区都被撤退的部队烧毁了。这次街头战争给巴金和成都的其他人留下深远影响，这些场景也反映在"激流三部曲"中。

想要了解巴金年轻时成都发生的战斗的性质，可以看看那些年在成都任职的军事总督们的职业经历。即使当时只有十几岁，巴金也一定非常熟悉他们的名字和作为。但在"激流三部曲"中，他把他们浓缩成两个模糊的角色：一个是在《家》的开头掌管城市的无名"司令"，以及在《家》的中间章节出现的"张将军"，张将军的军队把司令赶出了成都。这两个角色可能是基于4个在1917–1923年间争夺成都控制权的真实人物的

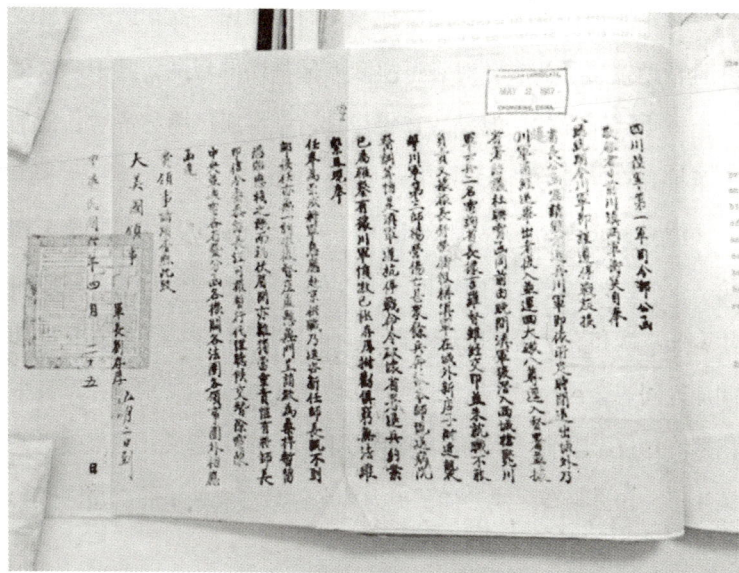

图 5.1 1917 年 4 月 25 日刘存厚给重庆美国领事馆发的消息，描述了四川和云南部队之间的战斗。美国国防部，外务记录，美国领事记载，重庆，官方通信 84.800-811.9.

经历而创作的：刘存厚、熊克武、刘成勋和刘文辉。对他们个人经历的简单介绍可以提供一扇观察在那个动乱年代四川军事政治状况的窗户。

刘存厚，1885年出生于四川一个盐商家庭，1903年进入在成都新设立的四川武备学堂，然后在1907-1908年赴日本学习了一年步兵技术。他在日本的同学中有好几位在1920年代和1930年代中国的其他地方成为著名军阀：阎锡山、孙传芳以及唐继尧。他回国后，在云南陆军讲武堂做教官，在那里他遇见了蔡锷并且加入了孙中山的革命同盟会。在1911年秋季推翻清政府的起义中，刘带领军队赴川支援。1912年他被任命为四川一支军队的长官，并且帮助镇压了几次针对袁世凯政府的早期的叛乱，其中一次就是由熊克武领导的。但是1915年12月，袁世凯声明称帝后，他加入了推翻袁世凯的军队。

　　熊克武（图5.2），跟刘存厚一样生于1885年，也是长于四川。[8]他父亲在成都南边的一个小镇上开着一个小诊所。1904年，熊克武和一个朋友赴日本进入一间军事学校学习。熊在日本期间加入同盟会，1906年被派遣回四川去招募成员，特别是在军官中招募。1911年以前，他就帮助组织了好几次武装起义；但都被迅速镇压了。1911年春，他参加了更为著名但最终失败了的广州同盟会

图 5.2　熊克武（后排正中）在 1923 年参加了他的一位军官的婚礼。Elly Widler, *Six Months Prisoner of the Szechwan Military*（上海：中国出版社，1924 年）

起义。那年秋天，当四川省宣布脱离清廷独立时，他返回家乡帮助组建新的重庆军政府。1913年他率军反对袁世凯，结果被刘存厚打败。但1915年，熊克武与刘存厚在同年的反袁战争中结为同盟。1921年，熊克武与刘成勋一起出兵把刘存厚赶出了成都。在四川所有的军阀中，熊克武最热衷于中国东部的政治纷争，他因此被赶出四川。作为国民党内的主要人物之一，他卷入了派系内斗，1926年更因卷入一起针对蒋介石的袭击被蒋囚于广州。

刘成勋，1883年出生于成都附近的一个村子，他父亲以卖纸和蜡烛为生。跟刘存厚一样，刘成勋也进入四川武备学堂，但他没有去日本留学也没有加入同盟会。1911年革命时，他正随清军驻扎在东北（满洲里）。1912年初，他返回四川成为新共和国派往西藏实施控制的一支军队里的军官。1917年，当反袁胜利的军队间爆发战争时，刘成勋常常改换盟友，试图使自己的军队置身于战争之外。1922和1923年间，当大部分其他军队在为四川南部的控制权争斗不休的时候，他的置身事外使他有一阵子占据了成都。在那两年里，在一场在中国推行联邦制的短命运动中，在成都的省议会宣布四川自治，还起草了新的省级宪法，并且任命刘成勋担任总督。[9] 敌对军阀迅速向成都进军挑战刘成勋宣布统治全省的命令。1923年三四月份，这些军队与刘成勋在成都市郊交火，可能这就是《家》第二十章里描写的战争场面的灵感来源。[10] 1923年夏天，中国的联邦制运动失败了，刘文辉将刘成勋赶出成都，巴金也离开成都到上海去了。

刘文辉是成都西南大邑县一个地主家庭的成员。比上面我们讲过的三个军阀小10岁，他属于罗伯特·卡普（Robert Kapp）所说的第二代四川军阀。这些更年轻的人成长于四川已经陷入战争的时期，因此对四川以外的世界见识不多。[11] 直到1932年被其表侄儿刘湘打败，刘文辉一直是成都地区的统治者。之后刘文辉带领他的军队转移到遥远的四川西部地区，后来国民政府在那里设立一个新的西康省。[12] 第三章我们提到过，刘文辉的兄弟刘文彩在1930年代和1940年代是四川最富有的地主之一，在他们的家乡大邑县拥有很多土地。

刘存厚、熊克武、刘成勋和刘文辉的经历中有三点对于了解"激流三部曲"设定的那个年代的成都特别相关。一是这四个人都致力于把自己塑造成四川统一的希望之光，统一四川是所有军阀宣称的目标。为了达到目的，所有人都与两个政府同时保持联系，一是在中国东部的北京宣称自己在袁世凯死后统治民国的北洋政府（之所以叫北洋政府是因为其主要领导人都来自于袁世凯的北洋军），另一个是孙中山1921年在广州建立的国民党政府。由于四人都希望东部势力承认自己为合法的一省之长，他们从北洋政府和国民党政府那里借用了不少说辞和政令，而北洋政府和国民党政府彼此之间也常互相借鉴。刘存厚和熊克武都加入了同盟会，知道怎样用国民党的革命术语宣讲。但是他们和另外两位也时时注意着北京的政治动向，并且在某些方面接受北京政府的领导。因此1922年，刘成勋在成都建立了新的市政府架构，就像1917年北洋政府在北京做的和1921年国民党政府在广州做的那样。这种愿意采取从东部传来的、看起来很进步的措施的态度对于吸引本地支持来说十分关键，特别是对于那些在北京或国外学习过的四川人而言，他们一直想把新政策引入四川或者发起一场社会革命。

第二点，三刘一熊这四人对于权力都没有足够的安全感，因此无法全情投入像经济发展、教育、治安和其他公共服务这一类民生事务上来。他们需要钱来武装军队，但是又没什么时间在省内为增长经济盈余创造条件。相反，正如在第三章中论及的，他们与富商和地主讨价还价或者恐吓威胁来筹集资金。因此他们与像成都这样的城市社群关系紧张。表面看起来，商会领导对军阀各种赞扬和吹捧，但那只是为了尽量减少军阀在金钱上的要求。同时，尽管军阀们满嘴进步词语，市政管理水平却越来越差。

第三点，军阀们对快钱和武器的需求意味着以长江港口重庆为中心的四川东南部在战略上比以成都为中心的四川西部要重要得多。虽然刘存厚和熊克武在1916年后的数年间占领了成都，但最后都率领军队赶赴重庆试图控制四川南部的盐井和罂粟田，以及更重要的长江贸易。1924年，刘成勋和刘文辉被更为强大的杨森赶出成都地区，杨森就是聚集了四川东南部的势力。从1920年代中期开始，统治四川的军阀是刘文辉的表侄儿刘湘，他就是从重庆起家的。

因此，简而言之，1916年后，巴金看到自己的家乡作为经济和政治中心的重要地位迅速衰落了。对于城市的控制权常常在军阀间转移。虽然这些军队领袖都声称追求进步，但是连年争斗的压力使得他们不断压榨城市资源，使本地人口和精英阶层都站到了对立面。他们的军队通常军纪也不好。当一支军队取代另一支时，往往给城市造成巨大损害。最糟糕的情况发生在1917年4月和7月，但在1920年代，类似的威胁到成都的争斗几乎每年都要发生，也包括新的联邦省宪法刚刚起草的1923年。[13] 1932年，另一场发生在刘文辉和其表侄儿刘湘间的战斗再次摧毁了成都的许多房子，夺去了很多人的生命。

战争对城市的影响

巴金在《家》第二十章描写了高家的长辈躲在花园里，只有觉新一人站在大厅里准备抵御可能会冲进来的劫掠者保卫自己的家。这种恐怖感很好地反映了我们从1917年成都之战的无数目击者的叙述里了解到的街头巷战的情况。有一篇写于1970年代的文章详细写道，罗佩金的滇军分成两部分分别位于城市边缘的东校场和城市中心的皇城。皇城是清朝时总督主持科举考试的地方。1911年前后，在皇城这块位于城市中心地带高墙围起的长方地块里，建立了学校和省级造币厂。1916年，滇军在此成立。刘存厚的川军则驻扎在北校场和北大门外。戴戡的贵州部队驻扎在东大门外的兵工厂。这篇文章的作者叫黄爵高，1917年他23岁，是刘存厚军中一名骑兵军官。

作为一名忠诚的四川之子，黄爵高把三军间的紧张关系归咎于滇军的傲慢。他说滇军派遣士兵在街上巡逻，为首的一人举着一块标牌，上面写着一个大大的"令"。他们碰到其他士兵和警察都要求向其行礼。黄写道，滇军打了好几个正在执勤没能正确行礼的警官，还偷商人的财物。[14]据黄所说，战争爆发于1917年4月中旬，罗佩金感到被一群川军给威胁了。他计划在东校场——也就是巴金家附近——审查他们，并且叫自己的士兵解除了这些川军士兵的武装。这群半裸着被遣散的士兵怒气冲冲地在城里奔跑，直到另一支川军单位给了他们刀并且鼓励他们去攻击滇军。滇军很好认，他们的军服有红色绲边（川军的军服是全灰的）。一些平民也加入了此次攻击。

滇军也开始反击。从他们驻扎的东校场，滇军抓出超过1200名四川士兵、警察和平民，处决了他们，把尸体隔着城墙扔进了顺城而流的河里。[15]于是其他四川部队也开始攻击滇军。城中黔军首领戴戡宣布中立，并且呼吁双方把城市主要商业区设为中立区。刘存厚把他的炮兵部队带进城。就在西校场旁的城墙上摆开阵势，然后开始用炮弹猛轰罗佩金位于老皇城的司令部。罗随后宣布投降，在由戴戡斡旋签订的停火协议规定下，滇军在战斗开始一星期之后通过东校场南边的新东大门离开成都。

黄爵高把1917年黔军和川军间爆发的第二场战斗归罪于戴戡的野心和疑心。当月，在北京的一个军事领导人试图复辟清朝，把1912年放弃抵抗的退位废帝、年仅10岁的溥仪推回皇位。溥仪的顾问希望刘存厚支持皇帝的政府，任命他为四川总督。当任命发布后，戴戡指斥刘存厚背叛共和。他的军队于1917年7月5日对刘的军队发起进攻。戴戡将他的部队集合在皇城，然后给成都南部的罗佩金送信，要他返回成都击败刘存厚。

刘存厚一度曾炮轰皇城，但不太成功——炮弹击中了皇城外的住宅，杀死了不少非战斗人员。吃苦耐劳的黔军用长矛来反抗试图攀上皇城城墙的川军士兵。最后，他们粮食耗尽试图从皇城突围，但是被川军给逼了回去。不过撤退时，他们在皇城南部的地区放了把火，烧毁了数以百计的房屋。于是川军决定在城墙下一个挖了一半的地道里塞进一具装满炸药的棺材，在皇城城墙上炸开一个洞。巨大的爆炸将城墙炸开一个3米宽的缺口。川军从此处拥入，却很快就被发现此地有条隧道的黔军部队掐断。川军在城市周围打出横幅悬赏5万银圆活捉戴戡，如果将他的人头带给刘存厚则奖赏2.5万银圆。最后，黔军余部请求撤退。但黔军并没有撤退，而是理所当然地占据了南大门，开始放火并用剑和矛攻击川军。被打回皇城里面后，黔军最终还是投降了，只有极少数幸存者离开了成都。黄爵高和他的战友接受了清理皇城的任务，他说所有人都被腐烂尸体的恶臭恶心吐了。

1917年的死亡和破坏影响到了成都的每一个家庭。第三章提到，6月份，成都商会的前会长、成都最大的印刷公司总经理——樊孔周，在去重庆请求中央政府代表制止战争之后，被暗杀了。[16]而巴金自己也目睹邻居家的一个仆人就在巴金家大门口被枪杀身亡。战争期间，许多人生了病却得不到治疗。巴金的父亲就在1917年4月后的一次突发冲突中，死于白喉。[17]巴金的老师吴虞挚爱的妻子曾兰也因离家躲避1917年4月和7月的战乱时受到刺激又感染疾病离世。7月，吴家到一座孔庙避难，吴虞还趁此机会反思了有毒的儒家思想依旧在影响中国。[18]1917年春夏，寺庙和学校里都挤满了不想在西校场和皇城的交火中丧命的惶惶不安的难民。

对城市和居民的伤害引起广泛的愤怒和憎恶。吴虞对军阀的反感非常强烈，后来他拒绝了刘文辉请他为刘母大寿写贺词的委托，哪怕刘要送2000银圆的润笔。[19]成都的报纸开始大肆使用"军阀"和丑化士兵的"丘八"等词语（"丘八"即是把"兵"字上下拆开）。[20]城里冒出来一系列讽刺军阀的文章，其中的佼佼者是一个名为刘师亮的商人，他的生意在1917年的战争中毁于一旦。后来在1920年代，他成为著名的讽刺打油诗作者和出版人，这些打油诗都是讽刺谴责四川这些口头"统一者"的。[21]

重建很快就开始了，但是被飞涨的木头和其他原材料价格所阻碍。由成都卫理公会教堂出版的《华西教会信息》记载，由于成都西边的都江堰堤坝缺少维护，由西藏高原顺岷江下来的水改了道，使得成都环城的河道完全干涸了。木头没法从山里顺水路运到城中。据估计，1917年7月约有1.7万个成都家庭无家可归。[22]1909年从一家德国公司购置的用于给照明供电的发电机组在1917年也被损坏了，直到1923年才被完全修复。[23]由于黔军是用煤油在城市中心区放的火，在接下来的数年里，成都和四川其他城市的警方严格限制煤油的销售，并且规定它只能用于取暖。这使得标准石油公司请求重庆美国领事馆向成都的省政府递交了抗议。[24]金融不稳定和财务压力挥之不去。受伤的士兵在城中聚集起来要求发饷，1917年后的数年间，商店经常被抢。[25]

战争对于四川和成都在中国其他地区中的名声影响也很大。

1932年"双刘"（刘湘和刘文辉）战争之后，随着《家》的出版，四川和成都的声名跌入谷底。全国人民都可以用报纸上刊载的1932年成都巷战的情境与《家》中描写的类似的战争（脱胎于1917和1923年的战争）场面做比较。但是早在《家》的出版把成都的形象定型为黑暗和充满压迫之前，1917年战争已经因其野蛮而著名了。1917年6月，民国总统私人捐助2万银圆同时要求中央财政拨款10万元给成都，赈济那些在4月的巷战中遭难的民众。[26] 这些钱最后是否到了需要它的成都民众手里不得而知。频繁爆发的战斗使得在四川出行变得十分危险，也加剧了四川与华东地区的隔绝。[27]

除了对人命、财产和四川的名声带来了损害，民国初年的战争还从两个重要的方面改变了成都的社会经济秩序。第一个是时不时爆发的城市在军阀间易手的危机，使得成都需要合适的居间人来调停各方间的谈判以减少对城市的损害。[28] 在这项事务上涌现出我们在第二章讨论过的士绅领袖（"五老七贤"）和在成都居住的知名外国人两个群体，这种调停在1917年不太成功，不过后来起了些作用。在成都的外国社群很小，1917年，不超过100人。成都有英国、法国和日本领事馆（美国领事馆在重庆），以及华西协合大学，美国基督教青年联合会（YMCA），外国人开设的医院和教堂。外国人的外部筹资渠道（有时他们也会借款给军阀）、可借助的外部力量（他们会威胁呼吁中央政府或者他们自己政府的干预）以及中立声明使他们获得了在冲突各方间调停的机会。1916–1922年间的英国总领事梅里克·休伊特在1917年就特别活跃。他与冲突各方谈判，并且用香烟贿赂滇军要他们离开领事馆所在区域。在回忆录里，他声称他的邻居们十分感激赠送给他丝质匾额盛赞他挽救了大家的性命和财产。[29]但休伊特反对其他外国人介入中国政治。战争结束后，他给重庆美国领事馆写了一封措辞强硬的信，抱怨YMCA秘书罗伯特·塞维斯鼓励刘存厚，妨碍了他的谈判。[30]在1923年那个紧张的春天，刘成勋有被赶出成都的危险，他的总参谋长就向华西协合大学的校长约瑟夫·比奇（Joseph Beech）询问他与刘是否可以在校园暂避，比奇则建议他们问问加拿大医院。[31]

在第二章里提到，军阀通常对成都"五老七贤"都很恭敬，这使得像巴金这样的激进分子认为这是传统势力与军阀的狼狈为奸。但是许多成都人都因为这些老一辈士绅领袖试图制约军阀而充满感激。对外国人的观感最初也是如此。认识罗伯特·塞维斯和休伊特总领事的人在1917年和此后的数年里敦请他们站出来拯救城市。但是渐渐地，越来越多的成都人开始把外国人看作问题之源——他们在欧洲和美国的同胞把军火卖给这些军阀，从无休止的中国内战中渔利。[32]1919年五四运动唤起了反帝国主义风潮并且在全国蔓延开来。在第七章里我们将研究五四运动，届时我们将看到，直到1926年五四运动才会对成都的外国人社群产生较大影响，此时巴金已经离开这里很久了。

士绅贤老和外国人在处理成都军事危机方面扮演重要角色，但跟大部分人的日常生活却没什么关系。在巴金年轻时那些军阀互相倾轧的岁月里，由于在公共事务方面缺乏稳定管理，成都的民间开始进行不怎么顾及政府正规制度的自我管理。虽然每一个统治成都的军阀都会在某种程度上支持警察体系，允许他们向旅馆和妓院征税，允许地方组建民兵在区域内巡逻。纷争常常会拿到茶馆而不是法庭上解决。公办教育体系没什么发展，大部分人是在那种只有一个老师带一大群学生的小型私立学校学习读写。[33]

1916年以后成都正式体制的衰退助长了一种完全不同的组织的发展，人们通过这种组织运用权力管理社会生活。历史学家和其他观察者们给这种组织起了好几种名字："秘密社团"、"帮派"、"兄弟会"等。巴金年轻时的成都人称呼它"袍哥"[34]。袍哥的起源模糊不清。虽然是非法的，但是这个组织晚清时代就已经存在了。跟西方的共济会一样，这些人开设山堂，举行入会仪式，发誓像兄弟一样彼此支持。1911年后推崇他们的人编写的历史说他们组织起来主要是为了推翻清朝满族统治者，他们认为满族人是不具合法性的外来侵略者。但是很少有证据支持这种说法。但袍哥的山堂在1911年四川革命里扮演了支持的角色，这为他们在民国早年间赢得了爱国的名声。

1916-1949年四川内战时期，袍哥山堂和成员的数量大幅增加。这主要有两个原因：首先是像刘文辉和刘湘这样的军阀出资扶助山堂以便打入当地的社会网络来获得省内支持。其次，由于缺乏有效的政府机制，这些山堂在四川的农村和城市地区都构成了管理地方事务的基础。到1920年代，成都的每个区域都开设了袍哥山堂。这些山堂的堂主都是著名的商人，监管新人入堂，收取保护费，管理巡逻本地区域的民兵，同时也作为警察和军政府当局在本地的联络人，一些警察机构和军政府当局甚至开设了自己的山堂。

士绅家庭通常是不会参与袍哥活动的，巴金在"激流三部曲"中也没提到他们。不过巴金的长辈们大概知道本地的袍哥首领是谁。1920年代，袍哥山堂的普及塑造了成都的社会互动形态。袍哥文化接受赌博、鸦片以及卖淫，其兴起对成都的两性政治也有重要影响，我们会在第六章讨论这个话题。袍哥管理模式的特征是内部联系紧密，层级明显，尊崇中国传统侠义，这使得它与巴金这样的人拥护的民主观念形成对立。我们会在第七章讨论这一点。作为四川军阀斗争的产物，袍哥在巴金的青年时代是成都生活的中心要素。

军阀与学生：矛盾关系

在1920年代的华东，有些军阀与那些新兴的、意识形态很吸引人的政党关系密切。曾于1907–1911年在日本学习军事理论与实操的蒋介石拥护孙中山的三民主义，在1925年孙去世后成为国民党的领袖。生于四川、在邻近的云南进入军事学校的朱德，在1927年共产党与国民党决裂后，将自己的命运与共产党绑在了一起，成为最有名的将军。但大部分争夺四川的军阀并不重视意识形态倾向。也许他们不觉得意识形态对于号召支持者很重要。不过由于他们也在与东部的军阀们谈判，所以他们可能打算视情况而定。

五四时期四川的一些统治者鼓励学生运动。同为国民党党员的熊克武和杨庶堪有段时间曾共治四川，他们就支持1919年12月学生抵制成都商人售卖日货。在商会的办公楼前，400多名学生与300名商人爆发了冲突，学生毁坏了办公楼，并且押着28名商人作为叛国者游街。当时城市的统治者是杨庶堪，他发表演讲表达了对商人的同情，但是拒绝处罚学生示威者（更多细节请参见第七章）。[35]

在第二章中，我们已经了解到，1920年代初，并不是成都所有的年轻人都像巴金那样憎恶老的士绅文化。同样，也不是所有受过教育的年轻人都鄙视1910年代和1920年代试图统治四川的形形色色的军阀。一般成都的年轻人会向军阀请愿陈情那些他们最关心的问题：公共教育资金缺乏、士兵在城中挑事等。在《家》的第九至十一章，学生与军总督之间的这种关系有所反映，他写道，士兵们强行冲进学生们的演出现场，打砸剧院，殴打试图抵抗的学生。高觉慧和朋友游行到督军府前要求赔偿。最后，督军出了两张告示敷衍学生，并且叫秘书长写信代他向学生联合会道歉，还保证学生以后的安全。接着报纸上又刊出了城防司令部严禁军人殴打学生的布告。据说捉到了两个士兵，供认是那天动手打学生的人，他们已经受到了严重的处罚。[36]

这个事件真实地反映了1920年和1922年成都发生的学生和士兵之间的冲突，地方档案中记载完备。1920年11月，士兵们打断了少城公园附近的一场球赛，学生们奋起抗议，最终变成斗殴。公园管理者向警察提交了这场冲突的报告（图5.3）。当学生们的

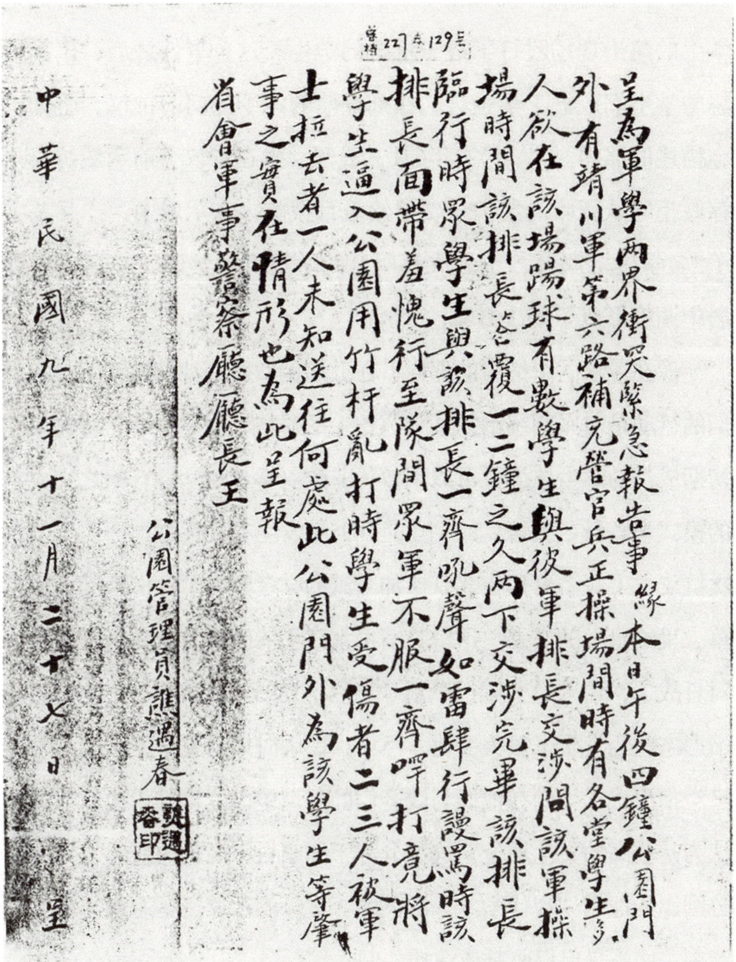

呈為軍學兩界衝突緊急報告事緣本日午後四鐘公園門外有靖川軍第六路補充營官兵正操場間時有各堂學生多人欲在該場踢球有數學生與彼軍排長交涉問該軍操場時間該排長答覆一二鐘之久兩下交涉完畢該排長臨行時衆學生與該排長一齊吼聲如雷肆行謾罵時該排長面帶羞愧行至隊間衆軍不服一齊嘩打竟將學生逼入公園用竹杆亂打時學生受傷者二三人被軍士拉去者一人未知送往何處此公園門外為該學生等肇事之實在情形也為此呈報

省會軍事警察廳廳長王

公園管理員譙遇春

譙遇春印

中華民國九年十一月二十七日 呈

图 5.3 少城公园经理给成都军警总长提交的关于 1920 年 11 月 27 日学生与士兵之间的斗殴报告。成都地方档案，fond 93-6，文件 227

诉求没能得到满足时他们罢了课。刘存厚的手下居中调停结束了罢课，但是随后，就像在《家》中呈现的那样，士兵们强行闯入学生的演出现场殴打了敢于抵抗的学生。这个事件之后，出离愤怒的学生们成立了学生会，在刘存厚的司令部门前抗议，就如巴金描述的那样。[37] 1922年6月，成都学生在省议会前示威抗议刘存厚拒绝从征收的猪肉税费里给教育拨款。在示威中，士兵杀害了3名学生抗议者，于是成都所有的学校再次罢课。最后，士绅居中调停形成了解决方案。[38]

像在《家》中描写的那样，在五四运动新精神的推动下，学生们的行动是对军阀统治的某种道德上的对抗。另一方面，1920年代初期成都的学生抗议也可以用效仿非政府学者与学者官僚之间成熟的模式来解释。最著名的例子是1895年发生在现代中国历史上的一次抗议，上百名聚集在北京参加殿试的学者签署了一份由康有为起草、呈给皇上的文书：这份陈情里批评了清政府官员和军官输掉了对日战争，请求皇上进行革新。当然，1895年到1923年，中国的政治形态已经发生了很大变化。然而，民国时期研究学生运动的学者已经指出，学生们在他们与政客们的互动中已经得益于他们普遍被认为是较高的文化地位，这部分源于儒家科举文化的遗泽，另一部分则源于他们"现代学术"的关系。官员们往往还是愿意与学生们谈判，而不是仅仅驱赶或逮捕他们。[39]

受过教育的巴金的同辈人有时会利用这种文化地位来充当军阀政府的外部批评者——作为记者、教授或者小说家。一些人试图远离政治。而另一些人仍愿意为军阀工作，许多军阀也很积极地招募他们。那些在成都接受军政府公职的巴金的同龄人通常没有他那么有名，但是人数不少。一位年纪比巴金略大、名叫孙少荆的年轻人在1919年帮他的老师吴虞和同学李劼人编辑一份进步报纸，随后他去日本和德国留学学习城市管理。[40]1923年回国后，他为新成都市政府工作。孙少荆常与吴虞讨论政治，向他讨教关于地方政令的建议。1927年无名凶手在成都杀害了孙，吴虞在他的日记里表达了震惊沮丧之情，他发誓远离政治像一个隐士那样生活，以免像孙那样死去。[41]

　　1920年代末期，国民党在蒋介石委员长的领导下，成功地在南京建立了一个获得国际认可的政府，所有的四川军阀也表示支持政府和三民主义。是否跟某个特定的军阀合作可能仍是很难抉择的，但是选择跟政府合作大概不像1920年代初期军阀混战时那么难。

四川军阀军队中的士兵

　　到1919年，川军数量从1911年革命时的5.3万增加到30万。[42]他们是什么人？他们为什么愿意拿起武器参加诡计多端的军阀间无意义的战争？他们是不是像巴金在"激流三部曲"中描写的那样对待成都居民蛮横而粗暴？不幸的是，历史资料无法提供太多能回答这些问题的证据。[43]

　　出现在档案资料里的普通士兵几乎都是无名恶棍。跟成都警察和市政府的档案不同，川军军事单位的详细资料，就算是有也早已不可考。警察档案里最常见的关于士兵的报告都是关于士兵攻击警察阻挠他们执行公务的。比如1922年，成都警署向刘成勋递交一份报告，陈述说有警官告知某些士兵不得在护城河里裸浴。结果士兵打了这些警官而且尾随他们到派出所，砸毁了家具还偷走了三把剑和三条皮带。刘成勋下令彻查并且重罚了肇事者。[44]警察档案里还充斥着财产被无法辨认身份的士兵损毁或者偷走的个人或者机构的请愿书。无疑军队军纪散漫在1910年代和1920年代的四川城市里造成了很多破坏和祸患。特别是在政权交替一支部队取代另一支部队期间。而且，当军队进城时，士兵们往往会逃跑藏匿起来。[45]这种时候，体格健全的男人就面临被迫当随军苦力的巨大风险，也就是把军事装备从一个据点运到另一个据点的脚夫。1917年，在重庆的一次权力更迭期间，美国领事馆给它所有的工人都配备了特别的袖章，上面印着军事禁令，禁止骚扰佩戴臂章的人或者强征他们为劳工。[46]

　　那么是不是也有许多士兵是被强征入四川军阀的队伍的？有时也许可能，不过大部分还是自愿的。历史学家戴安娜·拉里（Diana Lary）写道，跟强征苦力不同的是，民国时期强征士兵入伍很少见，因为这会使得需要时刻保持警觉的队伍变得不可靠。她认为，大部分新兵都是穷苦农户家的幼子，他们没有太多养活自己的方式，而且发现繁重的乡村劳作单调得无法忍受。[47]或许他们中的一些人还听说过一个普通士兵晋升为将军的故事。最著名的例子是以华北为根据地被称作"基督将军"的冯玉祥。不过大多数新兵入伍只是为了有吃的能发饷，以及这种流动性可能带来的新机会。

关于1920年代的四川士兵最丰富的描述见于李劼人1927年发表在中国读者最广泛的刊物《东方杂志》上的小说，这正是他从法国学习文学返回成都几年之后。[48]小说名字叫《兵大伯陈振武的月谱》，故事的讲述者声称他收集的故事是来源于与一个乡村旅店偶然遇见的士兵的详谈。这个故事当然是虚构的。[49]但是很明显李劼人是打算用它来反映1920年代中期四川士兵的真实生活。他跟巴金不同，巴金希望"激流三部曲"成为对成都文化中压迫剥削的一面的控诉，而李劼人的小说也许我们可以称之为社会学的——他小说里用现实而充满同情的笔触描写了成都社会的方方面面。作为1910年代和1920年代成都普通士兵详细史料的替代品，李劼人的虚构性描述在本章末尾为理解成都的战争提供了一个很有价值的视角。

根据李劼人的描述，兵大伯陈振武是陈家的第三个儿子（陈老三）。他23岁那年，一场大旱席卷了他所在村子的土地，由于所有农民都被地方政府强制种植罂粟，他们没有存粮来帮他们度过接踵而来的饥荒。与其待在家里看着他的寡母和妹妹饿死，陈选择出发到成都寻找工作。在一个茶馆歇脚的时候，他看见一张为盘踞成都的军队征兵的海报，决定应征。他的新指挥官说他的名字"老三"太普通了，给他起了一个更响亮的名字：振武，即"振奋武学"。

陈振武开始当兵的时候啥也不懂，但年纪比同时的新兵都大，那些人的平均年龄不过15岁。讲述者说，军官都喜欢年龄小的士兵，因为更好驾驭，而且在战场上比年纪大的人更勇于冲锋。很快陈振武就与一些老兵混熟了，他们教他如何从他们穿的这身军装"虎皮"上得益。陈也开始享受恐惧的市民对他的恭敬——在他的人生中，第一次被尊称为"先生"。很快他和他的同志开始收保护费：米商付给他们钱，就可以保留一些陈和同伴奉命代表军队征收的稻米。他们调戏一个带着孩子独自赶路的女人，他们敲诈一个不顾官方禁赌令沉迷麻将的家庭。虽然城墙上早就贴满了要求士兵不得为恶的布告，陈振武和他的伙计们却发现可以利用的机会实在诱人不能放过。

陈振武慢慢习惯了随意施暴。成都的军队司令（很明显是以杨森为原型）正与他的妻妾们在官邸打麻将，忽然听到街上一阵骚乱，亲自出来查看。是陈和朋友设的赌局引起的斗殴。斗殴者身份未明，但是司令的侍卫抓住了一个恰好待在此地的木匠和一个轿夫。虽然他们不承认与此事有关，司令还是拔出手枪射杀了他们以儆效尤，警示那些今后胆敢赌博和斗殴的人。

最后，司令被另一个军阀赶出成都（这正是1925年李劼人目睹发生在杨森身上的事），陈振武和他的同袍以及被强征的苦力们不得不开出城外。接下来的几个月里，他目睹了枪决逃兵，帮他的同志们摧毁了一个他们奉命要占据的村庄，强奸了村里的妇女，还参与了对一个战败的城市的劫掠。最后，在围攻一个乡镇时，他这支部队的指挥官转投敌军，并且命令陈振武的部队攻击从前的盟友，因为敌军的指挥官恰是他的老上司。在这次战斗中，陈振武趁乱带着他抢来的战利品溜走了，他打算到成都当个小商贩。但是他的计划破灭了，去往成都的路上，他落脚过夜的小镇小旅店老板报告了民兵，民兵队长指控他是逃兵并且威胁要把他交出去处刑。陈振武只能屈服，他把他的不义之财交给了民兵换来自由。然后他给也在这个小旅店落脚的故事讲述者讲了他不幸的故事。听故事的人问他"你现在打算做什么"？他的回答是"回去当兵"。没有什么更好的营生能说服他动摇这个决定。从陈振武的角度以及他所看到的这个可悲的世界考虑，陈振武只是简单地回答没有更好的选择——他的衣食有人负担，他有大把捞钱的机会，虽然他得忍受长官欺负他，但是他毕竟可以在平民面前做大爷。

　　李劼人富有想象力地描写了一个单纯的乡下男孩靠着枪杆子和些许顾虑变成一个精于算计的机会主义者，这合情合理地填补了我们的历史认知以及巴金的成都生活图景中的空白。"激流三部曲"中与学生打斗以及威胁到高家生命财产安全的士兵没有名字而且形象单薄，但在成都的历史中一定有真实的对应（就像陈老三一样）。他们有自己的名字和故事。

第六章　琴表妹：成都与"新女性"

1930年代和1940年代的中国年轻女性很喜欢巴金的"激流三部曲"。巴金和他的妻子就是在她1936年写给他一封读者来信后相识的，那封信只是全国的女学生给他写的信中的一封而已。《家》中描写了一个坚强、聪明、富有同情心的女性角色——琴，她是高老太爷的外孙女（即他女儿的女儿，在汉语里称之为"外孙女"）。由于《家》在女性读者中引起热烈反响，巴金在"激流三部曲"的第二部《春》中将高老太爷幸存的长孙女高淑英作为主角。淑英和高家其他年轻的女性都面临着接受长辈给她们安排的生活的压力，包括与从未见过的陌生人的包办婚姻。对1920年代初期的大部分人来说，试图取悦父母的同时，她们也致力于抓住新女性出现的这一契机。但是，正如巴金的读者熟知的那样，挑战传统绝不容易，甚至很危险。1930年代中国的许多年轻女性都希望能得到如巴金所虚构的琴这样的"新女性"的指导和道义支持。[1]

琴的经历跟婢女鸣凤一样痛苦。在《家》的第二十二章，当无休无止的省内战争打破了琴对未来的憧憬，作者用生动的语言表达了她的困境。想到可能在迫在眼前的街头战争中被强奸，她开始无助地抽泣，"悲伤她的梦景的破灭"。

> 她努力多年才造就了那个美妙的梦景。她奋斗，她挣扎，她苦苦地追求，才得到一点小小的结果。然而在恐怖的面前这个结果显得多么脆弱。旧社会如今又从另一方面来压迫她了，仅仅在一刹那间，就可以毁坏她十几年来苦心惨淡地造成的一切。易卜生说的"努力做一个人"，到了这个时候这种响亮的话又有什么用处？她哭了，不单是因为恐怖，还是因为她看见了自己的真实面目。在从前她还多少相信自己是一个勇敢的女性，而且从别人那里也听见过这样的赞语。然而这时候她才发见自己是一个多么脆弱的女子。她也免不掉像猪羊一样在这里等待别人来宰割，连一点抵抗的力量也没有。[2]

琴这些痛苦的思索也表明，四川的连年战争也塑造了青年们试图挑战家庭专制和社会传统的社会环境。这一章研究20世纪早期成都士绅家庭里的妇女地位，以及如果现实中的"琴"生活在1910年晚期到1920年早期动荡不安的岁月里，她的地位发生了怎样的变化。

当我们研究1911年革命后上流社会女性生活时，我们需要特别注意包括巴金在内的1920和1930年代作家创造了特定的表达来展现他们称之为"传统中国"、"儒家中国"或"封建中国"对女性的压迫。活跃于那个时代的许多知识分子相信，他们正在见证一个民主进步的新中国的诞生，它将很快取代他们认为是停滞不前的腐烂的旧中国。他们往往会简化、同质化和谴责中国历史的许多方面，特别是中国社会的女性地位。[3]对于"中国传统女性"的一种刻板印象就是顺从、无知、囿于家庭、只关心抚养孩子和奉养老人。正如历史学家多高彦颐（Dorothy Ko）认为的那样，最主要的是，"裹脚是对传统中国阴暗面最直接的描述"[4]。中国文化的批评者们对中国历史的歪曲常常得到利益相关的旁观者的佐证，包括从美国和欧洲来的基督教传教士，他们会强调中国生活中看起来特别蒙昧的部分，以及中国需要基督教。[5]像高和曼素恩（Susan Mann）这样的学者则对1920年代深植人心的中国女性的普遍观念提出了质疑，我们会用她们和其他一些人的研究以及成都的资料来扭转像巴金这样的作家有时会持有的成见。

然而，仔细研究像琴这样回应女性平等新思想、也试图在1920年代早期就承担新的社会角色的成都女孩面对的社会环境，（也）可以让我们真正了解她们面临的挑战。军阀主义和文化上的保守抵制联手对敢于藐视传统的女性和与这样的女性同一战线的男性造成了威胁。

上流社会女性受到的教养与教育

在“激流三部曲”中，琴最大的愿望是她可以被允许进入她的表哥高觉民和高觉慧就读的外国语学校学习。年轻人常常讨论男校开始接收女生的可能性。在某个时候，他们觉得这马上就要发生了：接管了城市的军阀想把他几个年轻的小妾送进大学，所以宣传男女同校的想法。

这一部分是有现实基础的。1924年杨森将军开始敦促高等教育学校接收女学生，在此之前成都的教育机构都是男女分开的。女校几乎都相当于小学。1930年代知名的胡兰畦（比巴金大几岁）在回忆录里她写道，1905年她进入成都第一个私立女校学习，这所学校由一位从邻居那里学习读写的年轻寡妇开设。跟那时的男校一样，学生要敬奉孔夫子，每天早上要对孔夫子的画像鞠躬，要背诵《三字经》——一本文字简单包含基础词汇的道德读本。[6]

1911年革命前后，外国传教士和一些著名的中国人士开始为女孩开设小学和中学。[7]巴金的老师吴虞就把女儿送进美国卫理公会中学和法国天主教中学学习。但巴金那个时代大部分的贵族女子都是在家接受教育的。巴金关于高家女孩接受教育的描写应该直接来自他对家中姐妹和表姐妹教育经历的回忆。在《家》的第十一章，大哥高觉新的妻子瑞珏回忆起和姐姐在孩童时代写诗以及跟母亲学习养蚕的情景。巴金自己的母亲也教孩子诗歌和养蚕。[8]

在清朝，往往是教书先生教贵族家庭的女子读写，父母和年长的手足有时候会教女孩画画和写诗。[9] 数个世纪以来，少数女子会因为成为出色的诗人或艺术家而知名。每个成都人都知道薛涛的故事，她是唐朝一个受四川节度使赏识的乐伎，以诗歌和造纸技术闻名。她汲水造纸所用的井千百年来已成为当地的名胜。[10] 但是公元907年唐朝覆亡后的数个世纪里，对于两性的预期已经发生了变化，贵族女性渐渐退出公共生活。到清朝，像华东常州张家小姐这样颇有成就的女诗人，大部分时候只能在家族内部分享她们的作品。她们获得的名声主要来自自己儿孙赞颂她们的文章或者儿孙结集她们的诗歌成册以为纪念。[11]

正如第二章所论，很明显，无论对于男性还是女性，诗歌在巴金那时的成都贵族生活里居于中心地位。巴金的祖母就写诗，他的表姐妹们也会写诗，巴金的小说里也有提及，在《家》第十三章的一幕里，高家男女一起玩一个要求他们背诵诗句的饮酒游戏。但是高家小姐所受的教育不仅仅是诗歌，巴金就展示了高老太爷第五子的女儿高淑贞背书的场景。高觉慧听淑贞背诵《女四书》中的段落："喜莫大笑，怒莫高声。坐莫动膝，立莫摇裙。"这些给女性的基础的文本教导她们要顺从、严格地控制自己的身体、压抑自己的情感。年长的女孩要读那些强调自我牺牲的故事。在回忆录中，巴金回忆起在他五六岁时曾在姐姐房中找到一本《列女传》的图画本，画里面美丽的女子都在受苦：

多么可怕的图片！我不明白！我问我那两个姐姐，她们说这是《列女传》，年轻姑娘要念这样的书。我还是不明白。我问母亲，她说这是女人的榜样。我求她给我讲解。她告诉我：那是一个寡妇，因为一个陌生的男子拉了她的手，她便当着那个人的面把自己的手砍下来；这是一个王妃，宫里发生火灾，但是陪伴她的人没有来，她不能一个人走出宫去，便甘心烧死在宫中。[12]

20世纪初，报人傅崇矩开始出版《通俗画报》，他借用《列女传》图文并茂的艺术手法来警示各种不当行为。比如说（图6.1），成都附近一个镇上有位妇女声称自己有通灵能力，并且把她年轻的侄子侄女也卷入她罪恶的活动里来，于是就被上天报复她的闪电击中了。

在20世纪初，这种类似《列女传》的文本常被用于女性教育，恰如基督教《圣经》在早期美国教育中的作用一样。但是，人们到底相不相信这些是个问题。[13]胡兰畦回忆道，小时候，她是被完全不同的一种故事激励的：一个出身贵族、1904年离开丈夫和孩子赴日求学的女子——秋瑾，她的牺牲出于完全不同的原因。在日本时，秋瑾参加了革命团体，密谋通过刺杀官员推翻清廷。1907年回国执行计划时，她被捕并且被杀害了。1911年革命后，她被宣布为烈士，并由此著名。[14]胡兰畦不是从书本上知道秋瑾的，而是从女邻居那里。秋瑾的故事很可能是通过华东的报纸和信件传到成都的，然后这故事又在茶馆里传播开来，男人们常常坐在茶馆聊上数小时，然后再把听到的逸闻带回家中。[15]

图 6.1　发表于 1912 年的《通俗画报》，画上一位号称能通灵的妇女被闪电击中。《通俗画报》（成都），1912 年第 3 期

　　巴金没在“激流三部曲”中提到秋瑾，但他提到其他的女性榜样。在上面引用的《家》的段落里，琴痛苦地想起易卜生说的“努力做一个人”。这是从挪威剧作家亨里克·易卜生（Henvik Ibsen）的剧作《玩偶之家》（1879年在丹麦首演）中来的，1918年译成中文后，它在中国极受欢迎。在戏剧的结尾，主角娜拉离开了她物质上很舒适但充满压迫感的家庭，进入挣扎的未知世界，她希望在那里能认识自己，获得情感上的满足。到巴金写作《家》（其结尾与《玩偶之家》类似）的时候，《玩偶之家》已经成为中国关于妇女在社会中的位置议题的核心文本。[16] 对年轻的巴金来说，更重要的一个女性榜样是现实世界中的俄国革命家索菲亚·佩鲁斯卡娅（Sofia Pevovskaia）。佩鲁斯卡娅在1881年参与了刺杀沙皇亚历山大二世，试图推翻俄国政府，最后被处以绞刑。巴金的传记作者奥尔加·朗（Olga Lang）发现巴金笔下的女主角跟19世纪俄国的人民党和无政府主义者极为相似。在“激流三部曲”中，琴和淑英都把积极参与政治的佩鲁斯卡娅作为自己的偶像。[17]

　　1902年，佩鲁斯卡娅的经历出现在上海出版的一本流行小说里，小说名字叫《东欧女豪杰》。[18] 1927年在巴黎，巴金为她写了一本传记。但是他在1923年赴华东以前大概没有听说过她。[19] 更有可能的是，1920年成都没有任何一个年轻女子听说过索菲亚·佩鲁斯卡娅的任何事情。然而1911年前后从中国东部传到成都的政治和文学杂志开始向年轻人介绍著名的女性活动家，比如中国妇女活动家唐群英、美国无政府主义者艾玛·古德

曼（Emma Goldman），以及日本女诗人与谢野晶子。[20]也能看
到当时全球妇女运动对成都的影响。在1911年前夕成都发生的保
路运动中，在抗议清廷将成汉铁路收归国有的活动中成立了一个
代表"女界"的组织。[21]

1910年代末1920年代初，关于妇女教育和妇女在社会中扮演
的角色的新思想源源不断地通过新杂志、传教士、像李劼人这样
的回乡学生（李留法四年后1924年返回成都），以及来自上海和
中国东部其他地方的旅人传递过来。不过，如果说1920年代成都
已经发生女权运动的话那就太夸张了。像《春》中的淑英那样，
从现存的社会规范里自由解脱出来的方式是尽可能离开成都，而
不是留在这里努力改变大家对女性的期望。我们将在本章后面的
部分分析原因。

1920年代的成都缠足还普遍吗？

裹小脚已经成为表现中国历史上对妇女的压迫最典型的符
号。跟20世纪初的大部分中国作家一样，巴金也在小说里写到了
小脚。"激流三部曲"中，关于高老太爷第五子的女儿高淑贞的
故事里提到了如何裹脚。在《家》的第十四章，淑贞努力和她的
表姐妹们一起玩踢毽子。高觉慧注意到她那双穿着红缎绣花鞋的
小脚：

> 在他看来这双小脚就像大门墙壁的枪弹痕，它们给他唤起

了一段痛苦的回忆。于是淑贞的因缠脚而发出的哀泣声又越过那些年代而回到他的耳里来了。然而在眼前分明地站着她。依旧是那双博得一部分人怜爱的小脚，依旧是那双用她的痛苦与血泪换来的小脚。可是她如今却忘记一切地在这里欢笑了，从她的脸上看不出一点悲哀的痕迹。[22]

在《家》的第十九章，淑贞想起自己拒绝裹脚时母亲对她的打，那布缠住她的脚，把骨头都弯折了。她也忆起母亲是怎样嘲笑觉新的妻子瑞珏，因为她没缠脚，她还向淑贞保证，淑贞一定会因为她的小脚饱受称赞。然而她却被表姐妹嘲笑说她落后于时代了。

像巴金在《家》中描写的裹脚，在19世纪成都上流社会十分普遍，全国其他地方也一样。历史学家多萝西·科发现，各地表现各有不同，而且其流行程度和在中国文化中的意义也随时间变迁而变化。有人认为这样能为女性增添美色，既是因为小脚本身也是因为由小脚造成的摇摆而行的姿态。有人把这看作是证明他家女儿柔顺不癫狂的方式。历史学家则认为缠足也是一种炫耀——小脚禀明这家并不需要女儿去做粗重的工作而且买得起婢女服侍她们。还有人认为缠足将女性牢牢置于家庭的掌控之中，家庭还可从她们的针线女红中获利。缠足的流行某种程度上也被视为对17世纪满族入侵的一种文化上的抵抗，因为满族妇女不缠足。随着缠足渐渐因为以上部分或所有原因被接受，它成为清朝女性生活中一个常见的特质，妇女们以能让她们的女儿缠出一双好脚而自豪，也用做鞋显示绣工。19世纪，有一双缠得好看的小脚对女子能否嫁到成都上流社会或者富足商户家十分重要。[23]

在中国，对于缠足的反对一直都有，19世纪末开始，它持续受到基督传教士和中国活动家们的攻击。到1930年代巴金写作"激流三部曲"的时候，用科的话来说，缠足所代表的"文化优越感"已经"荡然无存"。这种行为也几乎受到一致谴责，至少在上流阶层中是这样。[24]因此，如上面引用的段落训示，巴金的"激流三部曲"十分典型地将妇女缠足处理成一幕十足的悲剧。在谈到如何写作《家》时，巴金曾说淑贞并不是以任何一个他的表姐妹们为原型的——她们都不缠足。[25]当然，他的母亲和婶婶们多半是缠足了的，但是他没在回忆录里提及，"激流三部曲"中老一辈的女性也没为缠足一事苦恼过。巴金仅在淑贞的悲剧故事里写到缠足——淑贞不幸的人生在《秋》的结尾以跳井自杀终结，这佐证了科的论点：像巴金这样的活动家对于女性如何理解缠足并无兴趣。他们仅仅把这看作是传统文化的压迫的一种象征。这在《秋》中十分突出：巴金让琴说了这样的话："在外国，女人也是一个人，在中国，女人只是玩物。"[26]

在清朝统治的最后十年里，缠足的行为在成都大大减少了。1909年出版《成都通览》的傅崇矩将之归功于1902年由阿奇伯德·列托夫人（Mrs.Archibald Little）和丽塔·科尔伯恩博士（Dr. Retta Kilbom）创立的天足会，前者是一名英国商人的妻子，后者是一位加拿大医疗传教士。[27]这个组织得到了成都显贵和士绅的夫人及女儿们的支持，她们参加了天足会在巴金故居附近碧龙街上戴家石竹园举办的演讲。据傅崇矩说，这些女士的一张合照配上了"反缠足歌"（其实就是一些简单的朗朗上口的押韵的劝诫），然后印刷了成千上万份在成都地区分发。1903年，四川总督签发了一份公告，鼓励父母放弃给女儿缠足。女校拒绝缠足女子入学。虽然不知道傅崇矩的消息来源是什么，但据他估计，1909年以前的几年里，约有30%-40%到了缠足年纪的女孩并没有缠足。这里面应该包括胡兰畦和巴金的大多数表姐妹们。另一些他比较容易发现的事情是，鞋店专供放了脚的小脚穿着的鞋子生意不错。[28]

1920年左右，也就是"激流三部曲"的背景年代，成都已经很少有女孩缠足了，虽然这种行为还没有完全绝迹。1918年，成都警察发布如下命令："缠足恶行应被禁止，但一些下流贱民还在这样做，此种行为应即刻禁止，违者将处以重罚。"[29]在乡下，缠足的行为一直持续到1940年代。正如人类学家葛希芝（Hill Gates）的调查显示的那样，缠足在四川乡下的普遍程度不一，在1920和1930年代总体渐渐减少。[30]

爱情、婚姻和生育

在"激流三部曲"中，包办婚姻是所有年轻人最大的焦虑之源。老一辈的婚姻看起来都不幸福。五叔克定与妻子沈太太的婚姻最为糟糕。克定勾引（或者被勾引）了沈太太的婢女喜儿，又在城中另设小公馆收了一个妓女为妾，还指责他的妻子不能为他生儿子。沈太太只能不停地抱怨，在仆人或者高觉新及其兄弟姊妹身上发泄她病态的幽默。这对不幸福的夫妇虐待他们的女儿淑贞，以至于她跳了家中的井。[31] 年轻一代的包办婚姻也十分可怕。高觉新青梅竹马的恋人梅表姐嫁到了一户虐待她的人家。她丈夫死后，她成为孤苦伶仃的年轻寡妇，回去与母亲同住，渐渐死于结核病（吐血）。在《家》中，高觉慧问哥哥觉新，为什么梅不能嫁给别人。觉新苦涩地回答他，梅在成长过程中全盘接受的这一套士绅阶层的道德规范要求寡妇不能失贞。[32] 在《春》和《秋》中，高家的表亲周蕙（女孩）和周枚（男孩）分别跟不合适的人结婚，显然，他们很快离世就是结局。高觉新和李瑞珏的包办婚姻是"激流三部曲"中唯一看起来幸福的，但是仍然受觉新不能跟梅结婚、不能将她从糟糕的命运中解救出来的哀伤情绪困扰。

在巴金的成长过程中，绅士长辈们确实声称有为年轻一代择取良配的责任——如同第一章中所述，年轻一代中包括他们买下的婢女。人们不认为婚姻是个人的事情——一位媳妇最重要的角色是生个男性继承人延续香火。像高老太爷这样，士绅家庭中的长辈认为他们自己更有资格来决定哪个年轻人更适合结成对双方家庭都有利的姻亲。人们不认为妻子和丈夫之间的热烈爱情是必要的，甚至是不值得的，但是人们认为，随着年轻夫妇生儿育女共同生活通常会发展出互敬互爱的感情。（图6.2）[33]

五四时期，包办婚姻问题是关于中国文化和社会生活争论中一个常见议题。第一批文章里包括1919年未来的共产党领导人毛

泽东发表的一篇抨击包办
婚姻的文章。文中他写到
一位赵小姐，她在被送
去第一次见新郎的花轿里
自杀了。[34]那些年里，
类似的文章层出不穷。
历史学家葛淑娴（Susan
Glosser）在一个1920年针
对上海地区超过600名年
轻男子的调查显示，除非
年轻人自己认可，不然几
乎所有人都不赞同包办婚
姻。大部分人相信父母对
于婚姻双方的认可非常

图 6.2 1920 年代成都的一对年轻夫妇。照片由贺兴琼提供

重要而且必要，但是，如果希望关于婚姻的决定能满足父母的想法，大部分人认为男人应该在25岁左右才应该结婚。但是，在那些已经结婚或订婚的受访者中只有不到10%能自主择妻。调查中只有不到25%的已婚男人在订婚前认识自己的妻子。[35]

　　成都没有类似调查数据，所以很难判断五四时期成都人对包办婚姻的态度。"激流三部曲"里暗示了一个可能影响成都人态度的因素：表亲间的通婚频次。"激流三部曲"中的许多住在高公馆的孩子都是父系这边的子孙，也就是儿子的儿女。因此，都姓高。根据中国习俗，他们彼此之间不能通婚。但是高家人可以与姓氏不同的堂兄弟姐妹结婚。在"激流三部曲"的结尾，高觉民与高老太爷的一个外孙女琴表妹订了婚，琴是他父亲妹妹的女儿。他的大哥高觉新想娶梅表姐，她是觉新母亲姐姐的女儿。在故事里，只是因为两姐妹不合才破坏了这桩婚事。我们并不知道表亲间是否经常通婚，但是巴金的同龄人说这很常见。[36] 像巴金家这样的有钱人，喜欢同其他贵族家庭结亲，因此一代一代都是在小范围内的几个家庭间通婚。就像觉新和梅，性别不同的年轻表亲可以互访彼此的家庭。在没有男女同校教育的时候，这在少年男女的成长过程中提供了罕见的彼此了解的机会。人类学家称之为表亲婚姻的通婚可以缓解与完全陌生的人结婚带来的焦虑。

吴虞和他妻子曾兰的经历可以说明成都士绅间来往和通婚的小圈子的情况。吴虞是"五四时期"口头攻击父权制家庭最厉害的人之一，不过虽然他们的婚姻是由父母安排完全没考虑他们的意愿，但他非常热爱和珍视曾兰。他们两家是邻居，来往密切。吴虞的祖母很喜欢曾兰，促成这桩婚事。他们二人1891年成婚，那时曾兰15岁，吴虞19岁。吴虞鼓励曾兰广泛阅读，磨炼写作水平。她在成都本地成为有名的书法家，1911年还参与创办了两本女性杂志。在1917年去世之前，她还向《新青年》和华东的其他期刊投稿，以及写作一个关于女性权益的剧本。[37]

1901年出生的胡兰畦比曾兰小15岁。她母亲把她嫁给了一个胡家在关键时刻曾经资助过的家庭。根据胡兰畦的回忆录，她母亲认为，胡家曾帮助过这家人而且他们现在状况不错，他们应该对她很好。婚礼前她被介绍给未来的新郎，结果发现这人根本不适合她，他更像一个商人，对智力活动毫无兴趣。她曾想过拒绝这桩婚事，但由于母亲和一些兄弟姊妹刚刚因病去世，她不想让父亲为难使祖母伤心，所以还是接受了婚礼。婚礼是1920年秋季在成都以传统方式举行的："那天，我坐着8人抬的红色婚轿，号啕大哭。这是什么婚礼？感觉像是葬礼。"如果胡兰畦写于1990年的回忆录忠实地反映了她1920年的想法，那"五四时期"的成都女孩反抗包办婚姻就不是不可能的，就像高淑英在《春》中做的那样。胡兰畦几年后的做法增加了她对自己婚姻的叙述的可信度：1922年，她离开了她丈夫，断绝了这段婚姻关系，到四川南部一个由共产党人恽代英开设的学校任教。[38]

胡兰畦的行为在当时的四川是绝对丑闻，她很多年都没有回过成都。婚后，贵妇女性应该安静地与丈夫的家庭同住，生儿育女，帮助管理家务，侍奉夫家长辈。上文引用的1920年调查表明，大部分人认同，儿子婚后还应在父母家中居住。大部分这样做的人是为了照顾父母。[39]而吴虞的妻子曾兰没有与公婆同住，因为吴虞与他父亲起了暴力冲突。不过她还是掌管着她与吴虞在成都的家中家务，承担对女儿们的教养。当唯一的儿子夭折而似乎她也不可能再生养以后，她帮吴虞物色姜室，好给吴虞生一个他梦寐以求的儿子。吴虞对她的爱可能既是因为她"传统"的奉献精神给他安慰、满足他的需求，也是因为她能写倡导女性权益文章的"现代"才华。

吴虞跟曾兰的女儿不像其母亲，她们全盘接受独立新女性的思想，不愿意被禁锢于丈夫的家庭。[40]在吴虞的帮助下，两个年长的女儿1920年移居北京。吴虞常常因为她们对社交生活的兴趣大于书本而批评她们。其中一个去欧洲参加一个半工半读的项目，虽然她是打算去与她自己挑选并且资助了她的行程的未婚夫会合，但是在船上她却与一名中国诗人出了轨。她妹妹则与一已婚人士出走加利福尼亚。1920年夏天，成都的一家报纸报道了这次私奔，引起了一场关于"自由恋爱"正当性的争论。成都的公开舆论看起来都在谴责这一做法，而且不仅仅是在中国人里。吴虞这两个女儿曾就读的卫理公会女校通知吴虞，由于他女儿的行为，出于保护学校作为一个道德机构声誉的目的，学校不能接收他的其他女儿入学。虽然吴虞也常常责骂女儿们的轻浮行径，但来自她们母校的攻击还是激怒了他。他在日记里发问："谁说她们做错了？"[41]

　　五四时对包办婚姻的批评往往伴随着对自由恋爱和性行为的讨论。夏洛特·佛斯，对中国从医学性观念的历史做了分析，她指出，20世纪以前，许多中国医生或医学家认为性幻想和婚前性行为对人体健康有害。[42]五四时期，由于活动家和评论家们对人体特性和贞操的社会效益与社会成本论战不休，人们对传统性观念进行了充分的剖析。[43]关于性的讨论的一条主线是优生学。美国的一位生育控制先驱玛格丽特·桑格（Margaret Sanger）1922年4月在中国访问了几星期，尽管开始她谁也不认识，但她很快就在华东各城市大众前公开发表演讲，大部分听众都是男性。她发现他们对于她把女性从无休止的生育中解放出来的观点不怎么感兴趣，但对于提高中国国民素质强大民族表现得很焦虑。[44]1920年代早期的成都人也许能在报纸上读到桑格的演讲以及其他一些关于女性性意识的观点，但是似乎没有很多人认为这是一个很迫切的问题。

生育导致死亡也是"激流三部曲"中的一大特征——其中最重要的一个事件是瑞珏，在她即将生育的时候，高家长辈逼她离开家以免影响死去的高老太爷的灵魂升天。生产后她就去世了，当时她的丈夫觉新正挣扎着想破门而入进入产房，而传统习俗是禁止他在生产时进入的。[45]在小说的前面部分里，我们知道瑞珏的姐姐就是难产而死的。在巴金年轻时的成都，这种事很常见。比如1922年9月，吴虞就听说他的一个朋友的妻子产后就生病了。他在日记里写道，"这让我想起香祖（曾兰）第十次生产时——曾兰生过9女1子，无法想象她所受的苦。她能活到42岁实属幸运。道玄（吴虞的第二个妻子）产后致病很快就去世了。我之余生无论男女再不愿看见任何孩子出生了。"[46]7年后，他的二女儿也在28岁生孩子的时候去世。[47]

西方医学家往往指出，糟糕的卫生条件和错误的观念可以解释妇女生育时的高死亡率。曾于1914-1938年间在华西协合大学任教的医生威廉·雷纳德·莫斯，描述了他在城市里看到的场景："我去给一名患了产褥热的女子看病，她病得很重，接受的治疗包括向神佛烧香、打锣驱除恶灵，一名女子站在床头挥舞着一把剑试图赶走使她得病的鬼魂。"[48]延请外国医生表明成都家庭接受解决问题的新方法。即使如此，对20世纪初期成都的年轻贵族妇女来说，结婚之后就是漫长的冒着极大风险的生育期。

接生也是中国医学传统的一部分，但在成都的历史上没留下太多资料。我们已经看到，胡兰畦步入被包办的婚姻时19岁，两年后她离开了第一任丈夫，1925年左右，她嫁给了一个自己选择的男人，但没有再生过孩子。她的回忆录里没有说明这是不是出于她自己的选择。

关于女性与公共空间之争

在巴金"激流三部曲"的故事发展中，公共生活里的女性空间成为越来越重要的议题。在《家》中，琴渴望能进入表哥就读的学校，但是她被禁止与任何家族之外的男性接触。未婚女子离家出行必须乘坐封闭的轿子。在《秋》中，琴和她的表姐妹们去了公共的少城公园。前面讲过，这是成都一个真实存在的公园，1911年前开放，迅速成为一个公共生活中心。但是，琴和姐妹们在公园期间，发现士兵们和男学生们一直在向她们暗送秋波。当她们发现五叔克定带着情妇也来到公园时大吃一惊。在《秋》中，琴的一个女朋友抱怨道，虽然民国已经建立了12年而五四运动也已经发生了4年（也就是1923年），当她走出家门时仍然受到骚扰，收到男性朋友来信时也还会被指责。[49]

巴金年轻时，成都的家族都认为妇女远离公众视线才值得尊重，这正是士绅们定义的"可敬"。胡兰畦的老师就是很好的例子。胡兰畦说，曹老师的母亲生下她不久后就去世了。她的父亲是一个成功的木匠，非常珍爱他唯一的这个孩子，她小时候，父亲每天都带她去他的作坊和茶馆。她还记得茶馆的说书人讲的故事。但是当她十二三岁的时候，她就要按照未婚年轻女子的传统样式修面留头。那时，体面的女子不能在公众场合抛头露面，所以她只能孤独地待在家里。不过她父亲允许她每天照顾一位生病的邻居，邻居则教她读书、写作、画画和下围棋。17岁那年，她嫁给一个木匠，但是她丈夫很快就去世了。虽然她的邻居鼓励她再嫁（士绅家庭的寡妇不会如此），她还是决定返回父亲家中奉养他。因此，胡兰畦写道，正是在这位邻居的鼓励下，曹老师开设了成都第一个女子学校。[50]曹老师的故事很不寻常：一个商贩的女儿有了文化，甚至还开了一间贵族女子都要来的学校。毫无疑问，胡兰畦的父母在某种程度上能接受这个学校，因为曹老师这样的年轻女子是按照贵族女孩的方式在闺阁里长大的，并且看起来恪守贵族妇道，并未再嫁。

那些不在乎妇道或者根本在乎不起妇道的女子在成都的公共生活里当然并不鲜见。在市场上看摊儿的女子、出来为自己家或者雇主家采买食物和其他生活必需品的已婚妇人，还有在人口稠密区，由于缺乏室内照明在门口或院子里与邻居一起缝补洗刷的妇女。[51]但是相对少见。清朝灭亡前，阿奇伯德·列托曾访问成都并到访少城地区（他和其他外国人称呼此地为"鞑靼城"）。他注意到"鞑靼城的女性，就像冬季造访了成都的喇嘛和满族人一样，没有缠足、脸色红润，四处走来走去，是中国城市少见的景象"[52]。

在清朝和民国的头十年里，成都的贵族女性特别是未婚女子除了少数特定的时间地点，她们很少出现在公众面前。据一些记载，当地女子有在春季特定的某一天去城墙上登高的风俗。贵族女性也可在特定日子去佛教或道教寺庙参加宗教活动。历史学家王笛记载，春节时，"性别边界和社会阶级分界都会变得比平日松散"，妇女可以参与更多公共活动。[53]胡兰畦回忆起小时候有一年曹老师带领女学生们到北城门外去看两年一次的祭神巡游。

　　参与到公共生活中去就比仅在公共场合出现更少见了。1911年，成都贵族妇女参加公开辩论的次数大大增加，有些女子在成都抗议清政府对成汉铁路国有化的活动中发表公开演讲；女校的学生们和她们的老师也参与了一些这样的活动。胡兰畦回忆起她的一位女老师孙永恩在铁路公司总部的一个集会上发表的演讲。让10岁的胡兰畦印象最深刻的是孙的发型，剪短成她称之为"拿破仑"的样式。[54]1912年民国成立后，贵族妇女似乎没有继续扮演公开政治角色。1916年秋，袁世凯大总统死后，四川省议会自1913年袁解散所有省议会后第一次召开。新成立的《女界报》的一位女记者申请报道会议的许可，结果被拒绝了。成都商会会长兼出版家樊孔周代表她出面干预，最后她获得了许可。但是她需要坐在一个帘子后面。[55]

　　在1910年代的10年里，各种地方法规试图在公共空间里为男女划清界限。比如，成都几个仿照华东地区新建的剧院里，就有专供女客的包厢，但是警察当局仍然觉得有必要发布法令禁止从包厢里指指点点或者从包厢里送食物或者礼物给楼下的男子（补充法令同样禁止男子给包厢内的女客送礼物——看起来都是为了防止剧院变成偷情男女暗通款曲的地方）。[56] 在成都最大的道观举行的一年一度的春花节，则为男客和女客单独设立了进来的门。警察通知那些穿着女裙化着女装参加节庆活动的川剧演员不得走女客大门。[57]

"激流三部曲"中，高家小姐和朋友在公园和街上收到的媚眼和骚扰，真实地反映出1911年到1920年代晚期的历史现象。在华东获得推动的妇女运动在成都也有其支持者，但是一种更为强大的社会文化发展也在反对她们：那就是类似黑社会的哥老会的壮大；他们拒绝大部分五四纲领，其中就包括新女性理念。第五章简要地讨论了1911年后四川军事化大背景下的袍哥。对于成都妇女运动来说，在巴金青年时代，袍哥在塑造成都文化氛围方面非常重要，尽管巴金在"激流三部曲"中没怎么提及。

18世纪，哥老会已经是一个由边缘化的青年组成的松散社会网络，包括解甲还乡的士兵，他们集结起来通过开设赌场和妓院来养活自己。到19世纪末，中国西部的一些社群开始组织他们自己的袍哥堂口，目的是引导这些半疏离于主流之外的人将精力投入那些政府没能力处理的任务中去，比如保地方平安、保护本地富豪的财产安全等。袍哥的理念在很多方面与清朝的正统思想很相似，虽然清朝法律禁止像袍哥这样的组织。山堂的仪式里，忠诚、孝顺、忠贞的行为是受人敬仰的。

20世纪早期政治和军事上的动荡导致四川全境袍哥堂口不断增加，1911年的革命使得他们随着民兵在那年秋天于省会集结。很快，大部分地区就有了袍哥的堂口以及袍哥舵把子（也就是堂口的领导人），他们常常与城中警察合作紧密。因此，这些对性别平等和其他五四价值观不感兴趣的本地强人们不断地在城中加强自己认为正当的行为观念。女学生，特别是那些追逐华东时尚、想把头发剪短的女生们，发现在成都街头都会陷入危险。1911年后，吴虞和胡兰畦的父母都把他们的女儿送入寄宿学校，这样她们就不必天天奔走于危险的、去学校的路上。

袍哥对新女性的反对受19世纪以来就在组织内发展起来的父权意识形态影响。同时，这也是被"新女性"——也就是女学生——与军阀间清晰可见的联系所刺激的。巴金年轻的时候，军阀、袍哥头领和女学生在成都构成了某种奇怪的三角关系。如同我们在第五章中看到的，袍哥头领在本地能行使很大权力，而军阀们要忙于彼此攻打。因此军阀要依靠袍哥来维持秩序。但是军阀又被很多袍哥组织里的本地人视作是外来的总爱惹麻烦的贪婪之徒。在20世纪初，许多军阀受到了流传于中国大地的革命思想的影响，也试图改变成都的文化，不过常常是用笨拙和独裁的方式。

最好但绝不是唯一的一个事例就是四川军阀杨森，他于1924年春天进驻成都，统治了这个城市约一年。[58] 杨森认为自己很进步，因此在成都和他占领的其他城市，他要求妇女放脚，并且鼓励妇女参加体育锻炼。他结过多次婚，但是认为所有的妻子地位平等，不分妻妾。作为妇女教育的拥趸，他送他的几个妻子去读书，而且鼓励她们骑自行车并参加其他运动。胡兰畦在1923年住在川南时认识了杨森和他的家人。据她说，杨森还派他的一个妻子给她捎信说杨森也很愿意娶她。她拒绝了杨森的求婚，但是正如第二章中所说，她确实曾教过杨森的两个妻子，她们在嫁给杨森前都是他家中的婢女。[59]

杨森鼓励他的妻子参与公共事务。在他统治成都期间，他的城市改造计划的核心议题是拓宽街道以便黄包车乃至汽车可以通行。杨森的第四个妻子田衡秋，曾任中华全国道路建设协会四川队征求会女界特别队队长并且主持其公开会议。田衡秋是四川东北部阆中一位富商的女儿，1920年代早期，当杨森占领这座城镇时向她求婚并娶了她。在公路委员会妇女辅助会就职演说中，她表示性别平等已经成为政治秩序中可接受的一部分，但四川妇女太习惯于依赖他人，逃避对祖国应负的责任。她号召她们一起加入协会来改良社会。[60]成都士绅阶层中的一些人接受了田衡秋的社会角色是进步的一种表现，但更多人讨厌杨森。他的独裁统治，和他对两性关系奇特的态度，在人们心中使得军阀和非传统女性联系了起来。两者都被看作既是道德滑坡混乱加剧的象征，也是这些乱象的原因。袍哥认为他们自己是与这些罪恶的外来影响斗争的本地英雄。

性与性别问题上的冲突，在五四时期是成都一股强大的力量。1924年舒新城在成都的经历可以说明在那些从根源上几乎与文化问题无关的政治斗争是如何有效利用这些问题的。[61]在1920年代初期，湖南人舒新城是在上海和南京任教的著名教育家。后来他又因出任著名词典《辞海》的总编辑而闻名。1924年秋，他接受了去成都最好的学校——四川师范学校——任教的邀请。那时杨森仍在成都主政。在给妻子的信里（后来结集成书在上海出版），舒新城将成都的校园描写成一个只有一个设施不足的图书馆的传统的地方。老师和大部分学生对于中国东部正在进行的关于社会和文化的争论没太大兴趣。师生之间的关系正式而疏远。而且由于杨森的关系，这年秋天学校第一次招收女学生入校，校园内气氛很紧张。年轻男女都在摸索如何正确相处。男女生比例大约是40∶1，女生常常是男生表达强烈爱意的对象。

舒新城班上没有女生，不过他通过相熟的女老师认识了几个她们指导的女生。当这些女生发现舒老师有一部照相机并且还教班上的一些男生照相和冲洗照片时，其中的两个人林静娴和刘芳也请求舒教她们照相。征得林家（刘芳也住在那里）同意后，舒新城答应了。他给她们看如何在暗室里冲洗照片并且带她们到公园里去照相。他还与刘芳讨论当代社会和文化问题，他认为刘芳是学校里最聪明的学生之一。

就在舒新城与女生们渐渐熟悉起来的时候，校园里爆发了一场关于一个男老师和一个女学生的婚事的争论。虽然两人在女生入学前就已订婚，但一些师生仍然要求解雇男老师、开除女学生。舒后来写道，他当时并不了解这场争议的政治背景，就投入这场公开争论里去并且强调应该改革师生关系以及自由恋爱的重要性。这事发生不久，刘芳放在房间里的日记就被偷了，舒新城因为带刘芳和林静娴到公共场合去这种不正当的亲密行为而受到指责。同时他还被指控为蔑视师生间的道德勾引刘芳。

开始，舒新城不相信这事的严重性，刘芳有力地否认了这项指控，并且声称如果找到她的日记就能证明这一点。[62]但，与舒关系亲近的学生说服他最好的办法是躲一阵风头，于是他离开学校搬去与刚从法国回到成都的李劼人同住。虽然舒新城到成都前，二人从未见过，但是两人都是少年中国学会的资深会员而且有不少共同的朋友。搬去李劼人家不久，舒新城听说学校的老师要求逮捕他，杨森打算派士兵来拘留他。于是李劼人留在那里拖住士兵，而舒就设法翻墙逃到邻居家里。由于没抓到人，士兵就逮捕了李劼人。李在监狱待了10天，舒新城则躲了两周然后逃出城去。

　　他安全抵达重庆后，给师范学校的前同事们写了一封公开信，信里他只是挑明了这件事表面和公开的背景：他敢于无视传统行为规范，把女性当作一个人而不是一件玩物来看待。这个声明与巴金"激流三部曲"中的说法很像。但是后来，舒新城在自传中反思此事时强调了事情的另一面，表现出对师范学校乃至成都当时的政治斗争中的文化问题的微妙理解。在分析中，他发现从他抵达学校那天起，对他的憎恶就已经形成了，他是一个享受着高薪、号称代表着中国未来的拥有特权的外来者，并且有暇去启蒙热切地聚集在他身边的学生。他判断他欣然接受数十所当地中学的邀请去做公开演讲并且在演讲中抨击四川教学中普遍存在的做法更是加剧了这种憎恶。1925年春，师范学校的老师们决定中止上课进行一场未经宣布的罢课活动抗议被拖欠工资，但舒新城决定按照合同照常教学，因为他跟他们不一样，能按时收到工资。

　　他推测，这些"挑衅"在同事心中激起熊熊怒火，因此他们乐见所谓对刘芳的勾引被揭发——揭发者可能是心怀妒意的其他学生。舒新城相信，他的同事最初并没有打算让他付出鲜血代价。他们可能更希望这件事以他和刘芳默默地离开校园最后离开成都而告终。不过，当一些学生聚集在他身边公开抨击校长的行为时，学校当局就不能再置身事外，而是要维护原则。他们被迫坚定立场并且向更高当局求援。

讽刺的是，杨森自己在破坏传统两性关系上也受人诟病，却被要求处罚舒新城。也许正是因为在这方面感到心虚，杨森才对一个根本无力自卫的外乡人采取严厉的措施，他要利用此事强化自己捍卫"传统与道德"的名声。虽然舒新城在市政府里也有几个大学时代的老友，但他们拒绝为他出头。在成都，有头有脸的聪明人无疑都尽量避免卷入这起关乎两性道德情感纠缠的政治斗争。

这起关于成都公共生活中女性角色的事件引人争议之处是由连年战争和保守的袍哥文化的兴起而产生的。在"激流三部曲"中，琴和高家小姐们在挑战传统时所感受到的恐惧在1920年代早期的成都现实世界里并不是毫无道理的。吴虞的女儿以及胡兰畦可以实行那些令她们在成都恶名昭著的行动是因为她们离开了成都。

女性新职业和继承权问题

在《春》中，琴告诉她的表亲们，那个伪善的孔教会会长冯乐山到她的学校演讲，跟听讲的女学生说"女子无才便是德"。

这句著名的俗语首先出现在明代书中，几乎就等同于裹脚，裹脚也是在明代流行开来，到20世纪初成为中国对待女性问题上的落后的象征。[63]不知道巴金小说中冯乐山的原型徐子休（参见第二章）是否真的说过这句话，不过说过也不奇怪。

在1920年代早期徐子休为大成学校学生准备的中国历史大纲里，他用两个词来解释清朝的覆亡，其中一个便是"女祸"，也就是说由女人引起的灾祸。他是指的慈禧太后干政从而毁掉了皇朝。[64]正统儒家学者认为女人不应干预政事，如果皇帝会受后妃或者其他女性亲属影响，那仅凭这一点就可说他是昏君。

1898年后，慈禧太后软禁了外甥光绪皇帝，直到1908年她死去都一直在朝当政。她下令杀害了和康有为一起主导1898年改良运动的"戊戌六君子"，其中两人都是四川人，这使徐子休和当时其他的人非常震惊，所以他的教材将慈禧和皇朝的覆亡联系起来也没什么奇怪。这个对清朝灭亡的答案只有两个字"女祸"，没有提及民国建立的基础——新的民主政治理想以及欧洲帝国主义列强对中国的侵略，这很清楚地展示出徐子休和大成会的传统思想。

中国封建王朝历史中将帝王和大臣们的堕落归咎于女性及女性的才华是一贯传统。但在20世纪初，有些文化批评家认为，中国之积弱有一部分原因就是由于裹脚和将女子教育限于家务及诗歌浪费了女性的才华（生产力）。有些甚至更为极端地抨击中国女性太懒，杨森的妻子田衡秋1924年在批评四川女性太依赖他人时就是这么说的。[65]在华东的一些城市里开始鼓励上流社会女性——或者这些女性互相鼓励着——走出家门出来工作谋生。

1990年，历史学家王政采访了胡兰畦和田衡秋同时代的几位女性，她们那时能在上海发展自己的事业，包括一位银行家、一位律师以及中国基督教禁酒运动的领导者。王认为，到1920年，名人的妻子已经可以承担公共角色了。[66]田衡秋就是成都的例子，但那时候在成都，这样的女人比之上海可少多了。而1925年5月，当杨森被赶出成都时，田衡秋在成都公共生活中扮演的角色也马上随之结束了。在上海，也有一些女性并没有依靠丈夫的地位取得成功。这些女性当中外地来沪的告诉王政，她们怀疑如果留在家乡是否能有同样的成功。这也许更是因为她们（来到上海）脱离了家庭的监视，而不是因为上海更进步。[67]不过活跃的女性都迁居上海确实使得上海比那时中国的其他城市对女性的氛围更为友好。

在1920年代对中国女性地位的争论常常指出，除非女性有能养活自己的工作选择，不然她们永远不可能从父权制家庭中解放出来。对贵族家的小姐来说，在上海的工厂里工作是不合适的，虽然很多出身农家的女孩就在那工作。跟世界其他地方一样，教书成为20世纪初对于中国女性来说很体面的一种赚钱方式。在成都，胡兰畦的曹老师是这方面的先驱，而民国初年不断增加的女校增加了对女老师的需求。在1920年代，上海的银行和百货公司开始雇用女店员。而这一类工作到1930年代才对成都女性开放。1922年，成都成立的电话公司，第二年雇用了24名女接线员。[68]但是总体来说，为女性设立的工作岗位是很少的。有些人仍然担心新式女子教育会对女性和社会带来危害。吴虞将女儿们都送入学校读书。但是1923年，他在日记里如此评论道，"中国社会跟外国社会不同，哪怕一个女子受过良好教育，也没人会雇用她。受了教育而不能工作会更糟糕，因为不懂如何做人以及如何管理家事。"[69]

对于那些出来工作的女性的敌意表现为流言和人格污蔑。胡兰畦回忆起1910年代成都一位女校校长就有此遭遇。这位女子的丈夫在省教育厅工作。流言说这女子未嫁时是个算命的，她在给未来丈夫算命时发现他可升至高位，于是勾引了他。[70]1922年吴虞与女儿及其私奔的丈夫居于北京时，曾收到过匿名恐吓信。[71]考虑到信息来源，对历史学家来说，流言对社会行为的影响很难说清。成都有多少公司或政府机构因为对妇女出来工作的反对而推迟了雇用女性？如果不是因为恐惧流言和骚扰，琴同时代的女子有多少会出来工作，而且还会受到家人的鼓励？我们不得而知，但是有些证据表明，这些确实影响到女性的决定。

工作之外，另一种能让女性达成独立的方式是拥有财产——当然对男性也一样。在"激流三部曲"中，老太爷的权威是靠像孝道这样的文化期望所支撑的，但权威的基础却是由于他对家庭资源的掌控。跟巴金在现实生活中的叔叔们一样，老太爷的几个儿子也在清朝政府为官，1911年后又做了律师。了解成都的贵族家庭财务管理的细节会很有意思。巴金的叔叔们会按比例上交一部分收入给大家庭吗？谁来决定给家中每个人多少花销？在《秋》中，高觉新发现五叔没跟家人说就卖掉了老太爷买来的土地。觉新很生气，但他的妹妹高淑华怒气冲冲地对他说："有本事的人不靠祖宗过活。"[72]可惜"激流三部曲"里没有说明淑华是怎样养活自己的。

作为未嫁的小姐，淑华应该无权继承家中财产，虽然作为一家之主的叔叔们和大哥觉新肯定有责任为她安排一门好亲事。历史学家白凯（Kathryn Bernhardt）研究了几千年来中国的财产继承是如何发展演变的。她表示，清朝时，孀居的小妾（如高老太爷的陈姨太）只要守节不嫁并且有男性子嗣，就有权分得财产。[73]这也就能解释在《秋》中为什么陈姨太会在准备分家时正式地过继了克安的一个儿子。而已出嫁的女儿，比如琴的母亲，就无权要求产业了。

由于吴虞有产业却没儿子，他对女性继承权很感兴趣。1929年他买了一份报纸，因为听说上面有一篇文章是关于他的同学——成都著名学者廖平的，说是廖平指定女儿为财产继承人。[74]虽然当时的中国法律对于继承权有明确规定，但在成都，一家之主还是可以灵活地按照自己的意愿来指定继承人。以吴虞为例，1920年代，当他停止生儿子的尝试后，他过继了兄弟的一个儿子，这是法律认可的操作。这个侄子继承了大量新繁的田产和成都的房产，不过吴虞的第三任妻子活着时也能得到一部分。吴虞规定，妻子死后，成都的房子和财产归他未嫁的第九个女儿（曾兰最小的女儿）所有，而妻子所有的田产归由姨室所生的十女儿所有。不过他加了一条规定，如果女儿们不接受他对于产业的管理和安排，那就失去了继承权，这部分财产将平均分给成都佛教协会和成都大学。已经出嫁的女儿没有得到任何产业。在后来的日记记载里，我们了解到，吴虞与外甥发生了争吵，解除了他的继承权。[75] 他的小女儿们是否设法拿到了那些财产我们不得而知。吴虞日记里描述的这份遗嘱，似乎有悖法律，不过即使有，我们也没看到任何法庭记录。

代际冲突

　　“激流三部曲”中描写了好几代贵族女性。大部分未婚的年轻女性觉得很压抑，她们被新的性别平等的观念所吸引。而老一辈的已婚女性，如高觉新的婶婶和他的妻子瑞珏，也有自己的烦恼，不过她们在家庭内部的争吵中要么与世无争要么锱铢必较。觉慧的继母周太太在《春》中总结了她们的愿望：希望下一世生为男人。[76]

　　巴金暗示成都的老一辈们墨守成规拒绝改变贯穿了“激流三部曲”的始终。代际的妥协和解看起来完全不可能，因此特别令高觉新处于绝望边缘。在写到琴和母亲的关系时，巴金清楚地说明了他认为代际合作完全不可能的原因。琴的母亲张太太是老太爷的女儿，她很愿意支持女儿对读书的渴望。但她认为琴那些更为极端的想法——比如一旦外国语学校招收女生就去那里读书以及剪短头发——会在高家长辈和他们的圈子里招致恶评。在高家，传统的体面胜于一切，这使得张太太必须约束女儿的行为，就好像高觉新必须管束和控制弟弟一样。

不过巴金对于成都的描写还是太僵化了。由于短发已经成为新女性的有力象征，因此在成都和中国其他地方，这招来很多负面关注。[77]但并不是当时的每种潮流或者生活方式的选择在文化政治方面都有那么极端的重要性。尽管"激流三部曲"给人这样一种印象，但是潮流是在变化的，而且并不仅仅只是对年轻人而言：在20世纪初，老年妇女也会采用新的裙子样式和妆容。胡兰畦的母亲就从对大众时尚和新技能渐渐兴起的兴趣中得益。1911年革命后，胡母上了一门由美国胜家缝纫机公司在成都的代理开设的课程，并且后来她使用胜家缝纫机开设了自己的缝纫学校。[78]就算是在成都，认为女性短发可耻的观念也没持续很久。到1929年，短发已经很普遍并且为大众所接受了，虽然下面这则当时的报纸启事表明，仍然有些人反对给女性在公共场合更大的自由。这则启事写道："春熙路上的太平洋美发沙龙近日有更多女子剪发，由于男女共处一室甚为不妥，太平洋决定在马路对面专门开设一女子沙龙。"[79]在成都，文化一直在变，但某些时候，文化变迁却被政治化了。当战事摧毁了经济使生活变得动荡不安时，新女性和短发在成都遭受到抨击。1920年代末期，这种状况得到了改善。然而经济仍然落后于中国东部，给女性的工作机会也增长得很慢。

虽然成都远远称不上停滞不前，但《家》及其续篇仍然在华东知识分子心中塑造了一个充斥着令人窒息的保守主义的闭塞的成都，对于年轻女性来说尤为致命。但胡兰畦的非凡的经历，仍然告诉我们巴金的这幅图景未免太过简化。尽管成都女性在新角色塑造的很多方面都比上海、广州甚至以保守著称的北京更难。原因是多方面的，其中一个原因是这些东部城市吸引了许多生长于成都这样的内陆城市的年轻的革命者。

第七章　觉慧：成都的革命、改良和发展

　　家中的主角高觉慧鄙视他的祖父，他加入了一个由和他思想相近的年轻人组成的组织，成为一名政治活动家。虽然，巴金不承认觉慧就是文学化的自己，但研究"激流三部曲"的学者指出觉慧和巴金有很多相似之处，因此《家》被广泛地认为是一本自传小说。巴金和觉慧一样，有两个哥哥，许多表亲，和一位专断的祖父，而且他也进入成都外国语学校读书。跟觉慧一样，在1919年五四运动中，他也走上成都街头示威并且为一家后来被当局取缔的激进报纸写文章。跟《家》结尾里的觉慧一样，他也在将近20岁时，出于对成都生活的懊丧和寻找解决困扰他的社会问题的解决之道的目的离开四川到华东去了。在离开成都前，他像《家》和《春》中的高觉民一样，参加了一个旨在推翻中国军阀统治的地下组织。[1] 在描写高家两个弟弟时，巴金反映了他自

己的经历和感情。

高家兄弟的政治活动是"激流三部曲"中的一条支线——主要情节还是围绕着高家大家庭的分崩离析和高家一些青年人的解放展开的。但是觉慧和觉民的政治理念跟巴金一样，主要还是被他们在专制家庭中的成长经历塑造的。由于感觉被家庭束缚，巴金在成都时就成为无政府主义的信徒，这种信仰一直持续到他成年以后，甚至直到他在国外接触到其他思潮，开始写小说、短篇小说和杂文以后。1949年，他接受了共产主义，成为中华人民共和国公民，成为新中国文学界著名的领军人物，尽管他也接受对于他1949年前政治倾向的批评。在《家》的修订版中，他简化了写作风格，去掉了文中偶尔使用的外语单词（在1930年代，行文里使用外国单词还是很时髦的，但是，在1950年代，这样做是势利和不爱国的）；最重要的，他模糊了高觉慧的无政府主义倾向，以及高觉民的政治激进主义，使得"激流三部曲"中的学生形象更为革命。[2]在1920年代的成都，无政府主义只是几种糅杂在一起的、意思飘忽不定的思潮之一。

这一章研究了五四时期回旋在中国大地上的几种革命和改良潮流。许多学者已经就这个问题做了出色的研究，但是，主要集中在中国东部的大城市中发生的事情与人。[3]而且有一种过分强调从1920年早期就成为敌手的两大政党——国民党与共产党——的活动的倾向。直到1937年日本侵华之前，中国的政治舞台上一直挤满各路兜售文化与政治变革方法的不同势力。[4]无政府主义就是其中之一，但是，正如我们将看到的那样，其他思想在整个1920年代也吸引了大量的实践者。在成都，政治极具地域性，两大主要政党努力吸引追随者并与其他改革思潮和四川本土的文化环境竞争。本章将展示像巴金和其亲戚及同学这样无须从事体力劳动的成都青年，是怎样认识到新的政治愿景并且拥护社会变革的。

首先我们先对1919–1920年间在成都发生的与五四运动有关的事件做一个概览，然后我们将研究1920年刚刚15岁的巴金在成都这个中国西部城市是怎样开始拥护无政府主义这种在19世纪的欧洲兴起的思潮的。在"激流三部曲"中，巴金将觉慧和觉民那些由无政府主义驱动的行动和他们的大哥觉新面对冲突时那种被动消极的应对方式做了比较，觉新的处事方式也能在当代哲学立场中找到参照。除此之外，其他思潮和社会运动也在影响着1910年代晚期到1920年代初期的成都人，这其中包括国民党的三民主义、共产主义、基督教以及各种经济发展计划。经济发展计划相关的种种运动——中文里有一个专门的词汇来定义"建设"——相对于"激流三部曲"里巴金所歌颂的政治鼓动来说，对成都年轻人有更长久的吸引力。在1920年代的成都，有组织的政党在成都不像在华东那样重要；虽然很多人对四川的社会变革感兴趣，但30年代之前，没有多少人把参加政党看作是改变本省本乡的最佳途径。许多成都的活跃分子宁愿在当政的军阀那里寻求对某些事项的支持，以此促进四川的发展。许多人认为通过社会运动来促进识字率的提高、技术进步以及城市规划发展，最终能促进经济发展，而且甚至能像一些人期望的那样，促进社会公平。

对受过良好教育的青年一代的历史最好的研究是通过他们的经历，就如史景迁（Jonathan Spence）在他关于20世纪中国作家和革命家的开创性著作《天安门》里展现的那样。这章里将介绍几位在中国之外鲜为人知，甚至在今天的成都都没什么名气的人。通过他们的故事可以看出巴金所持的政治信念和采取的行动有多不寻常，通过这些故事我们也想描绘出当时那些年轻的行动者们在成都采取了哪些改良、革命和发展措施。

五四运动在成都

五四运动爆发于1919年5月4日。那一天，约有3000名学生游行到北京市中心抗议为结束一战签订的《凡尔赛条约》。虽然中华民国1917年加入了战胜的协约国一方，但是战败国德国在华东地区的土地权益并没有在战争结束后归还中国，而是转移给日本，作为日本支持战争的回报。中国代表团当即向和会提出抗议，但是很快传出消息，中国政府已与日本秘密签订借款协议，给予日本大量控制中国经济的权力。这件事情降低了中国代表团所持立场的可信度，在美国威尔逊总统的主持下，欧美列强直接无视代表团的抗议。关于《凡尔赛条约》解决方案和中国政府与日本沆瀣一气的新闻在北京掀起了滔天怒火。1919年5月这些年轻的抗议者们所愤怒的不仅仅是帝国主义欧洲和日本强权，还有软弱的中国政府以及不顾国家只知内战的军阀们。他们宣布，1911年革命所宣扬的民主理念已经被背叛了。[5]

　　1919年5月在北京发生的事件标志着中国城市里一种新的群众政治阶段的开始。抗议游行、示威、罢工罢课、抵制和破坏日货、发传单开始常见起来。学生会很快站出来协调和组织这些活动。几年内，国民党、共产党、中国青年党以及其他一些小政党（如重组的国民党）都试图领导和掌握这种政治力量。很快，这场被称作五四运动的风潮关心的主题就从国家主权扩大到文化批评的方方面面，这些主题大部分都是由一个问题引发的，即为什么1911年革命没能给中国带来民主与繁荣。早在1915年就开始提倡这些文化议题的《新青年》杂志，在五四抗议之后的那些年里，与十几本其他杂志一起，为能团结中国人民、将他们从压迫中解放出来以及建立民主的文化、社会、经济和政治改革而鼓与呼。

　　正如"激流三部曲"中表现的那样，五四期间的成都也发生各种政治示威、成立学生会、罢工、反帝国主义戏剧演出、传单发放、年轻人激进化等事件和过程。[6]巴金见证并且亲自参与了很多活动，因此可以认为在中国所有的小说中，"激流三部曲"是对五四运动最为重要的描述性文本。

　　从《家》中可以明确看出，五四理念在成都的散播过程中，一个关键因素是当年成都极度发达的出版业。跟华东地区一样，1918-1923年的数年间是成都媒体相对自由的时期。经历过前一年毁灭性的巷战后，1918年的成都社会更稳定。1918年3月，成都被早期就支持孙中山的革命党人、四川的熊克武占领。那一年的晚些时候，也与孙中山结盟的杨庶堪成为市长。熊和杨二人都认为自己在政治上是进步的，并且对五四运动的诉求表示赞同。[7]在他们统治成都期间，新出版了许多报纸和杂志。其中，对传播发生在东部中国的"五四运动"的消息最为卖力的是由未来的小说家李劼人编辑的《四川群报》。[8]

李劼人（图7.1，图左）在晚清末期进入成都的中学就读，见证了1911年革命在成都发生。1913到1915年间，他曾为他的叔叔工作，他的叔叔那时在四川的两个县里当县长。李劼人的工作是编制统计数据并起草政府公文。1915年夏，当叔叔离任后，李劼人返回成都，开始为1914年由成都商会会长樊孔周创立的《娱闲录》写短篇故事。第二章曾提到，《娱闲录》是一份刊载诗歌、戏剧评论、杂文和短篇故事的八卦文化杂志。吴虞和巴金祖父圈子里的人都是它的读者，虽然他们对于儒家礼仪规范的观点完全不同。李劼人给《娱闲录》写的短篇故事都是基于民国初年自己在县政府工作的经历，这段经历使他决定再也不在政府任职。李劼人关于四川县里的腐败和恶政的讽刺广受欢迎，樊孔周因此聘任他为《四川群报》（图7.1，图右）的主笔，这份报纸是樊孔周于1915年下半年创办的。当1917年樊孔周于战争时期被刺杀后，当局取缔了《四川群报》。李劼人和他的报人朋友们于是创办了《川报》，李劼人任编辑和主笔，直到他在1920年初离开成都赴法留学。[9]

图 7.1　1920 年，李劼人（图左），以及《四川群报》（图右）照片。由李劼人孙女李诗华提供

在李劼人中学的朋友中，有三人在民国初年已经离开成都求学了，到1910年代晚期，他们分别居住在北京、上海和东京。因此这三人在五四运动期间就成为《川报》的"驻外通讯员"。1919年5月间，北京的通讯员王光祈几乎每天都要发电报或者写信报道他亲眼所见的抗议和示威情况。《川报》发布了这些信息，成都的五四运动迅速响应起来。[10]成都学生联合会的一个学生领袖回忆道，当刊载着有关北京五四运动爆炸性消息的《川报》拿来的时候，他正与同学在四川师范学校吃早饭。一个学生站在桌子上大声宣读了王光祈的报道。食堂里马上爆发了兴奋的交谈，很快，大家就决定学生联合会应该在当地组织一场示威，并且向北京学生发去电报表示支持。[11]

5月7日第一次示威活动后，成都学生的公开行动导致约1万人于5月29日在少城公园集会。6月8日，又有约2万人参加了另一次示威活动。[12]除了督促在法的中国代表团拒签《凡尔赛条约》，抗议活动的领导人还号召举行公民集会和抵制日货。抵制活动持续超过半年。第五章中曾提到，1919年12月末，一个学生小队在东大街检查商店里的日货时遭到愤怒的商贩的攻击。两方都召来支援，导致一场规模巨大的斗殴。学生人数更多，他们砸毁了成都商会大楼，绑了28名"叛国"商人在皇城的校场示众。市长杨庶堪及省警署长官一起会见了愤怒的学生并且承诺给受伤的学生善后。游街后，被抓的商人被送到当地法庭进行犯罪调查，商会则远远躲起来谴责学生破坏财物。在接下来的几个月里，学生联合会成功地逼迫商人们低价处理了他们库存的日货并且承诺不再购入日货。[13]上海英文版《华北先驱报》驻成都通讯员声称，作为结果的低价销货造成了非常讽刺的效果：这使得"日货几乎散布到成都的每家每户"[14]。1920年春以后，因抵制日货而发生的冲突渐渐减少，但是1920年代，城市里一直不断发生关于其他问题的示威活动，比如缺乏教育经费。

　　1919年那个混乱的夏天，巴金只有14岁。成都发生的五四争论和示威活动给了他最初的政治与社会行动教育（图7.2）。那年，他的身体不太好，所以不太可能亲身参与这些活动。但是，他和哥哥一起如饥似渴地阅读报纸和政治杂志。1920年末，他已经接触到无政府主义，他接下来的行动和写作都受其相关哲学指导。1920年代初期，他也参加了街上的示威活动并且开始写政治杂文，如同"激流三部曲"中高觉慧和高觉民所做的那样。

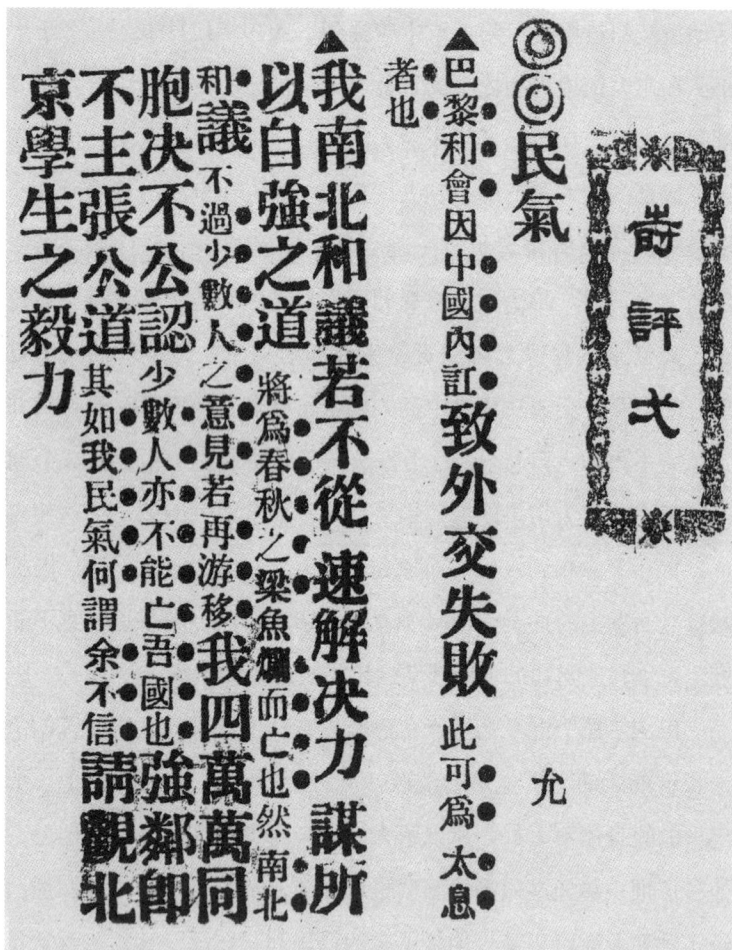

图 7.2 《国民公报》发表的社论赞扬了 1919 年 5 月 4 日抗议《凡尔赛条约》的北京学生的爱国热情。《国民公报》（成都），1919 年 5 月 19 日

巴金与无政府主义

根据巴金在1930年代发表的几篇回忆文章，巴金的传记作者奥尔加·朗讲述了巴金成为无政府主义者的过程。与巴金一同参加同一个无政府主义组织的其他四川年轻人的回忆，可作为巴金的回忆文章的补充。不过这些补充资料没有改变整个图景。[15]仔细比较巴金回忆录和"激流三部曲"的文本，朗表示，巴金直接在"激流三部曲"中采用了他早期的政治经历，特别是《家》中高觉慧为一个激进杂志写评论的部分，以及《春》中高觉民参加了一个地下政治组织向全省和成都市民传播革命文学的部分。巴金1920年在成都参加了一个这样的政治组织，还为组织的刊物写社论，并且负责与其他激进组织的秘密联络。在回忆文章中，巴金明确提到这个组织的人员自认是无政府主义者。小说中没有明确提到他们革命活动所持的具体意识形态。

1920年，当巴金成为无政府主义者时，无政府主义正是在中国最受欢迎的时候。1931年，当他写作《家》时，大部分中国的无政府主义组织已经解散了。[16]当时，蒋介石领导的国民中央政府公开抨击（和镇压）无政府主义。国民党最主要的政治对手共产党也不接受无政府主义并且批评其拥护者。所以，虽然巴金自己仍是无政府主义者，但在30年代版的"激流三部曲"中他在提及无政府主义时如此隐晦也就不足为奇了。50年代的修订版是在共产党领导下出版的，这些就进一步模糊处理了。

据巴金自己说，引领他认识无政府主义的老师是彼得·克鲁泡特金（Peter Kropotkin）和艾玛·古德曼（Emma Goldman）。克鲁泡特金是俄国哲学家和活动家，激励了全世界的无政府主义者。[17] 1880年，他的文章《告青年》主要是写给受过教育的俄国青年，文章鼓励他们投身于社会变革事业，解放悲惨生活中的大众。他用激情四溢的语言号召读者放弃自身的舒适生活，将自己的才华用于服务被压迫的大众。克鲁泡特金写道，如果特权阶层的青年人去观察寻求社会公平的普通工人的生活，他将看到：

> 他会不断地思考要怎样才能使生活对所有人来说成为真正的享受，而不是对四分之三的人类来说只是诅咒。他研究最难的社会学问题，试图靠他良好的常识、他的善于观察以及过往痛苦的经历解决它们。为了与同他一样悲惨的人达成理解，他试图成立组织。他组织社团，用微薄的捐助勉力维持；他试图与人在前线协商妥协，希望人们之间不会爆发战争，这比只知追赶普世和平潮流的伪善慈善家们强多了。为了了解他的兄弟的行为、与他们建立联系，详细说明并传播自己的思想，他只得忍受贫困煎熬和无休止的工作来维持他的报刊。最后终于到了最后的时刻，他站了出来，用鲜血染红了地面和路障，向前进去征服那些之后会知道如何腐蚀和反对他的富人们和强权者。[18]

克鲁泡特金问道，为什么这些特权阶层的青年人不去帮助那些穷苦的工人，而是帮助那些压迫这工人的人？巴金，和全世界其他年轻人一样，也问了自己同样的问题。这篇文章在1910年代流传甚广，巴金也读了翻译过来的中文版，产生强烈反应：他把这本小册子放在床头，反复阅读，又哭又笑。因为它正清楚地表达了他对于这个世界的想法，而他自己无力做到。[19]

受此鼓舞，巴金不断地寻找能让他明白如何为这个世界做些好事的指导。他第一次接触无政府主义理念是通过美国无政府主义者艾玛·古德曼（克鲁泡特金的《告青年》并未提及无政府主义这个词）。1919年，巴金的大哥开始购买好几本在中国东部出版的杂志，包括已出版的整套共五卷《新青年》，以及由1917年成立于北京的无政府主义组织"实社"出版的《自由录》。这本杂志上发表了翻译过来的古德曼的文章。[20]在这些文章里，她解释了无政府主义的目标："尽可能解放个人潜在的力量……一个自由的由个人组成的创造真正社会财富的群体……一种保证每个人都能按照个人的愿望、喜好和倾向获取和享受生活必需品的秩序。"[21]1923年，巴金离开成都去东部求学后，他开始同古德曼通信。两人成为笔友和同志。

历史学家阿里夫·德里克告诉我们1920年前后中国的政治杂志是如何大力宣传无政府主义的，其力度远大于包括马克思主义在内的其他政治学说。他这样来概括巴金能从那时的文章中获取到的信息：中国需要"一场推翻专制统治的社会革命，一场摆脱个人在长期高压统治下养成的屈从于权力的第二天性的文化革命"[22]。这个信息与吴虞发表在《新青年》上的一篇文章的论点不谋而合，无疑巴金是读过《新青年》的（《家》中高觉慧也提到过本杂志）。吴虞抨击中国的"家庭体制"以及中国家庭强调的孝道，因为他认为正是孝道使得人们被社会化成顺从、不敢为自己而斗争的样子。因此，他认为父权制家庭正是专制统治者的重要工具——"一个生产顺民的巨大工厂"[23]。巴金在回忆文章和"激流三部曲"中对他祖父、叔叔以及大哥的描写表明，他同意吴虞的观点。无政府主义支持了巴金士绅家庭支撑现有社会和政治秩序方式的生动的批评。

1927年和1928年，当巴金在法国留学时，他开始写作明显受无政府主义思想影响的小说。在他因小说在30年代早期出名前，他花了大量时间来写作宣传无政府主义的文章，以及把重要的无政府主义文本翻译成中文。他还加入了一些无政府主义组织。他所了解的第一个这样的组织建立在四川东部的重庆。1921年春，这个组织在成都的《半月》上发表了自己的纲领。巴金深受这纲领的鼓舞，写信给《半月》的编辑了解关于这个组织的更多信息。不久，他就开始为《半月》写社论，并且经常与杂志的编辑待在一起，就像《家》中的觉慧一样。[24]于是巴金和其他《半月》杂志的作者一起建立了自己的无政府主义组织"均社"。均社正是"激流三部曲"小说中高觉慧和高觉民参加的虚构的政治组织在现实世界中的原型。

虽然关于均社的情况主要是在《春》和《秋》中，但是在《家》中也提到了它出版刊物的情况，觉慧被发现在写作和发表一些批评军阀政府的文章。直到《半月》在1921年7月被当局关闭前，巴金一直在为它写作。杂志关闭的原因跟《家》中描述的一样。《半月》发表了一篇社论批评警察禁止年轻女子剪发。警察到《半月》编辑办公室查抄这期杂志并且命令他们不得干政，年轻的编辑们拒绝屈服。[25]这段经历写在《家》的第二十九章里。一位好心的警官来告诉觉慧和他的朋友们，社论要写得温和一些。他们拒绝了，于是报纸被取缔了。1922年，巴金和朋友吴先忧（"激流三部曲"中曾做裁缝学徒的张惠如的原型）办了另一本杂志《平民之声》。"激流三部曲"中，对应的报纸叫《利群周报》。

《春》和《秋》中，高觉民常与均社的一些人会面。他们的主要活动是与其他城市的类似组织秘密联络以及制作和散发他们的杂志、小册子以及其他物料。[26]他们在五月一日国际劳动节那一天散发革命传单，在十字路口附近的墙上张贴海报，跟巴金在1921年做的一样——还带着一个佣人帮他搬物料。[27]他们还排了一出表现1905年俄国革命的舞台剧叫作《黎明之前》，1920年代初期，巴金和朋友们还在成都演了这部剧。根据巴金在《秋》中的描述，均社的杂志每期散发2000册，而且杂志还有300名经常订阅的读者。[28]1920年代初，四川总体有七八个无政府主义社团，最大的一个在重庆，它的成员还设法在上海买自己的印刷机。

巴金在成都的政治活动给了他一个从争吵不断的李家抽离的情感避难所。当他祖父1920年去世之后，失去了强力统治的大家庭很快分崩离析。巴金跟朋友们待在一起，沉浸在政治争论和写作中，他看到了一种不同的、与他刚刚萌生的无政府主义理想相关的社会秩序图景。在《家》的第二十九章，年轻人们一起建立了一个公众阅读室，在旧的报纸被查封后又创办了一份新报纸。

高觉慧在他们庆祝筹款的活动最后所做的一些思考概括了巴金对美好生活的看法：

> 这一次十几个青年的茶会，简直是一个友爱的家庭的聚会。但是这个家庭的人并不是因血统关系和家产关系而联系在一起的；结合他们的是同一的好心和同一的理想。在这个环境里他只感到心与心的接触，都是赤诚的心，完全脱离了利害关系的束缚。他觉得在这里他不是一个陌生的人，孤独的人。他爱着他周围的人，他也为他周围的人所爱。他了解他们，他们也了解他。他信赖他们，他们也信赖他。[29]

　　觉慧的哥哥高觉新无法体会这样不分阶层、田园诗般美丽的社会。作为他这一代的长子，他需要为家庭负责，而且他对家庭感情至深，无法为了一颗无政府主义者"真诚交流的心灵"抛弃家庭。巴金认为，他的大哥李尧枚（图7.3）是被大家庭的责任给压垮了，这个家庭把他牢牢地困在不公和冲突里。1931年春，就在《家》开始在上海《东方时报》上连载时，李尧枚自杀去世。

　　在回忆文章里，巴金回忆起他的大哥在五四运动的那些年里，像他自己一样充满热情地阅读从东部来的杂志。但是李尧枚喜欢托尔斯泰比他喜欢克鲁泡特金和艾玛·古德曼更甚。列夫·托尔斯泰是伟大的俄国小说家，五四时期，他作为对个人主义、物质主义和工业社会的批评者以及对农业生活价值观的推崇者而被中国人民熟知。但是，托尔斯泰反对对压迫制度的暴力

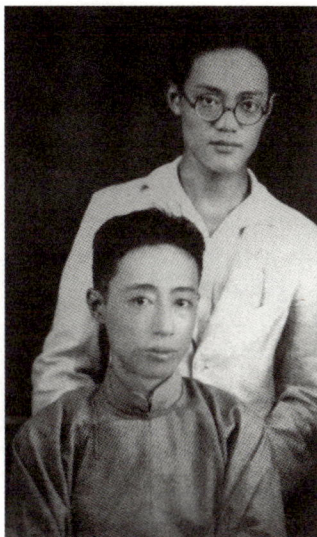

图7.3 巴金（站）和他的大哥李尧枚（坐），1929年，上海。巴金研究会提供

反抗，他拥护非暴力：只有爱才能赋予社会价值人性光辉。[30]据巴金说，他的大哥还喜欢刘半农。刘是一位诗人也是中国文字改革的支持者，他认为中国书写文字应让未受过精英教育的普通人更容易掌握。刘半农在《新青年》上发表了一篇文章倡导政治活动家们不应与对手争论。刘半农的方法比较像托尔斯泰的非暴力，以及一位老朋友"道家"，他说他们应该简单地鞠一躬假装同意。他把他的文章命名为《作揖作揖》。刘半农自己并没有实践自己的哲学。他一直在抨击那些他认为是太陈旧过时的作者。[31]但是巴金在回忆文章里写道，他的大哥竭尽全力地压抑自己对那些琐碎要求的厌恶和李家长辈对他行事方式的指令的批评。[32]李尧枚实践的"作揖哲学"也并没有道家那种更可行的冷漠态度。

国民党、共产党与四川本土主义

中国的无政府主义者跟其他地方的一样，不倾向于组成纪律严明的政治党派。他们相信可以通过教育和对压迫的直接反抗来帮助大众摆脱身上的枷锁，而不是通过获取国家政权，他们认为这样会使他们也变成压迫者。但是希望通过政府机构来获取权力的政治党派确实在1911年革命中觉醒了。1912年初，吴虞为政进党（在成都昙花一现的一大堆新政党中的一个）起草了政纲。[33] 在华东，孙中山和盟友把他们的革命组织改造成国民党，很快吸引了很多追随者。1913年，袁世凯对政党下了禁令，但是国民党违抗了他的命令一直在壮大。[34]

1916年袁世凯死后，诸如四川的熊克武和刘成勋（参见第五章）这样的区域统治者彼此攻打争夺领土并且各自宣布取得对国家的领导权。1921年，国民党与南方军阀结盟在广州建立总部。同一年，几个革命者受1917年布尔什维克革命建立苏维埃政权的鼓舞，在上海成立中国共产党。1923–1927年，国民党和共产党结成统一战线，并且取得了有苏维埃背景的共产国际的支持。1926年，他们联合发起了北伐，试图联合中国的军阀们。第二年，孙中山在国民党的继任者蒋介石将共产党人驱逐出国民党（还杀了一些人），并且在上海西边的南京建立了新的中央政府。[35] 国共两党间的战斗升级了，一直持续到1937年日本侵华，那时各党再次开展合作共抗外侮。

1920年代，巴金作为一个坚定的无政府主义者对国共两党都提出了批评。而跟他同时代的一些成都人，则来到了东部，在两党中扮演领导角色。一些比巴金年长几岁的人成立了第三党派"中国青年党"，其中包括李劼人的高中同学曾琦。1923年12月，在法国的一些年轻人成立了中国青年党，到了1920年代晚期，这个政党对四川政治起了一些影响。跟国民党一样，它强调中国应该自我强大起来抵抗帝国主义侵略。1920年代晚期和1930年代初期，相比由东部人控制的国民党，一些军阀更青睐青年党。[36]

1920年代初期，巴金离开成都之前，他本有机会从本地的国民党支持者和中央派来成都的代表那里了解国民党。但是四川国民党和那时其他地区一样，派系林立无法合作。成都五四示威后的省警署长官就是国民党人张群，他年轻时曾随徐子休学习（参见第二章）。1919年12月，他曾处理了抵制日货运动中学生与商人的冲突。[37] 1911年前，他曾是蒋介石在日本军事学校的同学，并且与孙中山渐渐相熟。由于张群是四川人，1919年，孙中山派他返回成都，调停不和的两大国民党领导——军阀司令熊克武和四川总督杨庶堪之间的矛盾。出于对孙中山的尊重，熊和杨任命年仅30岁的张群为四川省警察署长，由他直接掌管四川警察。但是张群调停熊杨二人的努力失败了，他1920年离开了成都。对这个年轻人来说，成都的政治形势太复杂了，难以调和。[38]

如果张群在成都多待一年，也许四川省警署不会发布禁止妇女剪发的禁令——那样《半月》也不会像巴金写的那样被取缔。成都的文化政治非常多变。即使在国民党内部，成员间对文化事件的态度差别之大，几乎是换个人就意味着政策发生根本改变。而20年代初，成员对国民党的忠诚度也相当灵活，即使在老党员中也是如此。离开成都后，张群到冯玉祥将军手下工作，冯是孙中山时断时续的盟友。1926-1927年北伐期间，张群再次进入国民党领导层。

另外两位出生于四川的国民党和共产党中著名人物——戴季陶和吴玉章——的职业生涯，也能说明在20年代初的四川，组织政治活动有多困难。巴金在回忆文章中没有提到过这些人，但是他一定知道这些人在1920-1923年间的活动；成都当时的报纸对这些人有广泛报道。

戴季陶和吴玉章都是在日本和中国东部开始接触党派政治的，又都在巴金十几岁时返回成都。跟张群一样，戴季陶1891年出生在成都北部的一个小镇，20世纪初他也曾是徐子休的学生。十几岁时他在日本学习法律，民国初年，他的日语能力引起孙中山的注意。孙雇用戴为秘书，戴从此渐渐以国民党理论家和国民党鼓吹者的身份在党内扮演重要角色。1930年代和1940年代，他是国民政府监察院的领导，负责考评公务人员的素质。1922年，孙中山派戴回到成都去做刘成勋的顾问，正如他派张群去熊克武和杨庶堪那里一样。[39]

到1922年，一些政治活动家已经集合起来支持中国联邦政体。就像美国各州一样，在这样的联邦体系里，每个省都应该有相当大的自主权。一些政治理论家相信一个稳定的国家政府最好在各省更稳定和更民主之后建立，所以他们号召实行省宪法和地方选举。[40]对很多地区统治者来说，联邦民国的主意也比一个高度集权的政治体制更有吸引力。在四川，刘成勋和袁世凯死后被选举出来的省议会邀请戴季陶起草一份能将省级和地方政府组织起来的宪法，该宪法还要清楚地界定在未来联邦中国中各省的权力。

吴玉章也是戴季陶任领导的宪法起草委员会中的成员，他最后成为共产党的资深领导人。吴玉章1878年出生在川南，清朝末年他就读于吴虞也曾就读的成都尊经书院。[41] 跟当时的大批年轻人一样，他在日本留学，并且在1911年前加入孙中山的同盟会。1911年，他参加了四川革命然后到南京帮助孙中山建立了中华民国。在1913年袁世凯取缔各政党后，吴玉章去了法国，在那里他对社会主义开始发生兴趣。五四期间回到中国后，他一直饶有兴趣地关注布尔什维克在俄国的胜利。1920年，他接受了在四川北部南充的一个中学的教职。

雇用吴玉章的南充中学校长张澜，在四川的地位相当于成都的"五老七贤"（参见第二章）。张澜在清朝旧式科举考试中曾获得功名，1911年在反对清廷国有化铁路的抗议运动中任领导者。在四川他被广泛地认为是重要的政治和文化人物，并且在1913年第一届国民议会召开时被选为四川代表。同年，袁世凯解散议会后，张澜回到了家乡南充，开始效法著名学者和实业家张謇建设南通的榜样，着手建设南充为一个现代化城镇。[42] 1919年，张澜在北京见证了五四抗议活动，表示支持。1920年，他返回南充，录用了教师吴玉章。

张澜在南充中学还雇用了袁诗尧，他是成都第一个自称是无政府主义者的人，跟巴金一样，都是均社成员。1919年和1920年，袁开始在成都推广世界语学习，世界语是无政府主义者们支持的一种世界性语言。他的朋友巴金也开始热情地学习世界语，后来他还以袁诗尧为原型在"激流三部曲"中创造了活跃的政治活动分子方继舜。但是跟巴金不同的是，袁诗尧从无政府主义转向马克思主义。1920年下半年，袁加入了成都第一个马克思主义学会，这个学会是由四川师范学校教务长王右木建立的。[43]袁诗尧到南充后，他和吴玉章继续学习马克思主义，他们还开设了相关的讲座，为共产主义事业招募了好几个未来的领导人。其中包括罗瑞卿，他1928年加入共产党，1934–1935年参加长征，最后成为中华人民共和国第一任公安部长。

20年代初，吴玉章在成都成为知名公众人物，并且进入了戴季陶领导的宪法起草委员会（也许是张澜推荐他的）。他力争在文件中包括工人组织工会的条款和保护工人权益的法律。戴季陶和委员会最终在1923年春完成了宪法草案。但宪法实施前，四川军阀之间又爆发了一轮战争。最后，这些文件完全被无视了。戴季陶和他年迈的母亲同住了一段时间，于1923年底返回华东。[44]

联邦政府垮台后，共产党和国民党都加快了在四川建设组织的步伐。吴玉章在王右木之后继任师范学校教务长。1924年初，他在成都建立共产主义青年旅。之前那个秋天，王右木已经建立了另一个独立组织——社会主义青年团成都分支。看起来是有好几个共产主义组织在成都共存彼此竞争。国共统一战线建立后，王右木加入国民党成为当地宣传机构领导人。1924年5月1日，王右木在少城公园组织了一次纪念列宁的活动。[45]虽然表面上总督杨森批准了此次活动，但他还是怀疑共产党人的目的。他试图贿赂王右木来支持他，还试图逮捕吴玉章。1924年夏天，两人都逃离了成都。[46]

差不多同一时间，中国青年党也开始争夺在成都的政治影响力。三大主要政党——国民党、共产党和中国青年党——在四川的策略都是一边争取军阀的同情，一边在老师和学生中传播自己的理念并且通过劳工组织向工人宣传。在张澜的鼓励下，各政党间可见的政治竞争在1920年代末更为明显。张澜于1925年返回成都任四川师范学校校长（1925–1927）和成都大学校长（1928-1931）。[47]

1927年1月，在少城公园召开了一个盛大的庆祝北伐胜利的集会。巴金的老朋友袁诗尧（他曾短期加入共产党）正好在成都，他登上舞台抨击所有的军阀并且号召普通人起来反对他们。[48]几个月后，来自三个政党的代表于成都大学于1000人面前展开了一场辩论。历史学家平山长富指出，当时统治成都和其他地区的一些军阀也在听众之中。[49]他们也许想好好了解一下如何更有效地吸引成都的青年人。

1928年2月16日爆发的一场暴力活动结束了这段政治发酵期。统治成都的军阀派军队包围了大学和中学，逮捕了超过100名在学校的领导人，包括曾在四川师范学校附属中学任教的袁诗尧。两天以前，由于城中最好的公立中学新任校长与军阀间的关系，愤怒的学生活活把校长打死。将军决定拿左派教师作例镇压所有的学生运动。当天，袁诗尧和另外13名疑似共产党人被秘密审判并处刑。1927年4月，蒋介石在华东清剿共产党后，四川军阀就放心大胆地照章办理了。共产党四川总部设在重庆，1927年它实际上已经被关闭了。[50]

四川共产党遭受重创后，国民党和中国青年党仍然在招收党员。1928年后，所有的四川将军在形式上都效忠于国民政府，但是私下里，他们完全无视中央政府。在1930年代上半叶，刘湘是省内占优的军事领导人。中央政府将他视为四川总督。但是他的政事运转通过遍布全省的袍哥网络比通过正式的政党要有效得多。我们在第五章关于袍哥的讨论中已经表明，像刘湘这样的军阀都认同川人治川。四川本乡人发现要统治全省的话，袍哥是比总部在东部的政党更有效更可靠的盟友。

到1940年代，张群、戴季陶和吴玉章已经是全国闻名的政治领袖、管理者和思想家。但是，如果他们反思1920年代初期在成都宣传革命的经历，他们肯定会感到挫败。在巴金的家乡，东部这些政党其实不怎么受欢迎。

社会运动和发展

1920年代统治成都的军阀可能也是四川本土主义者，但他们一直很关注中国东部以及更大世界里的发展。一方面，他们都渴望看起来能跟上时代，并且吸引年轻一代的支持，但另一方面，又利用各种机会增加自己的财富和资源，其中就包括最先进的军火。所以某种程度上，成都不算是与世隔绝或者像在"激流三部曲"中展示的那样固守陈规。频繁的战争使得经济摇摇欲坠，但是军阀们也确实雇用或者鼓励怀着改变四川社会文化壮志的有创业雄心的年轻人。这些年轻的改革者们有自己职业关系网和其他国外的社会联系，他们在成都的欧美社群、军阀和军官中结交朋友。成都的外国社群虽然小，但能对城市施加相当大的影响力。简短地介绍了成都的外国势力后，我们将研究两个1920年代在成都很著名的改革家的工作以及他们与外国人和军阀的关系：YMCA和全国公路修建委员会的陈维新以及民生实业公司的创立者卢作孚。

成都位于中国内陆，但是这不意味着成都人口缺少多样性。清朝前期，四川位于人口分布相对分散的边疆区域，需求土地寻找机会的人从中国各地迁居到此地，[51]渐渐地发展出四川方言，但是一些人仍然保留了原住地的一些语言。巴金的祖上从东部浙江来，但，到他出生的时候，他的家族已在四川生活了五代，他的中国话带着四川口音。

除了东部移民，成都还吸引了西藏人和西部的中国穆斯林，虽然数量不多。西藏商贩在成都贩售藏药和金属制品，然后在成都采购布料、茶和其他产品，大部分不会常年居住在城市里，但是有些西藏喇嘛住在此地的寺庙里。成都也有一个穆斯林社区，其成员历经数年修建了十几座清真寺，大部分坐落于市中心的"皇城"和西边的少城之间。在清朝，旗兵和家属都住在旗兵堡里，旗兵包括满族、蒙古族和汉旗。1911年后，这里大部分产业都卖出去了；民国时代，少城区特别是少城公园南边的区域成为军阀和有可支配资金的人青睐的区域。到了五四时期，居住在那里的旗兵家庭大部分渐渐融入广大的成都其他社区，几乎所有人都只认为自己是普通民国公民。[52]虽然穆斯林社区在清朝的最后十年和民国最初十年里已渐渐衰落，但到1920年代，仍然有超过几千人居住在成都；其中包括一些军官和知名医生。[53]

虽然巴金在成长过程中应该知道其他民族在成都存在，但是藏族人、穆斯林、满族人和蒙古人完全没有在"激流三部曲"中出现。"激流三部曲"中成都的西方人也只有一点体现，尽管他们在本地政治中非常重要。民国初年，成都的欧美人士由于他们的财富和西方文化带来的优势地位，在城市中拥有相当大的权力。他们的国籍保护他们免于省政府治下。清朝末年，法国、英国和德国相继在这里设立了领事馆，美国则在重庆设立了领事馆。当他们的公民声称受到不公正对待时，无论是什么情况，其外交官都会积极介入。1917年，当中国加入一战同盟国，德国人失去了受保护的地位，大部分德国人离开了四川。在成都还有一个很小的日本人团体。但是，由于《凡尔赛条约》引发了针对日本的怒潮，日本政府在成都的影响力比西方国家小很多。1916年后，成都设立了一个非官方的日本领事馆，但是四川军政当局拒绝承认它。

五四时期大部分成都的欧美居民与教会传教和学校有关，他们的目的是让人们信奉基督教并且传播他们的文化。20世纪上半叶，外国人在成都建立了20所学校。[54]最著名的就是1910年由几家清教徒学校和教会的领导人共同创办的华西协合大学。学校学生数量的增长非常缓慢，但它以医学院和牙医学院闻名，并且迅速得到本地显贵的支持。1920年代的学校校长约瑟夫·比奇在成都是重要人物。巴金的朋友吴先忧，也就是"激流三部曲"中张惠如的原型，曾就读于华西协合大学附属中学。华西协合大学的校园是由英国建筑师弗莱德·朗特利（Fred Rowntree）设计的，建在城南过去是田地和墓地的120亩土地上（图3.1），以一座宝塔状的钟楼和巨大的教学楼为特色。[55] 1924年与杨森产生纠葛的客座教授舒新城在给妻子的信中描述了校园的美丽，并且提到普通的成都居民是不允许进入校门的。[56]

美国人为成都YMCA分会提供了启动资金，正如在第二章中所述，它的第一任秘书罗伯特·塞维斯，想办法在靠近劝业场的城中心给YMCA总部大楼和运动场找了一大块地。五四时期，YMCA成为青年人集会的地方，包括想学习英语的巴金。YMCA还放映美国电影，组织运动比赛，举行科学或者国际时事讲座。罗伯特·塞维斯及办事人员以及其继任者（他1920年离开成都）与成都的各路权力角逐者都或多或少地发展了密切的关系。1920年6月，YMCA为警署总长张群和超过400名成都警官举办了一个特别活动。[57] 通过这种方式，YMCA在1920年代早期发起的多个社会活动都获得了支持。塞维斯和其他外国人还相信他们和四川军阀的关系使他们有能力保护本地社区。比如塞维斯就曾在1917年战争的敌对双方间斡旋，试图达成停火协议，让军队撤出成都。法国领事馆允许战败的军阀撤退到法国医院"治疗"，以此来平息紧张的事态也避免更多暴力。

跟一些军阀一样，成都的美国人、加拿大人和成都人也利用他们的特权来支持年轻的中国社会活动家们。其中有个人巴金一定知道,说不定还曾见过,就是1923年作为上海最大的出版社商务印书馆在成都的代表的陈维新。陈维新出生在成都,1910年代初被YMCA派到上海受训。第一次世界大战期间,他被YMCA派到法国与中国劳工一起工作。他的同事中包括晏阳初(晏因为1920年代在中国东部定县开展的"乡村建设"运动而闻名)。在法期间,晏阳初倡导"平民教育运动",其方法是教授不识字的成年人1000个常用汉字。陈维新把平民教育运动和其他社会革新思路带回成都。他给总部在上海的全国道路建设协会在成都成立了分会,旨在发展城市规划,并且建议刘成勋和杨森拓宽城市街道,建立常规的蔬菜市场,维修下水道系统等。[58]在1924年和1925年杨森统治时期,杨森采纳了许多陈维新的建议,翻新和拓宽了一条又一条街道,结果激怒了城中的一些商人。[59]

杨森证明了以改善交通为目的重建城市能促进经济发展。如上所述,"建设"在1920年代的成都是一个很有力的思路,对很多人来说,比激励了巴金的政治愿景更有吸引力。城中行业学校激增。1960年代中华人民共和国的外交部长陈毅在成都度过了他的一部分青年时代。1915年,他被录取进入少城公园旁的四川工业学校学习纺织。作为一名年轻的成都技术工科学生,他穿西式外套打领结。(1918年,由于家里无力再负担他的学费,他退了学,之后他参加了熊克武设立的军事学校的考试,不过没通过数学科目。然而不管怎样,抗日战争期间,他成为共产党新四军领导人。)[60]

　　少数中国知识分子在1920年代和1930年代公开发言反对这股蔓延开来的发展热情，他们认为过度追求财富会毁掉诸如"道法自然"和"以德为先"的中国核心价值观。一些人受到了访华的孟加拉族伟大诗人泰戈尔的激励，泰戈尔告诉听众不应该为了西方物质主义和技术进步牺牲亚洲智慧。[61]不过这种想法在成都或者在中国都没那么受欢迎。为了回应这种观点，巴金在1933年《家》结集成书出版的同年，写下了这样的文章：

　　　　我爱都市，我爱机器，我爱所谓物质文明。那是动的，热的，迅速的，有力的。我知道都市里包含着种种罪恶，机器使劳动者受苦，物质文明只供给少数有钱有势的人以高级的享受。然而这应当由我们这个不合理的社会制度负责（所以我们应当把它改造）。让那些咒骂都市、咒骂机器、咒骂物质文明的人，拿"精神"安慰自己罢！至于我呢，我再说一次：我爱都市，我爱机器，我爱物质文明。[62]

　　1920年代早期，看起来成都的大部分上流社群都欢迎欧美人士的存在。很大程度上是因为他们与现代技术和其他有用的知识相关。尽管1921年9月发生了反帝国主义集会，成都YMCA秘书乔治·海尔德注意到YMCA新会员的数量仍然在增加，当年新增1250名会员。[63]但是到1920年代中期，中国其他地方发生的一些事件让人们对外国人介入中国事务有了不同看法。1925年，上海租界的外国警察射杀了抗议一间日资工厂工作条件的示威者。

"五卅惨案"在全国掀起反帝国主义集会，包括成都。[64]国外的经济掠夺和军火销售开始被看作是加剧中国内战的原因。在成都，反外国人的运动高峰发生在1926年秋季，一艘英国炮艇对重庆东边的长江港口万县开炮（万县是1925年杨森被赶出成都后的驻地）。炮击是在英国试图让杨森释放在万县被扣留的两艘汽船时发生的，杨森扣留汽船的原因是一艘英国炮艇在长江上撞翻了好几艘中国船只，致使船上人员溺亡。而英国人则声明无人死亡，而且炮艇也迅速离开了，因为杨森打算强征炮艇向上游运兵。据悉超过600人在炮轰万县中身亡。激战中几十名英国水兵和中国士兵也丢了性命。[65]

万县惨案的消息很快传到成都，反对英帝国主义的抗议活动席卷全城。在华西协合大学，校长约瑟夫·比奇召集学生开了一个会，他一拳砸到桌上，惩罚了那些称英国人为"野蛮人"的学生。学生们集合在一起商量举行罢课作为回应，但是这项提议以99票对114票被否决了。然而仍然有30-40名学生决定退学。抗议组织者还鼓励（从外国人的观点看，是强迫）在校园里和老师家中工作的仆人们举行罢工。由于这场混乱，华西协合大学从1926年10月20-11月8日期间闭校。[66]不过学校还是度过了这场风暴，也仍然不断吸引学生入学（1937年日本入侵致使东部学校被迫撤离，几个学校——包括燕京大学和中国最著名的女校金陵女校——就曾在战争期间安置在华西协合大学的校园里）。

在中国青年中的反帝情绪仍然持续增长，整个1920年代和1930年代，在经济上超越外国人的热望十分强烈。李劼人的同事兼朋友卢作孚的职业生涯就为共产主义称之为"民族资产阶级"（不屈从于外国人且十分爱国的资产阶级）的人群提供了一个最好的例证。卢作孚（图7.4）成长于重庆附近一个县里的商人家庭。[67]1908年，15岁的卢作孚步行200多公里从家乡来到成都，并且自学了数学和英语。1914-1915年，他在上海住了一年后返回成都，在由成都商会会长樊孔周创办的

图7.4　1940年代的卢作孚。
照片由民生实业集团提供

《四川群报》任编辑。他和李劼人是在报社的同事。1921年，军阀杨森聘任卢作孚监管泸州的教育事务，泸州位于长江边，是杨森当时的驻地。卢作孚通过积极推行教育改革帮助杨森建立了进步军阀的名声。他的工作的核心重点是建立了川南师范学校，聘任了许多知名左派知识分子，其中包括共产党人恽代英。我们在第六章提到过的胡兰畦，与丈夫离婚后也是在杨森占领泸州期间在川南师范学校找到一份教职。

　　1922年卢作孚第二次去上海时，他开始对制造业产生兴趣，制造实业可以雇用那些没有选择只能当兵的人。1924年春，杨森挺进成都后，他把卢作孚也带了回来，让他放手全身心地去进行新技术普及工作。此时，陈维新也在成都启动平民识千字教育运动，而卢作孚在少城公园设立了通俗教育馆（图7.5）。通俗教育馆与YMCA类似，也有一个公共图书馆、运动场，举办运动会、

图 7.5　成都通俗教育堂，摄于 1924 年。由民生实业集团提供

公开讲座和技术展览、卫生展览、科学展览和历史展览等。[68] 很可能它就是被设计成"进口替代品"——一个完全本土化的 YMCA 替代品。

杨森一年后就被赶出成都了，卢作孚也回到重庆附近的家乡。在那里他最后与杨森的敌对军阀刘湘密切合作，在蒋介石和国民党 1930 年代末抗日战争时期迁移到四川前，刘湘已经渐渐把自己的势力范围扩展到四川大部分地区。1926 年初，卢作孚的最大成就是建立了四川轮航公司，与控制了长江航道汽船生意的日本和英国公司展开有效竞争。这些公司包括日清汽船（Nisshin Kisen Kaisha）、英国怡和（Jardine Matheson & Company）、斯沃尔和巴特菲尔德（Swire & Butterfield）公司。卢作孚创立民生实业公司是他为"重建"四川所做的一系列努力中最核心的一件，其他还包括由晏阳初倡议的乡村重建运动。"民生"的意思是人民的生活生计，是孙中山三民主义之一。在刘湘的支持下，民生实业公司在抗日战争前取得了巨大成功，到1935年，公司在长江及其支流水系运营45只汽船。[69]

卢作孚的朋友李劼人像巴金一样在法国留学学习文学。1924年返回成都后希望成为一个成功的作家。但是靠写作养活不了自己。杨森邀他加入自己的政府机构，但李劼人拒绝了。虽然卢作孚也许觉得李劼人不认同他为杨森工作，但他的地位使他可以在李劼人因在编辑报纸上讽刺杨森手下的军官被逮捕时救他一命。卢作孚出面干预，最后释放了李劼人。几年后，卢作孚帮李劼人计划一个造纸工厂，这是李和其他几个企业家共同创办的。1930年代早期，当造纸厂还在苦苦挣扎时，他还聘请李劼人管理民生实业公司的机器商店。1930年代末期的战争中，当东部供应的纸张被切断后，造纸厂的命运又回春了。如果巴金留在成都，那他很可能像李劼人一样，无法用手中的笔养活自己。或许他还会加入卢作孚通过经济发展和乡村重建改变成都社会秩序的行列。

如奥尔加·朗表明的那样，在1920年代短暂的政治组织和运动生涯后，巴金将他的一生投入写作。社会改良和革命的实践性工作常常需要跟当局做出妥协，这不会是巴金的选择。他怎样看待卢作孚这样生意做得风生水起、试图发展家乡经济和文化的人？我们不得而知。显然他没有在小说中赞扬这些人。但在1930年代的中国，巴金的世界观是很少见的。作为无政府主义者，他相信创造更美好世界的方式是创造一个公平合作的环境，使每个

个体都能开发和发展自己的才华。巴金不是民族主义者。巴金没
有把基督教看作是外国帝国主义的工具，相反他欣赏其中的人性
光辉和服务于人的精神。[70]对他而言，"服务"就是写作能够
鼓舞青年人的小说，让他们知道虽然身处烦恼中却并不孤单，就
好像他的主角们为他所做的那样。1927年留法时，他给身处马萨
诸塞监狱的鱼贩子范塞蒂（Bartolomen Vanzetti）和即将一同被处
以死刑的鞋匠萨可（Nicola Sacco）写了一封信表示支持，许多
无政府主义者把这个案子看作是政治构陷。范塞蒂像艾玛·古
德曼一样回了信，信中鼓励巴金"诚实地生活，爱人类，帮助人
类"[71]。

　　但是，对于巴金在成都的同胞来说，他的选择（也是觉慧
的）——逃到东部去远离政治旋涡——并不是通往有意义的人生
的唯一道路。大部分他的同学和亲戚都留在成都改变成都，大部
分人的方式可能很微小，诸如欢迎新技术或者将女儿送进学校读
书。少数人则更为明显地塑造了城市，比如陈维新和卢作孚，他
们发起识字运动和其他社会运动，成立公司，根据新的城市规划
标准重新设计城市等。虽然像吴玉章和戴季陶这样的政治代理人
认为成都泥古不化接受能力差，特别是在建立东部政党方面；但
城市的政治却瞬息万变。尽管（有时甚至是因为）城市治理缺乏
连续性，主张改革或者经济发展的本地力量仍然改变了城市的面
貌。1920年代，文化争论在成都热火朝天，许多城市实验和改造
计划最终也实施了。

尾声：

20世纪中国革命中的家庭和城市

"激流三部曲"是对1919-1923年间的中国家庭和城市的描述，这段时间正是被称之为五四运动的文化革新。父权制家庭是巴金关注的重点，因为那时他和其他人认为这是中国所有问题的一个主要原因。在他们看来，老一辈固执特权，要求一切服从于自己的意志，摧毁了接触到流传于世界的伟大思想的年轻人的精神。巴金认为，家庭是年轻一代试图缩短贫富差距、结束国内战争以及提高妇女地位的主要障碍。在"激流三部曲"中，这个城市只是一个黑暗阴郁的背景，在这里，子弹划破夜空，士兵与学生发生冲突，而可怜的乞丐蜷缩成一团等待施舍。

"激流三部曲"对中国家庭的批评吸引了年轻的读者，很多人在高家这些主角们身上找到了认同感。像觉慧与琴，他们试图掌控自己的生活，改变中国。有些人像高觉慧一样，从家中逃离出来。有些人则通过对成规的说服和抵制改变了家庭模式。还有一些可能很感激他们的家庭不像巴金小说中的高家那样,而是对他们充满爱与支持。[1]在所有富有的大户人家中,巴金这个充满怨恨的家庭不算典型。虽然像我们在第六章和第七章中讨论的那样,有些家庭感觉到新兴的新女性和革命理念的威胁,但大部分成都家庭并没有被新女性或者革命撕裂——战争和贫困对中国家庭来说是比那些文化议题更严重的问题。

然而巴金认为,对"家庭体制"的改良非常必要,包括拒绝学习类似顺从长辈这类儒家思想和价值观,这无疑应该是1920年代到1930年代间中国这些积极分子们的头等大事。发展经济和建立一个抵抗外国帝国主义的统一领导是更多人一致追求的目标。一个有说服力的、能实现这两个目标的方法是城市发展。那个时代主张发展城市的人认为,中国城市可以也应该成为经济发展的主要驱动力。一些人还认为,除了能使中国强大,经济发展还能提供减少对家长的依赖的新的工作机会,从而解决一些父权制家庭的问题。[2]这种对城市改良的热情在全中国蔓延开来,而且事实上,这种热情在20世纪初的世界大部分地区都蔓延开来。因此,虽然"激流三部曲"中的城市环境阴暗压抑,但在现实生活中,1920年代到1930年代的每个中国城市都有雄心勃勃的改良计划的目标。在这一点上,成都跟上海没有什么不同。巴金的"激流三部曲"模糊了这一重要事实。

与正在改变的家庭和"家庭体制"相比,城市改革在很多方面其实更简单,比如铺设街道、建立更灵活的警察机构、保持市场卫生,甚至提高识字率,这些都更直接,其进步也更容易衡

量。如果我们考虑到本书开头提出的婢女和小妾的问题，就像鸣
凤那样，那很明显，改革家庭相对更困难。清朝晚期和民国时代
的新法律都规定，限制或禁止婢女与小妾的买卖，但这两种交易
都广泛持续到1940年代。有时会出现文章和评论号召终止妇女买
卖。但是通常这个问题被认为是太难处理难以说清，因为这一现
象在城市里太根深蒂固，也因为农村地区广泛的社会失范和贫困
一直逼迫农村家庭卖掉他们养活不起的孩子。而家庭改革者们致
力于宣传核心家庭，一些人希望通过在现代城市中增加小型核心
家庭的数量，可以最终减少小妾和婢女的数量。

　　另一方面，从城市规划和管理者的角度来看，对于他们的主
要目标——城市生产力的最大威胁是社会失范。在城市家庭中，
婢女有一个界定清晰且稳定的位置。民国时期的城市管理者更为
关心的问题是大批被乡村地区的动乱逼得背井离乡寻求更好经济
机会的城市流民。[3] 既然"父权制"给婢女们在家中创造了一
个位置，因此这些从乡下来的可怜人能按照一定的规矩在城中找
到容身之所，那么新的城市管理者也无意去质疑这种制度。

　　那个时期的评论者们认为，婢女只有在经济制度完全改变后
才能得到解放。[4] 1949年执政后，共产党用新的政治和组织工
具彻底改变了中国经济和社会秩序。旧的士绅文化很快就被拔除
了。像巴金家这样的父权制家庭失去了他们的财产和社会地位。
小妾和婢女们与她们的男女主人一起，进入一个人人都需要从事
"生产性劳动"的新世界，不愿接受这种新秩序的人都需要接受
"再教育"[5]。在这种背景下，巴金在"激流三部曲"中对旧

秩序的有力控诉是证明这种"服务于大众"的核心价值观理应取代传统"孝道"的有效手段。在"激流三部曲"中，上海是自由的象征，但是新的共产主义观念里，所有的中国城市——特别是上海都是应被谴责的对象，因为那是资本家建立的压迫工人的血汗游乐场。在毛泽东时代的中国，经济发展当然也是关键目标，但小资产阶级和消费导向的城市都按照苏维埃城市化的模式，变成了以大型国企为中心的生产性城市。中国新的当政者对中国自己的城市变迁历史和创造力缺乏关注。20世纪初成都和其他中国城市迅猛发展的势头忽然就衰减了，人们的注意力都在社会革命和新"单位"里的工业生产上面。[6]

不过，毛泽东去世后的几十年里，共产主义早先对家庭和城市的定义得到修正，而且还在改变。首先，毛的继任者邓小平批准了中国沿海城市作为国际贸易和工业中心。然后，又鼓励内陆城市也照此榜样寻求致富之路。1990年代初，随着中国逐渐向世界开放，共产党也开始重新评估从前对儒家学说和价值观的负面评价，并且鼓励人民以中国文化为荣。[7]过去，随着五四运动的发展，像巴金这样的人将许多中国传统和价值斥为"落后"和"封建"。但是现在，像"孝顺"和"敬畏经典学习"被看作是完全可与社会主义和现代性（两个不断变化但在中国始终具有正面意义的概念）相容的正面品质。虽然巴金无比憎恶的家庭仪式在成都早已看不到了，但在孔子的家乡曲阜，又恢复举行尊孔或祭孔仪式。

最近的"激流三部曲"和电视剧《家》弱化了巴金对"家庭

体制"的批判，强调情节中的感情元素，而高家人和仆人们也都穿着漂亮的衣服（理想化的）来吸引那些对时尚敏感的消费导向的观众。由于"激流三部曲"的文化批判跟今天已经完全不同的中国社会没有关系了，这部小说在中国文化里的地位就与作为它灵感来源的另一部小说——18世纪的小说《红楼梦》相似了。[8] 两部小说都是很适合用不同的媒体形式表现的广受喜爱的中国文学经典。

然而，巴金的"激流三部曲"不断影响着人们对五四时期的中国的认识。它仍然是对20世纪初的几十年中"父权制家庭"和"传统中国社会"最有力的描写。巴金本人作为感情类畅销小说的作者很受欢迎，这使他成为1930年以来最有名的成都人。因此，他对于这个城市和城中贵族家庭的描写有着旁人无法企及的权威性。作为小说家，巴金创造了引起广泛共鸣的鲜活角色。他成功地用富有情感的叙述方式展现了历史时代，同时还创造出很多令人同情的角色，这些都不断地吸引着读者。从历史学家的角度来看，他的"激流三部曲"也生动鲜活地描写了1920年代和1930年代中国社会中的文化冲突，是不可多得的珍贵资料。但是，作为引人入胜的小说，"激流三部曲"必然简化了历史，特别是简化了那个时代中国城市变迁的多面性。

前面的章节记录了一个城市在一个充满了巨大的不确定性和不稳定性的时代的故事。当全球经济浪潮触及每个地区，也触及关于越来越被强化的文化遗产的性质和价值议题时，这个关于成都的研究扩大了对"五四"和新文化时期的中国以及动荡的1920

年代的世界城市历史研究的地理版图。在学术争论和上流社会变迁的表面之下，历史资料揭示了在喧嚣纷杂的20世纪初成都其他阶层人们的经历和体验。我对于五四时期成都的多层面思考表明，那个时代的社会变迁虽然很显著，但是我们在"激流三部曲"中看到的深重的代际鸿沟无法称之为成都社会的普遍特征。尽管在家庭组织内部的变化可归因于五四时期对父权制的抨击，但家庭关系对成都的经济和文化生活仍然十分重要。虽然成都掌权的军政当局不断更迭，但士绅阶层在公共事务上一直扮演重要角色。跟大家一直来的刻板印象相反，成都和城中大部分精英阶层，其实是欣然接受外国技术和某些新思想的；士绅家庭中的女性在新角色和独立性方面也有发展，而穷困女性和婢女却从未获得解放。尽管有了一定的社会流动，农村青年（做生意的、入伍的、四处流浪的）通常也一直处于城市社会的最底层。

巴金小说中描写的人物和情境唤起人们对像成都这样的城市的社会历史的关注，也解释了城市历史如何影响到巴金那一代革命青年的思想，从而使他们抛弃（或者不再强调）对家庭革新的关注，转而认为城市发展才是导向更好社会的正途。由于它对于"五四"记忆的影响，"激流三部曲"将家庭作为中国社会的核心问题，但这使我们忽视了在1920年代到1930年代间许多巴金的同辈人认为拯救中国应着眼于城市并为之奋斗的努力。

多年来，许多"激流三部曲"的读者可能并没有意识到故事背景是在成都。正如巴金希望高家成为一个典型的士绅家庭的缩影那样，他在描写高家所在的城市时只留了很少的几个明显的线索，因为他希望故事的背景是可与上海形成对比的"任何一个中国的城镇"。但是，正如我希望这本书能展示给读者的那样，书中角色和故事来自于个人经历，这使得成都丰富的历史细节贯穿了巴金小说的始终。

__附录:
成都和巴金个人历史年表

1813年　　刘止唐在成都设立槐轩书院。

1818年　　巴金的高祖父李文熙从华东迁居四川。

1839-　　英国击败清廷,获得香港的治外法权,并使清朝开放5
1842年　　个沿海通商口岸。

1851-　　太平天国起义,后被镇压,破坏了长江流域,将四川
1864年　　与中国东部隔绝开来。

1874年　　张之洞任四川学政,设立尊经书院,大力促进儒家学
　　　　　术发展。

1895年　　日本击败清朝海军。

1898年　　康有为在光绪皇帝的支持下,在北京领导变法;慈禧
　　　　　太后迅速扼杀变法,下令杀害支持变法的六位学者官
　　　　　员,其中有两位来自四川,与四川的精英阶层关系密
　　　　　切。

1901年　外国联军镇压了义和团运动；清朝开始新政改革：建立新的教育、军事、警察及其他体系；胡兰畦出生于成都。

1902年　巴金的父亲李道河在四川清政府内任职。

1903年　成都建立新警政；李道河离任去京，希望能觐见皇帝。

1904年　巴金出生于成都；英国入侵西藏，激起四川的民族主义风潮。

1909年　巴金的父亲被任命为广元县县令；罗伯特·塞维斯在成都建立美国基督教青年联合会（YMCA）；四川省议会成立；成都劝业场和少城公园对公众开放。

1910年　巴金未来的老师吴虞出版《家庭苦趣》，抨击他的父亲，然后躲藏了起来；华西协合大学成立。

1911年　四川保路运动抗议活动导致四川宣布独立；清朝灭亡；一场军事政变开启了成都军阀时代。

1912年　民国政府成立，袁世凯任总统；四川袍哥开始进入漫长的扩张期和影响力扩大期。

1914年　巴金母亲去世。

1915年　新文化运动最重要的杂志《新青年》在上海出版。

1916年　民国大总统袁世凯去世；地方军阀和政党势力开始二十年的争权内战；由于四川缺少稳定的政府，袍哥山堂成为事实上的地方权力机构。

1917年　川军与盘踞的滇军和黔军在成都展开巷战，摧毁了城市的大部分地区；战后巴金的父亲和吴虞的妻子相继因病去世。

1919年　北京发生五四运动，成都人民很快就得知相关消息；学生发起抗议，并组织抵制日货活动；张群被任命为四川省警署总长；少年中国学会成都分会成立。

1920年　少年中国学会成员李劼人赴法学习文学；巴金读了克鲁泡特金的《告青年》，开始对无政府主义产生兴趣；巴金祖父去世；军队与学生在少城公园发生冲突；胡兰畦在母去世后接受了包办婚姻安排。

1921年　巴金向《半月》杂志（一本由他朋友出版的政治刊物）供稿，参加均社（成都一个无政府主义组织）；巴金的老师移居北京在北京大学任教；中国共产党在上海成立；成都军队与警方和学生发生冲突。

1922年　胡兰畦抛弃丈夫，接受了一份在泸州的教职工作，泸州是军阀杨森的根据地；中国帝制复辟运动期间，戴季陶和吴玉章在四川省宪法起草委员会任职。

1923年　巴金和二哥李尧林离开成都去华东；国民党和共产党建立统一战线，对抗北方军阀；陈维新在成都推行大众教育和城市规划。

1924年　杨森占领成都，开始一系列城市改造，包括建设春熙路商业区；吴虞从北京返回成都；李劼人从法国返回成都；吴虞和李劼人都受雇于开始同时接受男女生入学的成都大学；卢作孚建立成都通俗教育馆；中国青年党在成都表现活跃。

1926年　万县惨案激起四川人民反对帝国主义的情绪；卢作孚创办民生实业公司；军阀及其亲属通过从前地主手中逐渐收购的方式拥有成都周边大部分土地。

1927年　巴金在巴黎留学；北伐期间，国共统一战线瓦解；蒋介石在南京建立国民政府；共产党被迫从城市撤离到农村地区。

1928年　巴金返回上海；成都军阀肃清"左"派教师。

1931年　《家》开始连载；巴金的大哥自杀。

1932年　成都再一次笼罩在敌对军队势力街头巷战的恐怖阴影下；刘湘统治四川；大半上海在日军攻击中沦为废墟。

1933年　《家》成书出版。

1934-
1935年　国民党"围剿"共产党江西根据地，共产党开始长征，最终在西北的延安建立新的根据地。

1937年　日军入侵华北和华东，摧毁南京；巴金继续住在日军统治之外的上海法租界。

1938年　《春》出版；国民党撤退到四川，建立重庆临时政府。

1940年　《秋》出版；巴金离开上海去国民党控制下的西南地区。

1941年　巴金在1923年离开成都后首次回到成都。

1942年　曹禺在国民党战时首都重庆执导舞台剧《家》。

1944年　巴金和萧珊在广西桂林成婚。

1945年　抗日战争结束；巴金返回上海。

1949年　中华人民共和国成立；巴金宣誓支持新政权并担任多
　　　　个文学方面的职务。

1953年　修订版《家》在上海出版；香港拍摄了电影《家》。

1956年　上海拍摄电影《家》。

1966-　　"文化大革命"中，巴金的作品被禁，巴金被指控犯

1976年　了政治错误，强制接受"再教育"，妻子患癌症无法
　　　　接受治疗而去世。

1978年　新版巴金小说出版，其中包括1982年的连环画版《激
　　　　流》（1995年又出了中英双语版）。

1988年　《激流》电视剧播出。

2005年　巴金于上海去世。

2007年　新版电视剧《家》播出。

注释：

导　语

〔1〕　巴金小说的中文标题是《家》《春》《秋》。三部曲的完整概要出现在 Mao, Pa Chin，第四章。完整的英文版《春》和《秋》尚未出版。

〔2〕　巴金，《〈家〉重印后记》，p610-611。

〔3〕　中文里将这些仪式和观念统称为"礼教"。第二章会论及此话题。

〔4〕　参见Stapleton, "Generational and Cultural Fissures"。书中认为多代际大家庭会让年轻一代更被动更有依赖性。也可参见Schwarcz, *Chinese Enlightenment*，p110-112。

〔5〕　这一点请参见Fung, *Intellectual Foundations of Chinese Modernity*，第一章。

〔6〕　关于1949年前的中国这种压抑、停滞、悲惨的旧形象的批判也可参见近来Dikötter, *Exotic Commodities*。

〔7〕　例如，在黑人女历史学者协会（Association of Black Women Historians）发表的批评声明里这样写道："本协

会认为无论这本书还是这部电影为了娱乐性而剥离黑人妇女生活的历史真实性都是不能被接受的。www.abwh.org/images/pdf/TheHelp-Statement.pdf（2015年8月20日访问）

〔8〕 在1981年11月11日给李劼人的女儿李眉的一封信中，巴金赞扬了李劼人的小说把他年轻时的成都描画得栩栩如生。此信在成都李劼人纪念馆中展览。有关李劼人描写成都的小说，参见Ng, *Lost Geopoetic Horizon*。

〔9〕 Lang's *Pa Chin*是关于巴金生活的最好的英语论著之一。中文的巴金传记还有一些。其中最有价值的是陈思和的《人格的发展》以及谭兴国的《走进巴金的世界》。

〔10〕 巴金，《关于〈家〉》，p252-265。

〔11〕 Olga Lang 在论及巴金作品中的友谊主题时，指出了它在中国文学史上的重要性。Lang, *Pa Chin*, p65–67。

〔12〕 中国文学传统对巴金小说《家》的影响是 Shaw, "Ba Jin's Dream" 的研究重点。Lang的*Pa Chin*的第十章也分析了欧洲文学特别是俄国文学对巴金作品的影响。

〔13〕 影响了青年巴金的思潮和制度可参见第七章中的论述。

〔14〕 参见Shaw, "Changes in *The Family*"；Fisac, "Rewriting Modern Chinese Literature"，以及金宏宇，《中国现代长篇小说名著版本校评》。

〔15〕 1958年反右运动中，巴金短暂地受过冲击。参见 Mao, *Pa Chin*, p35-37。

〔16〕 关于巴金呼吁建立"文化大革命纪念馆"的事情，参见

Schwarcz, *Place and Memory*，p205-206。

〔17〕 刘净植，《张瑞芳、孙道临和巴金的〈家〉》。

〔18〕 《中国现代文学馆历史沿革》http://wxg.org.cn/gydh/lsyg/
cjcs/2011-03-23/11966.shtml（2015年8月20日访问）。

〔19〕 李存光，《家·导读》。成立于上海的巴金研究会定期
举行研讨会发布关于巴金的学术研究。参见http://bjwxg.
cn/（2015年8月29日访问）。

第一章

〔1〕 程琴在《〈红楼梦〉与〈家〉中悲剧人物形象比较——
以晴雯和鸣凤为例》中比较了鸣凤和晴雯的相似之处。
在孙良好与陈建微比较《家》和《红楼梦》中女性形象
的文章中，两位作者发现从《家》问世起，读者就开
始就两者的相像之处发表各种评论。尽管巴金自己淡化
《红楼梦》对《家》的影响，但多数学者仍然认为前者
对后者影响很大。参见孙良好、陈建微，《女性自我意
识的'觉醒'与'沉沦'》，以及Lang, *Pa Chin*和 Shaw,
"Ba Jin's Dream"。

〔2〕 在张爱玲翻译自己的小说《金锁记》英文版时，她将
"丫头"翻成 "slave girl"，在*Sex, Law, and Society*中，
Matthew Sommer将婢女翻译成 "unmarried female domestic
slave"（未婚女性家养仆人）。广东话中，"妹仔"是

婢女的口语化叫法。在Drescher 和 Engerman的 *Historical Guide to World Slavery*（p292-293）中，词条"妹仔"被Ching-Hwang Yen翻译成"年轻的女性家仆"。

〔3〕 韦庆远，吴奇衍，鲁素，《清代奴婢制度》，p23-39。

〔4〕 同上，p166-179。也可参见Naquin和Rawski, *Chinese Society*，p118。Matthew Sommer在*Sex, Law, and Society*，p305-306中对于雍正朝的法令做了有趣的分析，他认为废除"贱籍"某种程度上是为了建立不受社会阶层变化影响的更清晰的性别角色和性别行为规范。

〔5〕 韦庆远，吴奇衍，鲁素，《清代奴婢制度》（p41-42）描述了雍正九年（1731）的一份这类合同。19世纪晚期和20世纪早期的类似合同可参见Jaschok, *Concubines and Bondservants*（p146-148）以及洪丽完编著《台湾社会生活文书专辑》。James Watson指出儿童买卖契约的模板可以从19世纪和20世纪的户籍年鉴中找到。Watson, "Transactions in People"，p234。

〔6〕 吴虞，《吴虞日记》，第二卷，p318（1926年6月13日）；也可参见冉云飞，《吴虞和他生活的民国时代》，p7。冉云飞注意到，巴金的老师吴虞在五六十岁时，仍然在不断纳年轻的小妾。巴金1926年离开成都，但是可能从家人来信中了解到刘豫波的行为，可能也包括吴虞的行为。

〔7〕 Ransmeier, "No Other Choice"，p286。Lisa Tran探讨了1930年代中国最高法院定义的"家属"和"亲属"的区

别。Tran, "The Concubine in Republican China", p138。

〔8〕 Gates, *China's Motor*。

〔9〕 人类学家James Watson注意到华南地区"妹仔"和男主人或女主人的关系可能有多变化，但是判断这可以被看作是某种亲属关系（"妹仔"是"二等女儿"）。Watson, "Transactions in People", p343。

〔10〕 巴金，《关于〈家〉》，p596-600。

〔11〕 Waltner, *Getting an Heir*，p145-147。

〔12〕 Amy Tan 1989年的小说*The Joy Luck Club*就讲了一个童养媳龚琳达（Lindo Jong）的故事。Chu, *Assimilating Asians*，p160-165中就比较了Tan的小说和巴金的《家》。在中国文学中，最著名的童养媳形象是1930年发表的背景设置在湖南农村的一个短篇小说中的主角萧萧。参见沈从文小说《萧萧》p97-110。1986年摄制了十分忠于原著的电影《湘女萧萧》。

〔13〕 Wolf和Hill Gates在 "Modeling Chinese Marriage Regimes" 讨论了"童养媳"的模式和实践中的变化。

〔14〕 韦庆远，吴奇衍，鲁素，《清代奴婢制度》，p5-7，引用了方苞关于18世纪苏州婢女风尚的评论。

〔15〕 Drescher和Engerman, *Historical Guide to World Slavery*，p151，引用了Watson的"中国"词条，该词条是对Watson早前发表的文章"Transactions in People"，p241-242内容的精简修正版。

〔16〕 Jaschok, *Concubines and Bondservants*，p97。

〔17〕 例如，韦庆远，吴奇衍，鲁素，《清代奴婢制度》，p37-53。

〔18〕 Jaschok, *Concubines and Bondservants*，p29，p45。

〔19〕 Pruitt, *Daughter of Han*，p66-72。

〔20〕 苏建新，陶敏，《宣统元年禁革人口买卖史料》，p69。

〔21〕 Jaschok, *Concubines and Bondservants*，p90-91。

〔22〕 Watson, "Transactions in People"，p229。

〔23〕 James Watson相信，20世纪初的香港，大部分人都知道社区里的婢女们老家是在哪里。通常婢女从一家转卖到另一家会经过特别安排，这样买卖双方就不能见面，这表明婢女被卖掉后无法与父母再保持联系。参见Watson的"Transactions in People"，p235。Maria Jaschok（*Concubines and Bondservants*，第一章）讲述了穆小丽（Moot Xiao-li）的故事，她后来成为一个有钱的小妾，从而成功地找到了卖掉她的生身家庭，并且一直资助自己的家人。

〔24〕 韦庆远，吴奇衍，鲁素，《清代奴婢制度》，p51-56，关于清朝初期孩童跨省长途买卖的情况参见Finnane, *Speaking of Yangzhou*，第九章。

〔25〕 Ransmeier, "No Other Choice"，第四章。

〔26〕 文玉，《目前中国之奴婢解放问题》。

〔27〕 Lim, *Sold for Silver*，p38-39。

〔28〕 Eastman, *Family, Fields, and Ancestors*，p26-27，也请参见Ropp, Zamperini和Zurndorfer, *Passionate Women*。

〔29〕 韦庆远，吴奇衍，鲁素，《清代奴婢制度》，p114。

〔30〕 同上，p118-119。

〔31〕 Pruitt, *Daughter of Han*，p66-72。

〔32〕 Sommer, *Sex, Law, and Society*，p49。

〔33〕 Jaschok, *Concubines and Bondservants*，p70-72。

〔34〕 Lim, *Sold for Silver*, p39-46。

〔35〕 2000年9月，在成都进行的刘博古采访。

〔36〕 觉民将吴虞称为吴又陵，"又陵"是吴虞的"字"，"字"是人们用在正式的公开场合的别名，通常是男子成年后自己选择的。

〔37〕 冉云飞在《吴虞和他生活的民国时代》p3-19详细探讨了吴虞购买婢女和小妾一事。

〔38〕 《吴虞日记》卷一，p516（1920年1月21日和22日日记）。吴虞在1919年2月26日的日记里还提及给一个新来的婢女重新取名的事情（卷一，p450）。

〔39〕 关于成都新警察体系的建立，参见Stapleton, *Civilizing Chengdu*，第三章。

〔40〕 这些文件属于《第一历史档案》，参见Stapleton, *Civilizing Chengdu*，第三章中的列表。

〔41〕 Stapleton, "Age of 'Secret Societies'"；也可参见Wakeman, *Policing Shanghai*。

〔42〕 《吴虞日记》卷一，p443和p511（1919年1月17日及12月31日日记）。

〔43〕 现在的成都极少下雪，但在巴金的青年时代还比较常见。吴虞曾记载1919年2月春节时雪下得很大——他家人把雪收集在一个大瓮里，之后用雪水烹茶、腌酸菜。《吴虞日记》第一卷，p446（1919年2月1日日记）。

〔44〕 小说里鸣凤虚岁16岁。巴金那个时代，中国小孩在母亲肚子里的时间也算一岁；因此今天的大部分人会认为鸣凤是15岁。

〔45〕 傅崇矩，《成都通览》，第一卷，p392。

〔46〕 吴虞没有描写买卖孩童的市场是什么样子，但吴天明在1996年的电影《变脸》中，呈现了一个令人印象深刻而且表现合情合理的市场图景，这部电影的背景设定在1930年代初期的四川。

〔47〕 Jaschok, " 'Slave' Girls in Yunnan-Fu"。

〔48〕 Service, *Golden Inches*, p57-59, 95。

〔49〕 同上，p70。

〔50〕 Pruitt, *Daughter of Han*, p146-147。

〔51〕 李劼人的《大波》设定在1911年的成都，其中有一个场景描写一个婢女在深夜一边打盹儿一边等待女主人的命令，女主人此时正与丈夫和侄子深聊。她的侄子与觉慧的政治倾向接近，他向婶婶表示，应该允许这个婢女去睡觉。《大波》，卷一，p162-165。在《大波》的第三卷（p1540-1541）里，小说里的角色也讨论了废除婢制的问题。

〔52〕 Pruitt, *Daughter of Han*, 第8-13章。

〔53〕 Rubie Watson在"Wives, Concubines, and Maids"中指出"妹仔"和小妾在家中地位的相似之处。

〔54〕 在Stapleton, *Civilizing Chengdu*中，也列举了类似的事例（p89）。

〔55〕 Jaschok, *Concubines and Bondservants*，p25-34，引文来自p34。

〔56〕 Lisa Tran在"The Concubine in Republican China"中探讨了对于小妾的普遍观念以及从1930和1940年代的法庭判例中了解到的关于小妾的信息。也可参见Tsung Su, "New Women Old Mores"。

〔57〕 Xie Bingying, *Woman Soldier's Own Story*，p40，p213。

〔58〕 胡兰畦，《胡兰畦回忆录》，p58。

〔59〕 pruitt, *Daughter of Han*，p108。

〔60〕 孙旭军，蒋松，陈卫东，《四川民俗大观》（p360-362）中提到，"巫师"，口语里常称为"端公"。

〔61〕 Deirdre Sabina Knight在文章"Gendered Fate"中探讨了在很多民国时代的文学作品里女性角色是如何唤醒"命运"的，其中也曾简短地提及巴金的作品。

〔62〕 Stapleton, "Generational and Cultural Fissures"，p131-148。

〔63〕 傅崇矩，《成都通览》，第一卷，p110。

〔64〕 同上，p394。

〔65〕 Overmyer和Chao所著的*Ethnography in China Today*中有许多关于当代中国流行宗教观念的有价值资料。在巴金年

轻时的成都，流行的宗教多如牛毛，分布也很分散；对此，目前还没有好的综述。

〔66〕苏建新，陶敏，《宣统元年禁革人口买卖史料》，p69。

〔67〕这段文字是笔者对上条注释书中提及的周馥总督所写的悼文的意译。苏建新，陶敏，《宣统元年禁革人口买卖史料》，p68。

〔68〕这段法令原文（包括悼文）参见苏建新，陶敏，《宣统元年禁革人口买卖史料》，p70-71。Marinus Meijer在"Slavery at the End of the Ch'ing Dynasty"中分析了这段法令。

〔69〕Sinn, "Chinese Patriarchy and Women"。

〔70〕胡怀琛，《解放婢女议》，译自Ebrey, *Chinese Civilization*, p345-347。

〔71〕领事公报引自Pedersen, "The Maternalist Moment"。

〔72〕文玉，《目前中国之奴婢解放问题》。

〔73〕同上。

第二章

〔1〕Joseph Esherick和Mary Backus Rankin在他们编纂的*Chinese Local Elites*导论中曾用该术语综述中国士绅及相关问题。

〔2〕参见Elman, *Civil Examinations in Late Imperial China*。Henrietta Harrison在*Man Awakened from Dreams*第二章里

描述了19世纪晚期一个人求学和考试的过程。

〔3〕 没有取得功名的人也可买官。参见Zelin, "Fu-Rong Salt-Yard Elite" 中列举的太平天国晚期四川的例子。

〔4〕 陈思和在《人格的发展》p8-12里讨论了巴金的家族史。巴金自己的回忆录也提供了佐证。

〔5〕 李存刚在《百年巴金》p3-7里证实了李道河在广元的官职，但是没有提到那40亩地。

〔6〕 这个粗略的估计基于吴虞日记以及其他一些提及成都士绅阶层规模的资料来源。傅崇矩的《成都通览》卷一p41-43 列出了大约90个在1919年的成都和周边地区尚存的家族祠堂。其中有多少仍由建造的家族维护我们不得而知。巴金家族声称浙江某县是其祖籍，很可能在那里出资建造并维护李氏祠堂。如果巴金的祖辈是成都本地人，他们就可能没有资格在四川做官。清政府禁止本地人出任当地官员，以减少徇私和狭隘的本土观念。

〔7〕 巴金，《秋》，p229。

〔8〕 Bodde和 Morris, *Law in Imperial China*。弑父是十恶不赦的罪行，应遭到最严厉的惩罚；参见Mühlhahn, *Criminal Justice in China*，p26。

〔9〕 在"激流"中，周伯涛的女婿郑国光写了一篇传统八股文，在文中他区分了1917年在成都交战的两支军队，一支川军一支黔军。参见《秋》，p214。在评论此幕情节时，巴金说他的一位表亲真的写过一篇类似的文章；参见《谈〈春〉》，p663。

〔10〕 Stapleton, *Civilizing Chengdu*，第四章、第五章。

〔11〕 第五章里研究了军阀的兴起，以及军阀和军队在巴金的青年时期如何影响成都的生活。也可参见Kapp, *Szechwan and the Chinese Republic*。

〔12〕 参见Stapleton, *Civilizing Chengdu*，p210-212。

〔13〕 高觉民在《秋》（p108）中激烈地表达了此观点。

〔14〕 特别是参见李劼人背景设定在1911年革命时期的成都的小说《大波》。李劼人计划写一部关于成都新文化运动的小说，但遗憾的是，未能完成。1909年和1910年刘豫波曾任李劼人的老师。参见李劼人对刘豫波充满感情的回忆文章，文中李将刘的某些方面和与刘同龄的萧伯纳相比。李劼人《敬怀刘豫波先生》。

〔15〕 四川省地方志编纂委员会，《四川省志：人物志》，p431-433。

〔16〕 这些关于忠孝的言论的来源已经很模糊了；有些人认为它来源于汉朝哲学家董仲舒，有些人则认为它来源于元杂剧。在明清两朝（明朝1368-1644，清朝1644-1911），这些说辞渐渐进入儒家教学的文本。

〔17〕 Bays, *China Enters the Twentieth Century*。

〔18〕 参见*Confucian China and Its Modern Fate*第三卷第一章，Joseph Levenson将廖平称之为一个在那个时点过于早熟的"小儒教分子"，"最后的儒家学派中最后一位思想家"。也可参见Jensen, Manufacturing Confucianism，p177。

〔19〕 Stapleton, "Generational and Cultural Fissures", p131-148。

〔20〕 吴少波，《徐炯》。

〔21〕 Billioud和Thoraval， "Religious Dimension of Confucianism"。

〔22〕 吴少波，《徐炯》，p282-283。

〔23〕 徐子休，《大成中学校开学演讲》。

〔24〕 Jon Kowallis表明，直到1930年代，传统旧诗在某些精英圈子里仍然十分流行。参见他的*Subtle Revolution*。关于清朝晚期成都的诗歌，也可参见谭兴国《蜀中文章冠天下》，p326-330。

〔25〕 关于*Amusing Accounts*的历史，参见王绿萍和程祺所著《四川报刊辑览》卷一，p62-63。关于这本刊物的讨论也可参见姜进和李德英《近代中国城市与大众文化》。

〔26〕 Goldman, *Opera and the City*。

〔27〕 参见戴德源《戏曲改良与三清会》。关于晚清戏曲改良的总体情况，可参见李孝悌《清末的下层社会启蒙运动》第五章。

〔28〕 林植垣，《刘豫老疏散中和场轶事》。

〔29〕 Knapp和Lo在*House, Home, Family*中对中国民居建筑和风水规矩做了精彩的介绍。

〔30〕 Lang, *Pa Chin*，p7-8。

〔31〕 傅崇矩，《成都通览》，卷一，p24-25。

〔32〕 王笛在《茶馆》一书中分析了不同阶层的人利用少城公园的情况；参见p184-186。少城公园的历史也见于四川省

文史馆，《成都城防古迹考》，p461-462。

〔33〕 Crossley, *Orphan Warriors*，p196-197。

〔34〕 四川省地方志编纂委员会，《四川省志：人物志》p470。

〔35〕 傅崇矩，《成都通览》，卷一，p303。

〔36〕 吴虞，《吴虞日记》，卷一，p22-80，1912年记录。

〔37〕 冉云飞，《吴虞和他生活的民国时代》，p49-65。

〔38〕 同上，p23。

〔39〕 关于茶馆和新戏院的简短历史介绍，可参见王笛，《街头文化》，p45-50。王在他的《茶馆》一书中对于成都茶馆的历史进行了更为深远的探讨。

〔40〕 巴金，《我的老家》。

〔41〕 John Hersey的小说*The Call*从西方人的角度讲述了西方思潮被引入成都的故事，在小说中他描述了两类人，一类是自由派的"社会福音"活动家，另一类是认为只有"老式宗教"才值得传授给中国人的原教旨主义者。在我看来，*The Call*对于成都的描述是不准确的，虽然在中国的其他地方Hersey所描述的这种传教士内部的争论确实可能发生。

〔42〕 成都本地对欧美人士态度的急剧好转可由在成都居住了几十年的加拿大医生传教士奥马尔·科尔伯恩（Omar Kilborn）的描述佐证。参见Kilborn, "Historical Sketch"。

〔43〕 1911-1949年间中国人愿意采用和适应外国技术是Dikötter的*Exotic Commodities*一书的主题，书中描写了大量在成都出现的新技术的事例。

〔44〕 Service, *Golden Inches*。Service的报告涵盖了他在成都YMCA期间（1906-1921）的记录，这些报告保存在考兹家族（Kautz Family）YMCA档案里。

〔45〕 加拿大老照片项目团队（Canadian Old Photo Project Team），*Chengdu, Our Home*收集了大量加拿大传教士在成都期间留下的精彩照片和回忆录。

〔46〕 《吴虞日记》，卷一，p162-163（1914年12月27日）以及p541-542，544，552，565-566（1920年6月-11月）。p565提到了他女儿的建议。

〔47〕 根据巴金回忆录，与他母亲成为好友的医生是英国人（参见Lang, *Pa Chin*，p23）；但是由于当时成都大部分的医生传教士都是加拿大人，她也可能也是加拿大人。这位医生可能是丽塔·科尔伯恩（Retta Kilborn），她于1894-1933年间在成都卫理公会医院和华西联合大学行医执业。

〔48〕 John Service评论道，如找不到西医，哪怕他们仍在襁褓的女儿躺着等死，父母也从未考虑过咨询中医。*Golden Inches*，28n4。

〔49〕 关于中医历史的有价值的英语学术论述包括 Kuriyama, *Expressiveness of the Body*以及 Unschuld, *Medicine in China*。

〔50〕 关于女性生产的医学实践，参见 Yi-Li Wu, *Reproducing Women*。

〔51〕 巴金，《谈〈家〉》。

〔52〕 傅崇君，《成都通览》，卷一，p195-199。

〔53〕 巴金，《春》，p96-105。

〔54〕 Smith, "Ritual in Ch'ing Culture"，p287。

〔55〕 关于15世纪此类帮会规矩，有一个有趣的例证可参见 Ebrey, *Chinese Civilization*第五十四章。

〔56〕 巴金，《巴金自传》，p33。

〔57〕 黄文轩《民国五年渠县五牛分尸案》。为了证明这个可怕的故事的真实性，黄引用了未注明来源的档案资料以及对一位目击证人的反弹。他解释到，人们将鞭炮绑在水牛尾巴上点燃，使其受惊逃窜。

〔58〕 Madsen, "Secularism, Religious Change, Social Conflict"，p252。

〔59〕 Mao在*Pa Chin*中持此观点。p95-96。

〔60〕 Rey Chow, "Translator, Traitor"，p566。对于巴金描写的女性的更多分析也可参见Rey Chow, *Women and Chinese Modernity*，p150-154。

〔61〕 Kai-wing Chow, *Rise of Confucian Ritualism*。

〔62〕 Lin Yutang, "Chinese Realism and Humour"，p92。

〔63〕 关于迷信思想如何在20世纪早期受过教育的中国城市青年中传播开来，Poon, *Negotiating Religion in Modern China*一书进行了有意思的探讨。

〔64〕 Smith, "Ritual in Ch'ing Culture"，p290。

第三章

〔1〕 高觉慧在《家》第九章中回顾了祖父由贫到富的发家历史。

〔2〕 巴金《忆》，引用自Lang, *Pa Chin*, p34。

〔3〕 巴金《秋》，p365。在《春》（p255）中，巴金也提及了觉新的职业。

〔4〕 Zarrow, *China in War and Revolution*，对这一时期进行了一个很好的综述。

〔5〕 关于商业场的描述主要来自陈祖湘和姜梦弼所著《成都劝业场的变迁》。在Wang, *Street Culture*里还有一幅很好的劝业场线描图，p114。

〔6〕 McElderry, "Doing Business with Strangers"。

〔7〕 南京路上。参见 Cochran, *Inventing Nanjing Road*。

〔8〕 Hewlett, *Forty Years in China*，p89。引文中的汉字罗马拼音已经改成了拼音体系。

〔9〕 觉新对觉民所抱有的希望可参见《秋》（p271）。由于巴金的祖父希望他能在邮政任职，巴金被允许在YMCA学习英语。参见Mao, *Pa Chin*, p18。关于中国邮政设施，参见Xiaoqun Xu, *Chinese Professionals*，p35-36。

〔10〕 关于中国法律职业的发展，可参见Xiaoqun Xu, *Chinese Professionals*。关于现代法律职业兴起前的法务实践，请参看Macauley, *Social power and Legal Culture*。

〔11〕 四川警务公所，《宣统二年商界统计书》p282。此文件的复印件见于成都市政档案（编号5349）。清朝晚期人力车很快被引入成都，但是几乎没几条街道足够宽阔可以容纳这种车，直到军阀杨森在1924年建设春熙路时发起了街道拓宽运动。

〔12〕 傅崇矩，《成都通览》，第二卷列举了这家工厂以及其他政府工厂出产的货品和价格。

〔13〕 关于20世纪初期的警察与公共卫生情况，参见Stapleton, *Civilizing Chengdu*以及Strand, *Rickshaw Beijing*以及Rogaski, *Hygienic Modernity*。

〔14〕 关于行会参见Zelin, "Chinese Business Practice"。

〔15〕《民事日报》1927年12月20日。

〔16〕 Honig, *Sisters and Strangers*。关于20世纪初期四川工业和经济发展的总体情况，参见 Wright, "Distant Thunder"。

〔17〕 Hubbard, "Geographic Setting of Chengdu"，p125。

〔18〕 吴虞，《吴虞日记》第二卷，p44-47。

〔19〕 Helde, "Chengtu, China, Y.M.C.A. Buildings"，考兹家族（Kautz Family）YMCA档案。

〔20〕 Gao, "Chengtu Campus Labor Conditions"。

〔21〕《秋》，p374-375。

〔22〕 巴金，《我的几个先生》。

〔23〕 参见王笛，《街头文化》（p34-37）中关于成都商铺生活的描述。Han Suyin在*Crippled Tree*（p37-41）中描写了她的

祖辈在成都开设的烟草铺子以及学徒在其中扮演的角色。到1919年，中国东部的活动家们发起了一个中国受过教育的青年赴法工读的运动，他们认为学生的劳作能帮助他们认清中国劳动大众的需求。关于这个运动，参见Dirlik, *Anarchism in the Chinese Revolution*，p186-191，以及Levine, *Found Generation*第一章。1927-1928年在法期间，巴金学习法语，参加一个无政府主义组织的会议，并且在他巴黎的小公寓里写了很多文章。参见Lang, *Pa Chin*第六章。

〔24〕 巴金，《木匠老陈》。

〔25〕 1915年7月8日《西蜀新闻》。

〔26〕 高思伯，《成都二·一六惨案与工人斗争》。许多关于中国劳工历史的文字记载都集中于上海。除了Honig的*Sisters and Strangers*，也可参见 Perry, *Shanghai on Strike*。关于1920年代北京服务业劳工运动参见Strand, *Rickshaw Beijing*。

〔27〕 叶春凯，《解放前成都棺材铺一条街》。

〔28〕 《吴虞日记》，卷一，p114（1913年12月6日的记录）。

〔29〕 老卒，《复兴街轶闻》。

〔30〕 有人说白头巾在四川乡下和城市劳工中如此普遍应归因于诸葛亮，他是三国时期蜀国的谋臣。参见Crook等人*Prosperity's Predicament*，p58。诸葛亮的智计在《三国演义》中是很受欢迎的因素；他也是四川最著名的历史人物之一。

〔31〕 Finnane, *Changing Clothes in China*，第四章。也可参见 Harrison, Making of the Republican Citizen, 第三章。

〔32〕 Dikötter, *Exotic CommoditiesI*。Dikötter在第十章中探讨了成都电影发展的历史。

〔33〕 Lang, *Chinese Family and Society*, p94。

〔34〕《春》, p347-352。

〔35〕 Gunde, "Land Tax and Social Change"。

〔36〕 吴虞与习的对话可在《吴虞日记》, 卷一, p217-218找到。吴虞在《吴虞日记》第一卷, p107-108页（1913年9月13日）还列出了他在新繁拥有的产业以及负责耕种的农户。Yueh-hwa Lin在*Golden Wing*中详细描写了中国东南部福建省某社群内的佃农如何与不曾出现的地主的代理人打交道的情形。"当地主的管家们到来时, 承租人黄东林（Hwang Dunglin）赶紧从铺子里赶来温文尔雅周到妥帖地逗乐他们", 使他们也能对他好点（p14）。

〔37〕《吴虞日记》, 第二卷, p72（1922年12月15日）。

〔38〕 关于20世纪上半叶四川东南部重庆附近的农业及市场交易情形的详细描述参见Crook等人*Prosperity's Predicament*第一章和第二章。

〔39〕 Baumler, Opium under the Republic, 第五章。关于强制鸦片种植参见Bianco, "Responses of Opium Growers"。

〔40〕 Dikötter, Laamann和Zhou, *Narcotic Culture*。关于一系列鸦片对现代中国影响的评估参见Brook和Wakabayashi, *Opium Regimes*。关于20世纪初中国罂粟种植及鸦片产量的描写参见Slack, *Opium, State, and Society*, p6-9。

〔41〕 在后毛泽东时代，地主陈列馆改名叫刘家大院，展览
内容也变了。参见Ho和Li的"Landlord Manor to Red
Memorabilia"以及Dai Jinhua的"Rewriting the Red
Classics"。

〔42〕 Zelin, *Merchants of Zigong*。

〔43〕 同上，p230，244-256。

〔44〕 Tim Wright在"Distant Thunder"（p720-721）中分析了
大萧条对四川经济的影响。他表示，四川的丝绸出口急
剧下降但是产业本身占本省经济份额较小。

〔45〕 Howard, *Workers at War*。

〔46〕 李劼人，《危城追忆》。

〔47〕 谢芳，《樊孔周》。

〔48〕 姜梦弼在《春熙路的由来与发展》中讲述了春熙路的建
设。

〔49〕 Helde 1925年成都YMCA报告，考兹家族（Kautz
Family）YMCA档案。

〔50〕 Cochran在*Inventing Nanjing Road*中分析了哈同
（Hardoon）在南京路上的投资。书中包括南京路在不同
时期的多幅照片。

〔51〕 杨秉德，《中国近代城市与建筑，1840-1949》。

〔52〕 这些请愿以及相关文件保存在成都市政档案里（第41
宗，档案8880）。

〔53〕 《秋》，p252-254。

〔54〕 同上，p510-520，561。

〔55〕 文化学者陈思和认为巴金在写作《家》这一部的时候收到了大哥自杀的噩耗从而改变了《家》的重点。最初，两对恋人——觉民与琴，以及觉慧和鸣凤是故事的中心；之后觉新和他的挣扎浮现出来。陈思和，《人格的发展》，p144-145。

〔56〕 《秋》，p548-550。

第四章

〔1〕 陈剑云在三部曲中都有出现；他的背景主要在《秋》（p386）中做了解释。

〔2〕 巴金，《巴金自传》，p47。

〔3〕 巴金，《家》，第十四章；Craig Shaw翻译。

〔4〕 《秋》，p494-495。巴金描写的张碧秀的形象是基于一个真实存在的成都演员——李凤卿，他是巴金叔叔的一个朋友。参见《巴金自传》，p46。在《秋》p189-191，张碧秀跟高克定另一个演员朋友造访了高宅。高克安称张碧秀为他的"杨贵妃"（唐玄宗的著名宠妃）。Wenqing Kang在 *Obsession*（p138-140）一书中分析了巴金对男旦的描写。

〔5〕 Bruun, *Fengshui in China*。

〔6〕 关于1940年代四川的这一类信仰思潮参见 Crook等人的 *prosperity's predicament*第七章。

〔7〕 Rowe, *Saving the World*（特别是p300-303）中对于清朝经济思想以及官方关于贫困的观点有精彩论述。

〔8〕 明清两朝慈善事业的权威研究参见梁其姿《施善与教化》。也可参见Shue,"Quality of Mercy"。

〔9〕 Janet Chen, *Guilty of Indigence*，第一章。

〔10〕 Stapleton, *Civilizing Chengdu*，p126-128。

〔11〕 Grace Service, *Golden Inches*。

〔12〕 Strand, *Rickshaw Beijing*，第三章，也可参见Janet Chen, *Guilty of Indigence*，p48-54。

〔13〕 1920年代的识字运动是由晏阳初（James Yen）发起的平民教育运动的一部分，晏本人就是一位在成都上高中的YMCA领袖。关于成都的运动情况，参见第七章。关于运动的整体情况可参见 Hayford, *To the People*。

〔14〕 冉云飞，《吴虞和他生活的时代》，p15。关于加里森一家的遭遇，也可参见王笛，《街头文化》，p172-173, 191。

〔15〕 王笛，《街头文化》，p4；李世平，《四川人口史》，p209。

〔16〕 吴虞，《吴虞日记》，第二卷，p44（1922年6月30日）。

〔17〕 Hubbard, "Geographic Setting of Chengtu"，p128, 131。

〔18〕 Willmott, "Paradox of Gender"。

〔19〕 Crook等*Prosperity's Predicament*，英国总领事梅里克·休伊特（Meyrick Hewlett）写下了1916-1922年间他在成都的时候经历过的一次舞龙。Hewlett, *Forty Years in China*，p140。

〔20〕 Chü, *Law and Society in Imperial China*；Sommer, *Sex, Law, and Society*，p270-272。

〔21〕 王笛，《街头文化》，p119。

〔22〕 Hershatter, *Dangerous Pleasures* 特别是第一章和第六章。也可参见 Henriot, *Prostitution and Sexuality in Shanghai*。

〔23〕 Yeh, "Where Is the Center of Cultural Production?"。

〔24〕 Stapleton, *Civilizing Chengdu*，第四章。在《秋》中，当婢女倩儿生了重病，高觉新劝说高克安送她去看医生。克安的太太责备她丈夫对倩儿关注太多，她叫倩儿作"小监视户"（被监视的住户，也就是娼妓）。

〔25〕 陶亮生，《尹仲锡与慈惠堂》。

〔26〕 《成都慈惠堂特刊》，p25-26。

〔27〕 《秋》，p47。巴金在《憩园》中也写到这些盲人音乐家，p75-76。

〔28〕 陶亮生，《尹仲锡与慈惠堂》，p116。

〔29〕 《中华民国五年度四川省内务统计报告书》。

〔30〕 关于中国人口历史和影响其形成的因素，参见 Lee 和 Wang, *One Quarter of Humanity*，特别是第七章。在这两个县男性数量特别高也许是由于驻扎在此地的士兵也被统计在内。

〔31〕 1930年代的遗产纠纷记录在成都市政档案成都法庭记录第94宗1936-1941民事案件里。1919年的警务档案也保存在成都市政档案里，第93宗，档案964。

〔32〕 王笛，《街头文化》，p200-201。

〔33〕 同上，p305，333。也可参见Xiaoxiong Li ,*Poppies and Politics*第二章和第三章。

〔34〕 《秋》，p490。

〔35〕 Xiaoxiong Li, *Poppies and Politics*，p134-137。

〔36〕 熊倬云对于成都黑社会很熟悉，他曾出版一本回忆录讨论主要存在于1930年代和1940年代的鸦片馆。参见熊倬云《反动统治时期的成都警察》。关于评估中国历史上鸦片消费的难度及其隐含意义，参见Dikötter,Laamann,Zhou, *Narcotic Culture*。

〔37〕 外交部《1910-1941鸦片贸易》第五卷，1922-1926，第19部分，p3。引自Xiaoxiong Li, *Poppies and Politics*，p129。

〔38〕 《中华民国五年度四川省内务统计报告书》。这些数据没有统计"年龄不详"的人群。这类人在男性人口中占比约2.7%，女性人口中占比约1.9%。

〔39〕 Kinsella和He, *An Aging World*，p37。

〔40〕 李致，《叔侄情》。

〔41〕 在《家》的第十五章对秦家的情况作了描写。

〔42〕 王笛，《街头文化》，p198。

〔43〕 Hubbard, "Geographic Setting of Chengdu"，p131-132。

〔44〕 Han Suyin在*Crippled Tree*（p37-39）中描写了20世纪初的公共厕所。

〔45〕 四川省档案书记处记录，档案7557。关于19世纪晚期和
20世纪早期中国东部城市的卫生与健康论述与实践的介
绍，参见Rogaski, *Hygienic Modernity*。她在p176-177以及
p209讨论了公共厕所。

第五章

〔1〕 Kapp, *Szechwan and the Chinese Republic*。关于军阀时期
的总体情况，参见McCord, *Power of the Gun*。

〔2〕 四川省文史馆，《四川军阀史料》。

〔3〕 有心，《第467次川战》。

〔4〕 John Stuart Thompson 1911年在中国，他提及乔治·华
盛顿（George Washington）在那时被视为楷模，参见
Revolutionizing China，p210。1913年袁世凯被问道是否
将自己视作拿破仑（Napoleon），他否认了，并且声称想
做"中国的乔治·华盛顿"。参见Xiong Yuezhi, "George
Washington's Image in China and its Impact on the 1911
Revolution"。

〔5〕 Stapleton, *Civilizing Chengdu*，第五章。可参见《辛亥四
川风雷》p307-323，由梁玉文、蔡济生编撰的1911年四川
革命事件年表。

〔6〕 这位陈宦不是那个更著名的曾在1960年代出任中国外交
部长的陈毅。他要年轻30岁，名字在中文里与陈毅的毅

也不是同一个字（只是同音）我在第七章中曾提及那位陈毅。

〔7〕 Sutton在*Provincial Militarism*中探讨了滇军的历史以及对四川的影响。

〔8〕 周富道，马宣伟，《熊克武传》。

〔9〕 Duara, *Rescuing History*，第六章，熊克武跟广东的陈炯明是这个运动的主要推动者。我在第七章中提到，四川省议会雇佣了国民党领导人戴季陶起草省宪章，戴曾是成都七贤之一徐子休的学生。

〔10〕 华西联合大学校长Joseph Beech向美国驻重庆领事馆叙述了1923年战争的情况。参见重庆美领馆正式联络文件84.620-800，美国领事记录，日期为1923年4月7日和5月4日的信件。也可参见周开庆《民国川事纪要》卷一，p293，以及张惠昌，"一、三、边军与三、七、二十一师之战"。

〔11〕 Kapp, *Szechwan and the Chinese Republic*，第二章。

〔12〕 直到1949年，刘文辉一直掌管西昌事务。1949年他开始向共产党效忠。

〔13〕 周开庆，《民国川事纪要》卷一，p293。

〔14〕 黄觉高，《我参加川滇黔军阀成都巷战见闻》。其他目击证人叙述见于四川省文史馆《四川军阀史料》卷一，p138-151。

〔15〕 黄觉高，《我参加川滇黔军阀成都巷战见闻》，p219。黄引用红十字会关于战后清理情况的报告；节选自四川

省文史馆，《四川军阀史料》卷一，p146-149。

〔16〕 古元忠，《近代出版家樊孔周》。

〔17〕 巴金《忆》，引自 Lang, *pa Chin*，p28。

〔18〕 吴虞，《吴虞日记》卷一，p336-357（1917年8月21日-11月19日）。

〔19〕 唐振常，《吴虞研究》，p98。

〔20〕 关于"军阀"一词的历史，参见 Waldron, "Warlord"。丘八引申的意思是"王八"，字面的意思是指"乌龟"。

〔21〕 钟茂炟，《刘诗亮外传》。

〔22〕 1917年9月《华西教会新闻》。

〔23〕 隗瀛涛，《四川近代史稿》，p755。

〔24〕 当时，纽约标准石油公司（Standard Oil Company of New York）在成都开设了三家零售煤油的商店，并且在城外还有一个巨大的仓库。成都标准石油经理D. E. Kydd在1918年6月报告说"（成都）90%的人使用本土产油，倒不是因为他们有这个偏好，而是由于城市禁运令导致本地根本没有煤油，或者在市场上很少见"。参见重庆美领馆正式联络文件84.800-811.9，美国领事记录，日期为1918年6月29日。

〔25〕 比如，参见1918年4月3日，汉森（Hanson）发给莱恩赫（Reinsch）的电报，其中描述了1918年2月19日发生在成都的劫掠事件。参见重庆美领馆档案，官方联络文件84.800-811.9。

〔26〕 1917年5月17日黎元洪令。引自周开庆，《民国川事纪

要》，卷一，p183。

〔27〕 由于陆路和水路都不安全，重庆美领馆档案中民国初期的报告包括一长串入川旅行警示。

〔28〕 David Strand在*Rickshaw Beijing*一书中探讨了北京的这一现象。

〔29〕 Hewlett, *Forty Years in China*，p100-128。

〔30〕 参见美国国事档案，第84组，联络文件，卷68和72，1917年7月24日休伊特（Hewlett）写给美国领事汉森（G.C.Hanson）的信件，以及1917年8月21日，塞维斯（Service）写给汉森的信件。

〔31〕 Joseph Beech 1923年5月4日写给美国驻重庆领事馆的信件。参见重庆美领馆正式联络文件84.711-800。

〔32〕 关于1920年代外国军火销售给中国军阀的情况参见Chan, *Arming the Chinese*。

〔33〕 比如，胡兰畦曾在1911年之后的时期接受过这种教育。参见Stapleton, "Hu Lanqi"。

〔34〕 关于成都地区袍哥更广泛的探讨参见Stapleton, "Age of 'Secret Societies'"。袍哥又称"汉留"（汉族后代）以及"哥老会"（兄弟及长辈社团）。Cheng在"Collaboration or Suppression"中分析了一些新近发现的关于这段历史的史料。

〔35〕 1920年1月8日索克宾（Sokobin）发给坦尼（Tenney）的电讯第99号，重庆美领馆档案，官方联络文件84.620-810.5。

〔36〕 巴金，《家》，第十章；Craig Shaw翻译。

〔37〕 1921年1月28日，约瑟琳（Josselyn）发给国务卿的电讯
133号，重庆美领馆档案，官方联络文件84.620-800。上
海的《华北先驱报》报道了成都学生与军队间的冲突。
参见 Lang, *Pa Chin*，p61-62。

〔38〕 周开庆，《民国川事纪要》，卷一，p280-281。成都市政
档案卷宗93第6部分档案227中记载了大量请愿记录和警
方关于这些冲突的报告。

〔39〕 Wasserstrom, *Student Protests*特别是第二章。Fabio Lanza
写道，1919年后的学生会与1895年前的很不一样，因
为他们会在自己与政府之间保持具有批判精神的距离。
Lanza, *Behind the Gate*。在成都，这种批判精神不如北京
那么明显，只在像李劼人这样的少数人身上存在。

〔40〕 李劼人将孙少荆列为1919年成立少年中国学会成都分会
的创始人之一，并且说他们都在23-31岁之间。李劼人
《回忆少年中国学会成都分会之所由成立》。关于这个
组织的更多情况参见第七章。

〔41〕 《吴虞日记》，卷二，p360（1927年4月27日）。

〔42〕 Kapp, *Szechwan and the Chinese Republic*，p10。

〔43〕 关于民国时期军队研究的资料来源参见对 Lary, *Warlord
Soldiers*的介绍。

〔44〕 成都市政档案，卷宗93，第6部分，档案192。

〔45〕 在1917年4月成都打仗期间，吴虞的日记提到巡逻车经

常在他家邻近地区逡巡，抓捕逃跑的士兵。《吴虞日记》，卷一，p301（1917年4月19日）。

〔46〕 1917年1月24日，梅耶斯（Myers）发给莱恩赫（Reinsch）的电报55，重庆美领馆记录，官方联络文件84.711.2-861.3。Lary, *Warlord Soldiers* 附录6包括一个四川作家沙汀写的强征入伍的脚夫的短篇小说的英译。

〔47〕 Lary, *Warlord Soldiers*，p16-19。

〔48〕 李劼人，《兵大伯陈振武的月谱》。

〔49〕 鲁迅《阿Q正传》的影响很明显，包括在前言里作者解释了为什么标题使用月谱（月度记录）而不是惯用的年谱（年度记录），恰如鲁迅解释他在阿Q的故事里为什么使用"正传"一词。陈振武第一次猥亵妇女的经历与阿Q遇见小尼姑一节也有相似之处。

第六章

〔1〕 关于新女性的讨论可参见Wang Zheng对 *Women in the Chinese Enlightenment* 的介绍。文学学者Jin Feng认为巴金是将琴作为一个革命失败者来描写的，因为她无法像觉慧那样与家庭决裂。Feng将琴看作是巴金笔下男主角（她认为男主角也有瑕疵但跟琴不同的是他能克服自己的弱点）的带有瑕疵的女性陪衬。Feng没有讨论巴金在《春》中塑造的高淑英一角，但是淑英这个角色并不像

琴那样有力量。但是我怀疑很少有读者会像Feng一样认为琴有很多缺陷。参见Feng, *New Woman*第四章。

〔2〕 译者为 Craig Shaw。

〔3〕 Wang Zheng在介绍 *Women in the Chinese Enlightenment* 时分析了中国妇女的受压迫史。关于20世纪中国女性的主要英语学术研究参见Hershatter, *Women in China's Long Twentieth Century*。

〔4〕 Ko, *Cinderella's Sisters*，p10。

〔5〕 Ho, "Women in Chinese History"。Dikötter, Laamann和Zhou 在*Narcotic Culture*中研究了激进的中国民族主义者和欧美基督传教士在关于鸦片成瘾的表述方面不为人知的联合。

〔6〕 胡兰畦，《胡兰畦回忆录》，p5-6。Thomas Lee, *Education in Traditional China*（p460-461）中讨论了《三字经》。巴金也学过《三字经》的改良版，其中增加了一些世界地理知识。《巴金自传》，p22。

〔7〕 傅崇矩，《成都通览》，卷一，III。

〔8〕 《巴金自传》，p12-13，25-26。

〔9〕 巴金，《家》，第十一章。关于清朝妇女受教育情况最好的英语论述是Mann, *Talented Women of the Zhang Family*。Mann在书中描写的张家不是成都的，而是来自于上海附近富庶的江南地区。

〔10〕 Lee和 Wiles在*Biographical Dictionary of Chinese Women*（p520-525）中描写了薛涛的生平。1909年傅崇矩（《成

都通览》，卷一，p18）将薛涛井列为当地地标之一，近年来也成为成都望江楼公园的著名标志。

〔11〕 Mann, *Talented Women of the Zhang Family*。关于封建王朝末期性别观念转变的详细描述也可参见Mann, *Precious Records*以及 Sommer, *Sex, Law, and Society*。

〔12〕 巴金《关于〈家〉》，这个节选由Olga Lang翻译，引自Pa Chin, p16。《列女传》由刘向（约公元前77年-前6年）编撰成书于汉朝年间，数个世纪以来重印了多个版本。参见Kinney, *Exemplary Women*。

〔13〕 Joan Judge在*Precious Raft of History*一书中研究了晚清中国各种妇女的楷模形象。

〔14〕 关于秋瑾生平，参见Edwards, *Gender, Politics, and Democracy*，p61-64，关于秋瑾生平和身后盛名更完整的叙述参见Rankin, *Early Chinese Revolutionaries*。

〔15〕 关于清朝文学以及中国社区信息传播的经典著作是Johnson的 "Communication, Class, and Consciousness"。关于成都茶馆和八卦传播参见王笛，《茶馆》，第八章。在《春》中，关于高淑英未婚夫糟糕品性的流言是由仆人们传入高家的。巴金，《春》，p5, 33。

〔16〕 John Fitzgerald在 *Awakening China*（p99-102）中分析了关于*A Doll's House*意义的争论。Taciana Fisac指出，在1950年代出版的《家》中删除了一些更"轻浮"的外国文学参考书目，比如Oscar Wilde的*Lady Windermere's*

Fan，在1930年代的版本里提到这本书在高家年轻一代中很受欢迎。1950年代的版本里用易卜生（Ibsen）的作品取代了这些作品。Fisac, "Rewriting Modern Chinese Literature"，p140。

〔17〕 Lang, *Pa Chin*，p237-245。

〔18〕 Hu Ying, *Tales of Translation*，第三章。

〔19〕 在《秋》中写到，高觉慧在上海写了一篇关于俄国女革命家的文章。巴金，《秋》，p92。

〔20〕 关于唐群英，参见 Strand, *Unfinished Republic*第三章。关于Emma Goldman在中国出版的文章，参见Dirlik, *Anarchism in the Chinese Revolution*，p220-221；关于Yosano Akiko，参见Wang Zheng, *Women in the Chinese Enlightenment*，p51-52。

〔21〕 Stapleton, *Civilizing Chengdu*，第五章；胡兰畦，《胡兰畦回忆录》，II。

〔22〕 由 Craig Shaw翻译。

〔23〕 除了Ko的*Cinderella's Sisters*，还可参见她的*Every Step a Lotus*，这本书主要讲述女鞋的制作但是对于缠足做了简短的介绍并且对于缠足在清朝的普及提供了各种解释。

〔24〕 Ko, *Cinderella's Sisters*，p14。

〔25〕《关于〈家〉》。

〔26〕《秋》，p35。

〔27〕 傅崇矩在《成都通览》第一卷p112提到了列托夫人（Mrs.

Little）和科尔伯恩夫人（Mrs. Kilborn）。丽塔（Retta）的丈夫奥马尔·科尔伯恩（Omar Kilborn）也是一位医生传教士，他曾在"Historical Sketch"（p50-51）述及成都的反缠足运动。胡兰畦曾简短地讨论了天足会，她将这个组织的成立归功于罗旭芝（Luo Xuzhi），她是一位女校校长。胡兰畦指出在成都东郊的客家社区里，女性从不缠足。关于四川的客家人，参见Han, *Crippled Tree*, p22-28以及孙晓芬《四川的客家人与客家文化》。

〔28〕傅崇矩，《成都通览》，卷一，p111-113。我没有找到傅崇矩描述的传单影像。艾莉西亚·列托（Alicia Little）1895年在上海成立了第一个天足会。参见Ko, *Cinderella's Sisters*，p16。随后列托跟丈夫移居到重庆，并且时不时造访成都。她的丈夫成立了一家在长江运营的汽轮公司。她在*Intimate China*一书中描写了她的反缠足运动（第七章），其中包括1890年代晚期在重庆分会的一次集会。

〔29〕1918年4月2日《国民公报》。Omar Kilborn 1916年写到，自他1891年到四川时起，这种行为已经开始式微，但仍需数年才最终绝迹。他没有将成都的情况与其他地区做比较，但是成都传教士从来没在《华西教会新闻》上报道过缠足的事情。参见Kilborn, "Historical Sketch"。

〔30〕参见Brown等人在"Marriage Mobility and Footbinding"中对3300名四川缠足妇女访谈数据。盖茨（Gates）认为缠足在四川那些纺织业作为收入重要来源的地区更为普遍。

〔31〕 在《秋》中，王太太要求仆人净化淑贞自杀的那口井。淑贞的母亲沈太太痛苦地指出他们喝的水其实是脚夫从河里挑来的。一位年轻的表亲则反驳说仆人们还是会用这口井里的水煮饭。《秋》，p481。

〔32〕《家》，第十五章。在《秋》中，高家表亲周枚的寡妇为了自己一生守寡的命运哭泣，这使得觉新想到了"吃人的礼教"一词，这个词的出处是鲁迅的《狂人日记》，后来因吴虞在《新青年》发表的一篇文章而知名。《秋》，p525-526。在这部小说的开头，琴建议周枚的姐姐周芸去读吴虞的这篇文章。《秋》，p35。

〔33〕 关于清朝时期的家庭观念，参见Mann，"Grooming a Daughter for Marriage"。

〔34〕 Jerome Ch'en, *China and the West*，p385。Witke，"Mao Tse-tung, Women and Suicide"。毛的文章以及五四时期一些关于妇女和家庭问题的文章的英译可参见Lan和Fong的 *Women in Republican China*。

〔35〕 Glosser, *Chinese Visions of Family and State*, 1915–1953，p64-67。

〔36〕 比如可参见胡兰畦所著《胡兰畦回忆录》，p16。

〔37〕 王绿萍，《四川近代新闻史》，p335。

〔38〕 Stapleton，"Hu Lanqi"。

〔39〕 Glosser, *Chinese Visions of Family and State,* 1915-1953，p62-63。

〔40〕 Margaret Kuo的*Intolerable Cruelty*探讨了1930年代中国法律制度的变化，赋予了妇女离婚以及婚内的新权利。

〔41〕 吴虞《吴虞日记》卷一，p541-542，544，552，565-566（1920年6月-9月）。也可参见宫宏宇，《王光祈与吴若膺关系考》。

〔42〕 Furth, "From Birth to Birth"。

〔43〕 Dikötter, *Sex, Culture, and Modernity*。

〔44〕 Ling Ma, "Negotiating Guilt"。关于1920年代妇女性议题的讨论参见 Barlow, *Question of Women*第三章。

〔45〕 关于中国历史上的生育传统与实践，参见Yi-Li Wu, *Reproducing Women*。

〔46〕 《吴虞日记》卷二，p52（1922年9月12日）。

〔47〕 同上，p458（1929年7月6日）。这个女儿不住在成都，吴虞是从她丈夫的信中获知她的死讯的。

〔48〕 Morse, *Three Crosses*，p48。

〔49〕 《春》，p177-190；《秋》，p378。

〔50〕 胡兰畦，《胡兰畦传》，p2-4。

〔51〕 王笛，《街头文化》，p90。

〔52〕 Archibald Little, *Gleanings*，p166。喇嘛（Lamas）是藏传佛教和尚，而文中满族土著（Mantse aborigines）很可能指的是现代所称的彝族人。

〔53〕 王笛，《街头文化》，p59，91。

〔54〕 胡兰畦，《胡兰畦回忆录》，p14-15。

〔55〕 绍英，《出版家樊孔周》。

〔56〕 王笛，《街头文化》，p59，91。《春》第369页描写了成都戏院里的女眷包厢。

〔57〕 1917年3月14日《国民公报》。

〔58〕 虽然巴金1923年就离开了成都，但他可能通过报纸和朋友家人的信件了解杨森的行动，最有可能影响到"激流"的应该就是杨森统治成都的时期。我在 *Civilizing Chengdu* 第七章中详细讨论了杨森执政成都的情况。

〔59〕 Stapleton, "Hu Lanqi"。

〔60〕 1924年7月8日《国民公报》。

〔61〕 我关于舒新城在成都的经历的叙述主要基于他出版的两本书：《蜀游心影》和他的自传《我和教育》第十章。前者包括一些当时他与妻子的通信节选以及他在重庆报纸上发表的声明。1925年5月的成都《国民公报》也详细地报道了此事，随后在那年夏天还在北京杂志《语丝》发起的关于"忍耐"的知识分子大辩论中又被提及讨论。参见《语丝》第34期、37期和41期。

〔62〕 刘芳还说服了她的家乡眉山的学生会为她出面干预。参见1925年5月14日《国民公报》上发表的公开声明。

〔63〕 关于20世纪前女性与才华的讨论参见Ho, "Cultivation of Female Talent"。

〔64〕 《大成会丛录》。关于慈禧太后的生平，可参见一本题目就会惹恼徐子休的书：《慈禧太后：启动现代中

国的皇妃》（Jung Chang, *Empress Dowager Cixi: The Concubine Who Launched Modern China*）。

〔65〕 著名理论家梁启超批评中国女性对于国家财富毫无贡献。参见Glosser, *Chinese Visions of Family and State*，p7。

〔66〕 Wang Zheng, *Women in the Chinese Enlightenment*第一章。另一位生于1900年的上海著名职业女性在 Natasha Chang 的*Bound Feet and Western Dress*中有描写。作者的太姑姑张幼仪在与丈夫——著名诗人徐志摩离婚后成为上海女子银行的副总裁。

〔67〕 Wang Zheng,*Women in the Chinese Enlightenment*，p206。

〔68〕 1923年5月22日《国民公报》。

〔69〕 《吴虞日记》，卷二，p77（1923年1月2日）。

〔70〕 胡兰畦，《胡兰畦回忆录》，p10。

〔71〕 《吴虞日记》，卷二，p64（1922年11月11日）。

〔72〕 《秋》，p146-147。跟"激流"相比，《红楼梦》揭示了更多家庭财务状况，贾家的资金主要由贾琏的妻子掌管，其角色约等于"激流"中老太爷长子的长子高觉新。

〔73〕 Bernhardt, *Women and Property in China*第二章。

〔74〕 《吴虞日记》，卷二，p454（1929年5月11日）。

〔75〕 Stapleton, "Generational and Cultural Fissures"，p141。

〔76〕 《春》，p69。

〔77〕 Gilmartin, *Engendering the Chinese Revolution*，p99；Lung-kee Sun, "Politics of Hair"。在"激流"中，齐短发事

件主要出现在《秋》中，年轻人参加的无政府主义组织（均社）鼓励女性成员剪去头发（《秋》p267-269），琴和淑华也剪去了她们的长发（《秋》p559）。

〔78〕 胡兰畦，《胡兰畦回忆录》，p16-17。关于20世纪初中国服装裁制和流行情况，参见Finnane, *Changing Clothes in China*。

〔79〕 1929年3月21日，《民事日报》。

第七章

〔1〕 Olga Lang指出巴金让笔下的高觉民在《春》与《秋》中政治上更为活跃，以填补觉慧去上海之后留下的空白。她引用了巴金关于高家的观点："如果没有一个充满青春活力的年轻人，高家无法维持……而小说中的一切都将是灰色的。" Lang, *Pa Chin*, p258。巴金在《谈〈秋〉》（p686-687）中也提及觉民的政治积极性。

〔2〕 Shaw, "Changes in The Family"；Fisac, "Rewriting Modern Chinese Literature"；Lang, *Pa Chin*, p267-275。

〔3〕 关于五四运动时期文学的综述可参见Chow等人所著 *Beyond the May Fourth Paradigm* 的导论。三个经典研究分别是Tse-tsung Chow, *May Fourth Movement*, Yu-sheng Lin, *Crisis of Chinese Consciousness*, 以及Schwarcz, *Chinese Enlightenment*。

〔4〕 Fitzgerald有一个关于1920年代和1930年代中国政治生态的出色研究，并未强调国民党和共产党之争。*Awakening China*。

〔5〕 关于北京此事件的描述参见Spence, *Search for Modern China*，p293-294，310-319；以及Manela, *Wilsonian Moment*，第九章。

〔6〕 关于成都五四时期详细历史可参见邓寿明，张军，杨顺，刘邦成，《四川青年运动史稿》第一部分。该时期档案文件和其他资料影印件参见中共四川省委党史工作委员会，《五四运动在四川》。

〔7〕 Zhongping Chen, "May Fourth and Provincial Warlords"特别是 p146。

〔8〕 根据1919年列出大事记的《四川日报》新年特刊，1918年7月1日《四川日报》发行第一期。这个大事记还包括劝业场被焚为灰烬的新闻。参见《四川一年来大事记》。1924年，舒新城调查了华东报纸在成都的发行情况；他的报告里说，每天成都大约售出一百份上海和北京的报纸。《蜀游心影》，p163。通常华东报纸运到成都要花好几个星期。

〔9〕 李诗文，《李劼人的生平和创作》，p11-13。李劼人的文集共17卷，2011年由成都的四川文艺出版社出版。

〔10〕 关于《四川日报》，参见王绿萍《四川报刊五十年集成》，p69。王光祈是五四运动觉醒时期成立的少年中国

学会创始人之一。1919年夏天，李劼人在成都成立了分会，并且因此认识了舒新城，1924年李劼人还救了舒新城，使他免于牢狱之灾（参见第六章）。王光祈的后半生在欧洲度过，并且成了一个著名的音乐学者。关于他的生平和思想，参见Levine, *Found Generation*。

〔11〕 张秀熟的回忆录，引用自李诗文，《李劼人的生平和创作》，p13。

〔12〕 陈忠平，"May Fourth and Provincial Warlords"，引用了上海《申报》和《时报》的报道。《四川日报》1918年四川大事记里记载，1918年11月14日成都张灯结彩旗帜飘扬庆祝第一次世界大战结束，很明显战争也与这里息息相关。参见《四川一年来大事记》p75。

〔13〕 中共四川省委党史工作委员会，《五四运动在四川》，p215-233。在1930年代出版的《家》里，第八章描写了成都人对于学生抵制日货运动的冷漠甚至敌意。50年代再版时，这段已被删除。

〔14〕 1920年2月14日《华北先驱报》。

〔15〕 Lang在*Pa Chin*第二章中讨论了巴金无政府主义的缘由。本章中，我关于巴金的政治教育的论述即得益于她的分析。有一个她没有采用但是恰能证实她的叙述的信源是蒋俊著《卢剑波传》。卢剑波跟巴金一样，生于1904年。他在重庆东部的泸州参加了一个无政府主义组织，并且在1920年代中期成为巴金在上海的同事和密友。

〔16〕关于中国的无政府主义，参见Dirlik, *Anarchism in the Chinese Revolution*; Zarrow, *Anarchism and Chinese Culture*; Krebs, *Shifu*。这些作品里都提到了巴金。

〔17〕关于克鲁泡特金（Kropotkin）的生平和思想，参见 Krebs, *Shifu*，p20-23。

〔18〕译者为H.M.Hyndman（Chicago: Charles H.Kerr，1899），无政府主义者档案，http://dwardmac.pitzer.edu/Anarchist_Archives/kropotkin/appealtoyoung.html.

〔19〕Lang, *Pa Chin*, p45-46, Lang推断（第292-93n30）巴金的《告青年书》可能是1910年代由广州的无政府主义出版社民声出版的小册子，其译文来自于1911年前在巴黎的李石曾。参见谭兴国，《走进巴金的世界》。

〔20〕Lang, *Pa Chin*, 293n45, 关于真理社，参见 Dirlik, Anarchism in the Chinese Revolution, p173-174。

〔21〕Lang, *Pa Chin*, p47, Lang的引文来自于1910年出版的Goldman的文章。

〔22〕Dirlik, *Anarchism in the Chinese Revolution*, p28, 30。

〔23〕Stapleton, "Generational and Cultural Fissures"，p137。

〔24〕陈思和，《人格的发展》，p48-50，"激流"中张惠如的原型吴先忧创办的《双周刊》的历史可参见中共四川省委党史工作委员会，《五四运动在四川》，p678-680。

〔25〕吴先忧的回忆录中曾述及此事，节选自中共四川省委党史工作委员会，《五四运动在四川》，p679。吴先忧指出，

《双周刊》的延迟停刊是由于警察将其与一本某当地中学发行的同名刊物弄混了，开始对那本校刊发布了停刊令。

〔26〕 陈思和《人格的发展》（p51-53）引用的1921年9月巴金写给均社一位友人的信件。信中，巴金报告了全国各地无政府主义组织的新闻。很明显，他有着相当广泛的信息网络。

〔27〕 Olga Lang指出，巴金要求一个仆人陪他一起进行充满风险的宣传国际劳动节的任务是具有讽刺意味的。Lang, *Pa Chin*, p64–65,297n13。

〔28〕 关于《双周刊》《平民之声》以及类似成都刊物的历史，参见王绿萍《四川报刊五十年集成》。不过对于一些只存在了很短时期的刊物，王没能提供发行数字。

〔29〕 译者为Craig Shaw。

〔30〕 关于托尔斯泰（Tolstoy）在中国的信息，参见 Widmer, "Qu Qiubai and Russian Literature"。1909-1910年间，当甘地（Mahatma Gandhi）渐渐发展出针对印度英国统治者的被动抵抗的策略时，甘地与托尔斯泰开始通信往来。但是，20年代，甘地的"非暴力抵抗"理念在中国并没有广为人知。

〔31〕 关于刘半农与《新青年》参见陈平原《触摸历史》第二章。关于刘半农对旧式文人的批判，参见 Hill, *Lin Shu, Inc.*第七章。

〔32〕 巴金，《巴金自传》，p69-73。

〔33〕 吴虞，《吴虞日记》，卷一，p23-24。吴虞还为党报《政进报》做编辑，直到它被合并。1912年，政进党联合其他地方政党成立共和党四川党支部。参见隗瀛涛，《四川近代史稿》，p743-745。

〔34〕 在威妥玛拼音里，该党名称拼写为Kuomintang（简称KMT），现在还常见于英语中。两位著名国名党领袖——孙逸仙和蒋介石的自传对于该党历史提供了很多描述：Bergère, *Sun Yat-sen*和Taylor, *Generalissimo: Chiang Kai-shek*。

〔35〕 关于第三国际与中国国民党和共产党的往来以及1927年的两党分裂，参见Spence, *To Change China*第七章。

〔36〕 Hirayama, "Chinese Youth Party in Sichuan"；Levine, *Found Generation*, p179-184。

〔37〕 张群最为知名的是1929-1930年任上海市长，以及抗日战争期间（1940-1945）任四川省长。1949年蒋介石政府到台湾后，他仍然身居要职，并且直到101岁去世，都在台湾政治中扮演重要角色。Boorman和Howard, *Biographical Dictionary of Republican China*，卷一，p47-52。

〔38〕 周开庆，《张岳军先生与四川》，根据1919年10月8日和1920年7月27日《国民公报》报道，张群1919年10月出任警察局长，1920年7月辞职。

〔39〕 张利源，《戴季陶》，Boorman和Howard, *Biographical Dictionary of Republican China*，卷三，p200-205。关于孙

逸仙向四川各军阀寻求支持的吁请，最好的资料来源是周开庆的《民国川事纪要》第一卷，周编撰的川史大事记大量使用了国民党档案。

〔40〕 Duara, *Rescuing History*，第六章。关于四川参与联邦活动的情况，参见李达嘉，《民国初年的联省自治运动》，p84-87，118-119；周富道和马宣伟，《熊克武传》，p192-211。

〔41〕 杨世元，《吴玉章》。吴玉章关于1911年革命的回忆录以英文出版（*The Revolution of 1911: A Great Democratic Revolution of China*）。

〔42〕 尽管姓氏相同，张澜和张謇并无关系。关于南充张澜的生平，参见Boorman和Howard, *Biographical Dictionary of Republican China*，卷一，p82-83。关于南通张謇的生平，参见 Köll, *Cotton Mill to Business Empire*以及 Qin Shao, *Culturing Modernity*。

〔43〕 王寿熙，《袁诗尧》；邓寿明，《王右木》。吴先忧曾回忆，王右木邀请为《双周刊》撰稿的无政府主义者参加1922年的一次会议，并试图说服他们放弃无政府主义转投马克思主义：他们辩论了整晚，但是谁都没能说服对方。吴没有提及巴金是否在场。中共四川省委党史工作委员会，《五四运动在四川》，p680。

〔44〕 在20世纪的中国历史图景里，戴季陶的这次入川之旅是由于他在赴川途中企图从船上跳进长江自杀而知名；他奇迹

般地被一位渔夫救起，据说这导致他后来终其一生都改信佛教。参见 Lu, *Re-Understanding Japan*，p146-148。

〔45〕 邓寿明，《王右木》，p11-12。

〔46〕 1925年，吴玉章在北京加入中国共产党，同时也还保持国民党党员的身份。当联合阵线1927年瓦解时，他去了苏联，并且在那里住了10年，在远东的一所共产党劳工大学里任教。抗日战争期间，他主持了共产党根据地延安大部分高等教育机构的建立。1949年后，他成为北京的中国人民大学校长。Boorman和Howard, *Biographical Dictionary of Republican China*，卷三，p465-467。

〔47〕 四川高等师范学校和成都大学后来合并为四川大学。参见四川大学校史编写组，《四川大学史稿》。

〔48〕 王寿熙，《袁诗尧》，p29。

〔49〕 Hirayama, "Chinese Youth Party in Sichuan"，p223-224。

〔50〕 关于1927年重庆的政治情形，参见Kapp, *Szechwan and the Chinese Republic*，p77-81。

〔51〕 Yingcong Dai, *Sichuan Frontier and Tibet*。

〔52〕 刘显之，《成都满蒙族史略》，p38-40。1990年在成都开展研究期间，我有幸见到刘显之先生，他是在成都少城一个蒙族旗人家庭长大，在10岁时亲眼见证了1911年革命。

〔53〕 成都穆斯林社区的历史情况讨论参见《成都市伊斯兰教协会和讯》。

〔54〕 凌兴珍，《清末民初成都中外学术文化交流》。

〔55〕 Beech, "University Beginnings"。

〔56〕 舒新城，《蜀游心影》，p165-168。

〔57〕 1920年6月16日《国民公报》。关于YMCA的更多资料，参见Stapleton, *Civilizing Chengdu*，p213-216。成都YMCA秘书处报告见于考兹家族（Kautz Family）YMCA档案，其中详细描述了他们的活动。

〔58〕 陈维新的城市建设方案于1924年4月和5月发表于《国民公报》。YMCA支持平民教育运动，并且在1924年组织了8000名识字课学员进行了一场游行。参见A.J.布雷斯《1924年成都YMCA年度报告》，考兹家族（Kautz Family）YMCA档案。

〔59〕 Stapleton, *Civilizing Chengdu*，第七章。

〔60〕 王庆跃、邓寿明，《青年陈毅在成都寻求"工业救国"的奋斗历程》。

〔61〕 Hay, *Asian Ideas of East and West*，p142-170。关于1920年代中国保守思想的论述，可参见Furth在*Limits of Change*中的论文。

〔62〕 巴金，《海珠桥》。

〔63〕 Earl Dome，1921年9月30日成都YMCA季报，考兹家族（Kautz Family）YMCA档案。

〔64〕《华北先驱报》驻成都记者1926年6月声称学生们在五卅惨案周年时组织了一个为期三天的纪念活动，当时在惨案中牺牲的一位人士的遗体正运回成都下葬。他补充

道，"据报道，当学生们就开展反帝国主义示威活动接触商人和士绅们时，得到的答复是，无论外国人在别的地方什么样，成都的外国人奉公守法，没给任何人带来伤害，在经济上也是城市的宝贵财富，因此他们不会赞成任何排外运动。"《沉默的成都五三〇》（《华北先驱报》1926年6月1日）。

〔65〕 李健民，《民国十五年四川万县惨案》。

〔66〕 《成都事态》（《华北先驱报》1926年11月13日）。关于1920年代中期的反帝国主义运动如何影响到长沙雅礼大学堂的校园可参见Spence, *To Change China*第六章。

〔67〕 卢作孚的生平参见刘重来《卢作孚传》以及张瑾《权力、冲突与变革》。

〔68〕 刘重来，《卢作孚传》，p10-11

〔69〕 Reinhardt, "Decolonisation"。

〔70〕 Lang, *Pa Chin*，p207-214。

〔71〕 同上，p121-124；陈思和，《人格的发展》，p99-105；谭兴国，《走进巴金的世界》，p121-130。

尾 声

〔1〕 梅·弗兰肯（Mae Franking）嫁给了自己的中国同学并且于1910年代末期加入了丈夫位于华南的大家族。她提供的描写与巴金的相映成趣。她写道，整个家族非常和

谐（尽管家长，也就是她的公公长居菲律宾管理贸易公司）。她很享受学做中国媳妇的过程，尽可能地扮演好这个角色。Franking和 Porter, *My Chinese Marriage*。

〔2〕 Glosser, *Chinese Visions of Family and State*，1915-1953，p34。

〔3〕 关于国民党政府针对流民的政策，可参见Lipkin, *Useless to the State*第二章和第三章。

〔4〕 文玉，《目前中国之奴婢解放问题》。当英国的反奴隶活动家们抗议殖民地的奴隶买卖时，这些论点在香港的华人士绅阶级里也引起反响。参见 Sinn, "Chinese Patriarchy and Women" 以及Pedersen, "Maternalist Moment"。

〔5〕 近期关于毛泽东时代城市天津及其郊区变迁的研究参见Brown, *City Versus Countryside*特别是第二章。

〔6〕 关于中华人民共和国成立后的中国城市历史的介绍可参见Wu和Gaubatz, *Chinese City*第四章。

〔7〕 Hammond 和 Richey, *The Sage Returns*。

〔8〕 关于《红楼梦》的历史背景介绍参见 Schonebaum和Lu, *Approaches to Teaching The Story of the Stone*（*Dream of the Red Chamber*）。